LA CLAVE del CRIMEN

Segundo y último episodio del Crimen en el rápido 373

EL CORONEL IGNOTUS

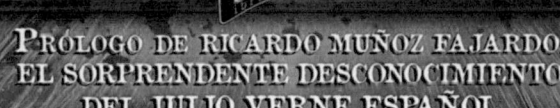

PRÓLOGO DE RICARDO MUÑOZ FAJARDO:
EL SORPRENDENTE DESCONOCIMIENTO
DEL JULIO VERNE ESPAÑOL

Ciencia Ficción y Fantasía - 146

La clave del crimen
Primera Edición, julio de 2025

© Libros Mablaz, Madrid, 2025
www.librosmablaz.com

© De esta edición, Libros Mablaz

blogs:
Editorial Libros Mablaz
http://editoriallibrosmablazycienciaficcion.blogspot.com.es/
Ciencia ficción y fantasía en Libros Mablaz:
http://mablazlibros.blogspot.com.es/
Introducción a las obras de Libros Mablaz:
http://librosmablazextractos.blogspot.com.es/
Libros Mablaz en Facebook:
https://www.facebook.com/groups/530547690292189/
Tu Librería en Casa:
https://www.facebook.com/TuLibreriaEnCasa
Librería en Todocolección:
**https://www.todocoleccion.net/s/catalogo?identificadorvendedor=Lib
rosMablaz**

Diseño de cubiertas: Mari Carmen López

ISBN: 979-13-990418-1-1
Depósito Legal: M-13447-2025

LIBROS MABLAZ - 406

La clave del crimen

Segundo y último episodio del Crimen en el rápido 373

EL CORONEL IGNOTUS

Biblioteca novelesco-científica

PRÓLOGO: EL SORPRENDENTE DESCONOCIMIENTO
DEL JULIO VERNE ESPAÑOL

El autor, el Julio Verne español, José de Elola Gutiérrez, más conocido por su seudónimo, Coronel Ignotus, nos presenta en esta ocasión una duología o dilogía, o bilogía, como se prefiera referir, *El crimen del rápido 373*, de un crimen acontecido en el futuro, en unos lugares por él inventados, en un futuro no definido por él tampoco, en el que además de la narración de la investigación de dos asesinatos nos traslada a una era con objetos imaginados por su capacidad creativa, muy interesante de seguir porque los hechos de la investigación están muy bien trazados.

Esta novela pertenece a su Biblioteca novelesco-científica, compuesta por 17 novelas, protagonizadas por diferentes personajes y ambientados en diferentes lugares de la Tierra y el espacio, compuesto por obras únicas, duologías o trilogías.

Las pistas del crimen, que es la obra que estamos presentando en este instante, como ya se ha indicado, pertenece al par de novelas que componen *El crimen del rápido 373*, cuya continuación y final será *La clave del crimen*, que se publicará por esta editorial de modo inmediato a esta. Los personajes en ambas son los mismos y no aparecen más en otras creaciones literarias del autor.

El Coronel Ignotus, que cuenta con una importante producción de ficciones en el género de ciencia ficción, lo que ha supuesto que los premios otorgados por la Asociación Española de Fantasía, Ciencia Ficción y Terror hayan recibido su nombre —Ignotus—, entre los que destacan los diecisiete volúmenes de la que él llamó Biblioteca novelesco-científica, compuesta por cuatro trilogías —*Viajes planetarios en el siglo XXII*, *La mayor conquista*, *Tierras resucitadas*, *Segundo viaje planetario*—, dos duologías —*La desterrada de la Tierra*, *El crimen del Rápido 373*—y la única *El amor en el siglo cien*, junto con otras obras sueltas, como son *El fin de la guerra: disparate profético*, soñado por Mis-

ter Grey, Bosquejos: novelas cortas, cuentos, leyendas e impresiones y *Cuentos estrafalarios de ayer y mañana.*

Elola nació en Alcalá de Henares, que presume, con razón, de tener personajes importantes nacidos en sus cunas. El más conocido es Miguel de Cervantes, otro de mucha significación fue Manuel Azaña, que llegó a ser presidente de la II República. La editorial editora de esta obra acude desde hace once años a las diferentes ferias del libro realizadas allí y toda la ciudad parece embutida únicamente en la figura del muy insigne Miguel de Cervantes, los demás personajes ilustres de la ciudad figuran en un profundo segundo plano y, más que ninguno, el Coronel Ignotus.

Se da la circunstancia, incluso, que en foros, webs y ámbitos de la ciencia ficción española, aunque muchos de sus participantes conocen el nombre de Ignotus como el que premia las mejores creaciones del año en el género, desconocen en realidad la historia de ese Julio Verne que escribió en España y, por supuesto, desconocen el ámbito de su importante obra.

Tal vez sea debido a que España es España y sea verdad que aquí no se aprecia en su justa medida lo que tenemos, pero lo cierto es que José de Elola, el Coronel Ignotus, es un desconocido para la mayoría de nuestros compatriotas.

Ricardo Muñoz Fajardo

EL CRIMEN DEL RÁPIDO 373

SEGUNDO
EPISODIO

LA CLAVE
DEL CRIMEN POR
EL CORONEL IGNOTUS

BIBLIOTECA NOVELESCO-CIENTIFICA
MILLAR NÚM. 96

1ª Edición de la obra

LA CLAVE del CRIMEN

4.⁵⁰ PTS.

por EL CORONEL IGNOTUS

2ª Edición de la obra

LA CLAVE ≡

≡ DEL CRIMEN

□ □ □

LA CLAVE DEL CRIMEN

(SEGUNDO Y ULTIMO EPISODIO)

DE

EL CRIMEN DEL RAPIDO 373

POR

EL CORONEL IGNOTUS

(JOSE DE ELOLA)

ÍNDICE

13

I

QUE ÚNICAMENTE LAS MONTAÑAS NO PUEDEN ACERCARSE

Tan pronto decidió el viaje a Australia dispúsose Finflair a visitar al Presidente de la Acción Popular, para que reclamara la extradición de los del Melbourne; a recabar del juez providencia embargando a Celinda, como testigo imprescindible en el viaje, y a pedir, al Ministerio de Aire, un omnimoto grande para efectuarlo. Gestiones cuya simple enunciación basta a hacer comprender que la partida no podría efectuarse antes de cuatro o seis días. Suponiendo corriera la ibermana burocracia, cual no solía correr (1).

Mas ocurrió que cuando, con Retuerto y con Rojas, iba a salir del despacho, entró un ordenanza diciendo que el peluquero y la doncella, afuera aguardantes, por si fuere preciso interrogarlos nuevamente, solicitaban licencia para retirarse.

—Es verdad. Me había olvidado de ellos, amigos míos—dijo Don Orofilo—. Si ustedes no desean preguntarles algo más, por mí, pueden marcharse.

—Aun cuando nada se me ocurre inquirir de ellos—contestó Don Nicasio—, paréceme que habiéndonos de acompañar a Australia, convendría prevenírselo. Pues si el saxonés no quisiere hacer el viaje, no podríamos

---

(1) Algunos lectores de *Las Pistas del Crimen* han creído ver traslucirse, a través de *Ibermania*, tal o cual país hispanoamericano, sin fundamento; y buena prueba que cada uno piensa en país diferente.

No se caliente nadie la cabeza, pues *Ibermania* es nombre que abarca, no sólo las ramas, sino el tronco y la raíz de una raza, en la que, los amigos de lo sensacional, los pagados, irreflexivamente, de inadaptables figurines extranjeros, y los desdeñosos de todo lo castizo —en cuyo cultivo está la verdadera fuerza de los pueblos—, son tan abundantes, por lo menos en la nación madre, cual puedan serlo en las naciones hijas.

---

obligarlo como a la otra. Y en cuanto a ésta creo pertinente avisarla con antelación; pues no se trata de una excursioncilla.

—Tiene usted razón—contestó Don Orófilo, accediendo, con su habitual condescendencia, a la indicación de Retuerto, aunque no pareciera personalmente convencido de su oportunidad, y ordenando entraran Celinda y Sticky. A quienes, una vez en el despacho, informó del viaje que era preciso hicieran.

Al oirlo hizo Celinda un gesto de sorpresa, pareciendo disponerse a protestar. Pero sin duda la firmeza de la mirada que el perquirente clavó en ella, la hizo pensar que sería inútil la protesta, y desistió de su propósito. Además tenía entonces que traducir a Mr. Sticky lo que el otro había dicho; pues el peluquero, que chapurraba malamente el iberés, difícilmente entendía palabras sueltas de las que se le dirigían en tal idioma, pero no frases enteras.

Por eso hasta haberle explicado Celinda lo que Finflair decía no se hizo cargo de ello. Mas tan pronto supo a qué atenerse no pudo reprimirse como ella, sino que furioso chilló:

—Mi estarg no ibergmanio, ni ningién mi poderg viacargme no mi rgeal gana. Mí, saxonés va donde querger mí; mí no mandarg ningién.

—Por eso no le mando nada, caballero; y en vez de notificarle, como a la Señorita Rodríguez, orden ninguna, solicito de usted nos acompañe en ese viaje, exigido por la necesidad de apresar a los asesinos de Doña Amabel.

—Esto estarg aljuna otrga cosa—replicó Sticky en cuanto su compañera puso puntos sobre las íes de lo dicho por el perquirente—. Pergo si ama mi serg morgta mí tenerg no cosa haserg Austrgalia, e si ama viva serg mí no estarg quergiendo tampoco irg que cuando llamargme ella. E mi compañerga Miss Rotriqués no tampoco haserg viaques si no su jana, que usted no mandarg ella, que. ella está tan mucho saxonesa que mí.

No obstante las explicaderas del peluquero, perquirente y perquiridores mostraron, en sus rostros entender, y asombrarse de que Celinda, a quien tenían por ibermana, les saliera ahora saxonesa. Asombro que, en Finflair, era además viva contrariedad. Nacida de temor de que el inesperado obstáculo, pudiera privarlo, en Australia, del importante testimonio de la doncella.

Retuerto fué el primero que, resistiéndose a dar crédito a lo oído dijo:

—Sin duda este caballero no acierta a explicarse. Pues no puedo creer quiera decir que es usted saxonesa.

—Sí señor: eso quiere decir—contestó Celinda malhumorada—. Lo soy.

—Pero usted ha nacido en Ibermania. En sus declaraciones ha dicho que lo es.

—Sí señor... Es decir... Dije... Lo dije pensando en el lugar de mi nacimiento, no en mi actual nacionalidad... Además, eso fué en mi primera declaración: recién vuelta en mí del narcotizamiento; mareada, casi desvanecida... Ya usted vió que inmediatamente perdí otra vez el sentido.

—Según eso, ha cambiado usted su nacionalidad.

—Sí señor—contestó secamente la preguntada, sin conseguir cortar conversación que parecía desagradarla; pues, no ya Retuerto, sino ahora Rojas le preguntó:

—¿Y cuándo se desnacionalizó usted aquí, para nacionalizarse en Saxonia?

—Hace tiempo—respondió ella cada vez más contrariada.

—Claro... ¿Pero cuándo?

—Amigos míos—dijo Don Orófilo—, apremiándonos el tiempo, para las gestiones preliminares del viaje, olvidamos, con estos incidentes, que lo más urgente ahora es saber si la Señorita Rodríguez nos niega, como Mr. Sticky, su concurso, o nos lo presta en nuestra expedición a Australia. Conteste, señorita, conteste categóricamente a esa pregunta.

—Necesito pensarlo.

—¿Hasta cuándo?

—Hasta dentro de dos o tres días. ¿Nos podemos retirar?

—Sí señora.

Cuando peluquero y doncella hubieron salido, inició Retuerto comentario sobre el reciente descubrimiento de aquella imprevista nacionalidad. Sin que ni Finflair ni Rojas lo siguieran en tal camino; por preocuparlos, preferentemente, las dificultades con que el buen logro de la finalidad del viaje tropezaría, de faltarles aquellos dos importantísimos testigos.

En tal apuro ocurriósele al primero suplirlos con los motoristas de Novaria y de Puertofoz, y a Rojas que procurándose, si posible fuere, la aquiescencia de la embajada de Saxonia, tal vez se podría obligar a Celinda a efectuar el viaje, de buen o de mal grado.

En principio, no parecía fácil obtener dicha aquiescencia. Pero Rojas dijo que, siendo él amigo del cónsul, tal vez no le fuere difícil alcanzar la mediación de éste con el embajador, para que la prestara, o a lo menos hiciera la vista gorda, al embarco judicial de la testigo. Que en fin de cuentas no era sino saxonesa de pega. No creía esto, Don Orófilo, conducente a nada, mas no perdiéndose nada tampoco con tentar la gestión, que el capitán se brindaba a hacer, convínose la simultaneara con las que aquél se disponía a realizar, al demorarles el incidente recién referido.

Y siendo ya demás el tiempo malgastado, salieron cada uno a lo suyo. Citándose, entre sí y con Retuerto, para prima tarde, no del siguiente día, martes, muy atareado para Don Orófilo y para Rojas, sino del miércoles, en aquel mismo despacho de la Crimino social (Dirección de Policía), donde el primero había instalado el suyo en cuanto fué elegido representante de la Acción Popular.

Hasta la tarde de aquel miércoles no contaba Don Nicasio ver a ninguno de sus colegas; y por ello se sorprendió, cuando en la mañana de aquel día, y recién levantado de la cama, le anunció el criado de la casa de huéspedes, donde en Novaria se hospedaba, que el Capitán Rojas deseaba hablarle.

Se ha dicho anteriormente que las equivocaciones del capitán habían consolado al comandante de sus propios yerros, aplacándole la mala voluntad contra el primero; que los desaciertos del comandante habían desacedado los amargores al capitán causados por los errores en que él había caído, amortiguándole la inquina contra el comandante; y que ambos habíanse conformado con sus parciales personales aciertos.

Además la desgracia, lazo de unión, frecuentemente, entre quienes sobrellevan una misma, tendía a acercar a los que en el ex esplendoroso Cuerpo de Perquiridores estuvieron divididos por rivalidades, y juntos padecían, ahora, la subalterna condición de auxiliares del perquirente. Sin que toda la exquisita urbanidad externa de Don Orófilo bastara a ocultarles la realidad de semejante dependencia, ni todo su talento y perspicacia a quitarle a él la tacha de advenedizo, que, al mirarlo desde lo alto de sus oficiales competencias, veían ellos en él.

Por ello, aun sin mala voluntad contra el hombre, aun reconocidos a sus atenciones, aun debiéndole, en realidad, la reconciliación que los unía, no por ello dejaban de sentir Retuerto y Rojas lógica humillación. Suficiente a explicar que la conversación de que vamos a enterarnos tuviera cordial tono. En ella inverosímil a haber sido sostenida unas semanas antes.

—Sorprenderá a usted verme tan de improviso y de mañana—dijo Rojas al entrar.

—Efectivamente: no pensaba nos viéramos hasta la tarde. Pero cuando usted viene sus motivos tendrá.

—Sí señor... Siempre que a usted no le parezca inoportuno que hablemos del asunto de Abanal—la cortesía de Rojas no decía ya de Puente Palma—en ausencia de nuestro jefe.

—¡Nuestro jefe! Dice usted bien: lo es. Sin que acaso estemos libres nosotros de culpa en ello.

—Por pensar eso mismo de aquellas malhadadas rencillas, me he atrevido a venir.

—Olvidémoslas y, en estas ominosas circunstancias, no seamos sino leales compañeros. Ea, ¿de qué quiere usted hablarme antes de que nos avistemos con el perquirente?

—Lo primero, del famoso viaje que me parece una sandez.

—¡Ah! Yo creía... Como con él se ha manifestado conforme y hasta entusiasmado...

—No consultándoseme no tenía porqué hacer objeciones, que nada habrían pesado, dada mi pequeñez, en el ánimo del Sr. Perquirente.

—Lo mismo, lo mismo que yo... Para prender a esos no veo necesidad de que nosotros nos traguemos El Océano... A requerimiento de nuestros cónsules en Australia, pueden allí aprehenderlos las autoridades de aquel país, en cuanto el buque surta en Sidney, y antes del desembarco de pasajero alguno.

—Evidentemente. De acuerdo en esto, vamos a otra cosa. Supongo que, como yo, agradecerá usted a Don Orófilo su empeño en no modificar ni en un ápice sus convicciones sobre los hechos. Con tanto más motivo cuanto que tales convicciones no son de él sino de usted y mías.

—Exactísimo: él no ha descubierto nada; solamente ha hilvanado los aciertos de usted con los míos, sin descartar por sí nuestras falencias; pues usted y yo, habíamos ya mostrado en lo que el otro claudicaba.

—Cierto. El mismo lo reconoce.

—En privado, con nosotros; mas, de puertas afuera él será el triunfador, nuestros aciertos parciales serán su total acierto, y nosotros los fracasados. Muy cómodo.

—Muy cómodo, sí; porque eso lo hace el más torpe; y él no lo es poco... ¿Qué le parece a usted de la ocurrencia de dejar encerrados todos los efectos de Peláez en la maleta encontrada en el hotel, prescindiendo del examen detenido de ellos y de seguir esos interesantísimos indicios!

—Una insensatez. Pero muy explicable; pues carente de previa orientación, por nosotros dada, sobre el alcance de ese hallazgo, no sabe cómo aprovecharlo. Es que la plétora, como él dice, de pistas lo marea, y que así no tiene que molestarse en discurrir. Tarea para él más ardua que irse a Australia, con lo cual se evita el trabajo de seguir nuevos rastros.

—Conformes, conformes, Don Nicasio. Y pues lo estamos, no malgastaré más tiempo en generalidades. He venido a informar a usted de algunas cosillas nuevas, que he averiguado, y no conoce él.

—¡Ah! ¿Novedades? ¿Importantes?

—Usted lo apreciará; y decidirá, luego, si debemos acompañarlo en ese ridículo viaje o nos conviene buscar modo de quedarnos sobre las pistas que él desdeña. Pues sospecho que este crimen puede dar todavía no pequeñas sorpresas.

—Soy todo oídos... Pero, ¿se ha desayunado usted?

—Con unos sorbos de leche mal bebidos a la carrera; pues quería tener seguridad de coger a usted antes de que saliera.

—Voy a decir entonces que traigan desayuno para entrambos.

II

EL MARAVILLOSO OLFONÓGRAFO

Cuando, ya desayunados los dos perquiridores, se fué el criado, bien impuesto en que, si alguien viniere a ver a Don Nicasio, debería decirle que no estaba éste en casa, comenzó Rojas a hablar diciendo:

—Sabrá usted que no he conseguido apoye el cónsul nuestra pretensión con el embajador. Sin que ello me sorprenda; pues

no tengo con él la amistad que dije a Don
Orófilo, sino superficial conocimiento; mas
suficiente, sin embargo, para ir a verlo, y so
pretexto de la petición, que de antemano
daba por negada, enterarme de algo que
me tenía en curiosidad, desde que la torpeza de Finflair, y su monomanía del viaje, me cortó la palabra cuando iba a sacarle a Celinda la fecha de su mudanza
de nacionalidad.

—¡Ah! ¿Era eso lo que...? Siga, siga: no
quiero interrumpir a usted...

—Sí señor. Y no sólo me ha dado que
pensar lo averiguado, sino que a pesar de
parecer probada ya la inocencia de esa muchacha, creo que también usted considerará
la cosa digna de atención.

—Ande hombre. Me tiene usted en vilo.

—Pues bien la fecha del otorgamiento de
la nacionalidad saxonesa, por mí averiguada, simulando ante el cónsul no creer en
tal nacionalización, es anterior tan sólo en
cinco fechas, a su embarco, en Saxonia, para
Ibermania en compañía de la bailarina. Y
la notificación de ello al consulado no llegó
aquí sino bastantes días después de estar ya
ella en Novaria...

¿No le parece a usted un poco extraña
esa cercanía de fechas?

—Sí señor. A despecho de mis presunciones favorables a esa muchacha, confieso
que, cuando menos, es extraño no se le ocurriera cambiar de nacionalidad, sino precisamente al retornar a su nativa patria...
Extraño, sí... Por ahora no digo más; pero
extraño sí es... Sin embargo los expedientes
de nacionalización tienen a veces larguísima
tramitación; y si éste fuera uno de dichos
casos la cercanía de fechas entre la conce-
sión de la nueva nacionalidad y su venida,
no daría lugar a la sospecha, que columbro
en usted, y asimismo me revolea en el magín, de que esa chica haya querido subs-
traerse a nuestra jurisdicción para hurtar
el cuerpo a las posibles consecuencias de
una gatada que aquí viniera a hacer.

—Tanta razón tiene usted, que para ponerlo pronto en claro, y siendo tarde para
ello cuando anteayer salí del consulado, me
fuí ayer mañana al Ministerio de Negocios
Extranjeros, en donde he visto el expediente de desnacionalización de esa buena moza,
del cual resulta ser la petición de ella
sólo en dos meses anterior a la fecha de su
salida de Saxonia, que consta en el pasaporte de su ama, con quien vino, y el cual
está aún, según recordará usted, en el consulado.

—Entonces esa cercanía de fechas podrá
ser casual, mas desde luego es sospechosa,
y sugirente de la conveniencia de que con
la luz de tal indicio repasemos cuidadosamente todo lo relativo a esa chica.

—Para eso vengo a ver a usted: para que
juntos hagamos tal repaso, teniendo también en cuenta otros datos frescos.

—¿Frescos?

—Sí Don Nicasio. Los del definitivo informe sobre los análisis que estaban pendientes en el laboratorio, y terminados ya, desde
hace cuatro días.

—No sabía palabra de ello.

—Ni yo, hasta ayer, que pensando era ya
tiempo de que lo estuvieran, y que acaso
ellos podrían decirme cosas nuevas, me fuí
al laboratorio central, donde al reunirse en
uno los procesos de Abanal y Puente Palmas fueron enviados todos los efectos de-
positados en los de nuestras dos brigadas;
y en donde los compañeros me dijeron que
hacía tres días había sido entregado el informe definitivo al Perquirente Popular.

—¡Sin decirnos nada a nosotros! ¡Sin
imponernos en sus resultados!

—Es natural, Don Nicasio. Ahora no somos ya sino simples ayudantes de Don Orófilo.

—Verdad, verdad. El jefe es él... El jefe
de todas las investigaciones. Nosotros no
contamos. La prueba es que ni palabra nos
ha dicho él de tal informe. Y la verdad es
que bien merecía la pena.

—Ca, no señor. Para él nada. Le estorba
lo negro. ¡Qué ha de entender de tecnicis-
mos investigatorios un polizonte inculto
como él! A ése le sobra con nuestras conclu-
siones, y se le indigesta todo dato nuevo que
le obligue a discurrir. Seguro estoy de que
con el informe ha hecho lo que con la maleta
de Peláez: encerrarlo bien para no meterse
en la cabeza lo que en ella no le cabe.

—Tiene usted mil razones... Y puede que
también le haya puesto otro espantable rótulo. Además, a él no le interesan sino los
perdidos cheques y los extraviados corazones
de que hablan sus tarjetas; los divorcios y
los líos amatorios de que granjea su sub-
sistencia... Esto otro no lo entiende ni le
importa sino por la prestancia que en lo
suyo le da... Pero si él no, bien podían nuestros compañeros del laboratorio no habernos
sigilado el resultado de sus análisis... ¡Compañeros, compañeros! Este es un nuevo
desengaño...

—No Mi Comandante. Eso no. Porque
aquí tiene usted una copia del informe ele-

vado a Don Orófilo, que para nosotros tenían hecha. Ayer me la dieron, exigiéndome palabra de guardar reserva, y entera me la he echado anoche al coleto.

—¡Oh! Eso ya es otra cosa... A ver a ver.

Al decir esto cogía Don Nicasio un sobre *infolio* muy grueso y bien relleno con los varios y extensos informes contenidos con él. Que recogiéndolo de encima de una silla, donde con el sombrero lo dejó al entrar, le entregaba Rojas. Y después de sacarle las tripas—al sobre claro es—y ver cuanto abultaban dijo:

—¡Diantre, diantre! ¡Esto es prolijo en demasía para mi acuciante impaciencia. Y aunque después lo lea con calma, para discriminar sus particulares, agradecería a usted me anticipara lo que más le haya llamado la atención en su lectura...

—No, no señor. No quiero, con mi juicio, predisponer el ánimo de usted. Así de ser los de ambos coincidentes, cual espero, tendrán mayor fuerza, y de discrepar podrá el de cada uno ser piedra de toque en la que el otro aquilate el suyo.

—Verdad, verdad. Así es mejor: la opinión de usted alquitarará la mía, y, a la inversa, mi parecer acendrará el suyo.

—Sí señor, sí. Pero presumo que no discutiremos; pues reunidos en un solo laboratorio elementos de que usted no dispuso con los que a mí me eran desconocidos, arrojan juntos luz que espero ha de hacer ver a usted lo mismo que me ha mostrado a mí. Y, dicho esto, dejo a usted el informe. Sobre el que, a la tarde, después de nuestra cita con el perquirente, cambiaremos impresiones.

—Pues, hasta luego. Ahora mismo voy a ponerme a la faena.

El primero de los varios legajos contenidos en el sobre que leyó Don Nicasio fué el concerniente al estudio de los olores aspirados por el *pituitógrafo* en las alcobas donde en Villa Gaya durmieron Amabel y Celinda, de los de las ropas de la maleta de ésta, de la toca de viaje de la bailarina y de las toallas manchadas, de agua sanguinolenta, una y otras encontradas en el reservado del rápido. En la capa, expuesta durante mucho tiempo a la intemperie y empapada con los chaparrones de la noche del crimen, no dió resultado el olfonográfico examen.

Bases de la invención del pituitógrafo, fresquita cuando acaeció el crimen, fueron varios descubrimientos, entre sí independientes, que con el tiempo se trabaron para dar origen al utilísimo aparato.

Primero de tales descubrimientos: el realizado, a medias por la histología y la química, de los elementos que prestan al tejido orgánico de las membranas pituitarias de los seres animados su sensibilidad olfatoria, haciéndolas *vibrar*, con diversas velocidades y amplitudes de oscilación, según sean éstos o los otros los olores con que sean impresionadas: de modo análogo a como vibran en el oído el tímpano auditivo, y en el ojo la retina, con los diversos ruidos o colores; o cual vibra la antena radiotelegráfica con las interrupciones de corrientes eléctricas, la placa telefónica con las intermitencias de intensidad de éstas, y la luz eléctrica cuyo color *o sonido* varían, en el arco o la bombilla, con la presión (número de voltios) y la intensidad (número de amperios) de la corriente que por ellos pasa (1).

---

(1) Lo que cuantitativamente son el amperio y el voltio ha sido ya dicho en alguna novela de esta biblioteca. Y como no es cosa de repetirlo cada vez que en otras sean mencionados, de ellos se hablará ahora en otro aspecto: en el de sus naturalezas.

La corriente eléctrica es un transporte de *fuerza*—si habláramos cual técnicos diríamos energía—que siendo eléctrica al salir de la máquina de este nombre, donde se engendra, es luego transformada en fuerza de otra naturaleza, térmica, mecánica, química, luminica. Realizar tal transformación es el cometido del receptor en donde la electricidad ha de trabajar: sea tal receptor una estufa eléctrica, un motor de una máquina de imprimir o tranvía, un baño electrolítico, un arco o una bombilla de una instalación de alumbrado.

Ahora bien, la *potencia* de una corriente, capaz de efectuar, al transformarse cualquiera de esas clases de trabajo, se mide por el producto del voltaje, o número de *voltios*, por el de los *amperios* de ella. Pues en el motor en la lámpara eléctrica, etc., es el voltaje, con respecto a la electricidad, equiparable a lo que mecánicamente es, en una locomotora, la presión del vapor sobre los pistones impulsores de la bielas motrices de las ruedas; mientras el número de amperios que da la medida de la cantidad de electricidad en un segundo transportada por la corriente, es asimilable a la total del vapor entrado, a cada golpe de los pistones, en los cilindros en donde oscilan éstos.

Mucho vapor y mucha presión dan gran potencia a la locomotora; muchos amperios y muchos voltios proporcionan gran potencia eléctrica. Los productos de voltios por amperios ya no se llaman uno ni otro sino *vatios*, con los cuales se mide la potencia eléctrica. Resultando de ello—interesa advertirlo—que un trabajo que exija 400 vatios de potencia lo mismo puede hacerse con una corriente de 4 amperios y 100 voltios, que con otras de 2 y 200, o de 1 y 400 respectivamente; porque en todas ellas es 400 el producto de voltios por amperios. Y de otra parte, la misma cantidad de electricidad de 4 amperios no rendirá sino 300 vatios si el voltaje baja a 75, 200 si cae a 50, 100 si desciende a 25.

Puede formarse idea de lo que es un vatio, sabiendo que de convertirse íntegramente en energía mecánica representa la potencia de la fuerza capaz de levantar 102 gramos a un metro de altura: igual a la requerida para elevar un kilogramo a 102 milímetros.

El kilovatio—1.000 vatios—muy usado para medir tra-

Segundo: un estudio antiquísimo, pues procedía nada menos que de fines del siglo XIX o principios del XX, de ello no estoy seguro, del Doctor Piesse, que clasificó los principales olores conocidos, agrupándolos en una gama semejante a la de los sonidos musicales escalonándolos en seis *octavas* aromáticas cuyo *do*, más bajo está representado por el pachulí, y los segundos, terceros, séptimos *dos* por sándalo, geranio, rosa, alcanfor, jazmín y piña de América (el más agudo de los perfumes por dicho doctor conocidos) respectivamente.

Tercero: el descubrimiento de que el rutenio fosforado se comportaba eléctricamente, con respecto a los olores, de modo semejante al del selenio con la luz. Quiere decir, haciendo variar la intensidad de la corriente eléctrica en cuyo circuito se intercalará una cápsula de rutenio, según fueran unos u otros los olores que bañaran dicha cápsula. Este descubrimiento anterior al de los elementos pituitarios, fué efectuado en el año 1993 (1).

Dicho esto, ello sobrará a los versados en ciencias físicas para ver claro que, tan pronto descubierto el modo de hacer que una corriente eléctrica—elemento el más apto como intermedio para la mutación de una en otra de las fuerzas físicas—fuera sensible a los olores estaba alcanzada, en principio, la posibilidad de distinguir unos de otros; de identificarlos después de mucho tiempo de haberse desvanecido su rastro, y la de apreciar en ellos ténues intensidades no perceptibles por la nariz más quisquillosa. Y cuando la ciencia logra algo en principio, el hacer de ello una realidad práctica no es sino problema de acoplamientos y pormenores de laboratorio que, antes o después, resuelven la paciencia y el tiempo. Con frecuencia ayudados por la casualidad, que, siendo veleidosa, llega unas veces pronto, y en otras ocasiones tarda siglos.

Pero para los no expertos en estos menesteres de las transformaciones de energías es precisa una breve noticia y una compara-

---

bajos de importancia—equivale a poco más de cuatro tercios de caballo de vapor. La fuerza de éste, capaz de elevar 75 kilogramos a un metro de altura en un segundo, es sabido que es algo mayor que la del animal de tal nombre.

De lo dicho tres párrafos más arriba resulta la importancia que en el efecto útil de una corriente tiene su voltaje. Pues duplicándolo, triplicándolo..., centuplicándolo se obtienen *con las mismas cantidades de electricidad* potencias doble, triple..., cien veces mayor. Como aumentando la presión en la locomotora se aumenta el rendimiento del vapor; como con un martillo de un kilogramo que caiga de 5 o de 10 metros de altura, se dan golpes que exigirían otro de 5 en el primer caso y de diez en el segundo si solamente cayeran desde un metro.

(1) En nota anterior y cercana a ésta se ha visto la importancia que el voltaje tiene en una corriente eléctrica, y ahora diremos que el utilizado en la máquina herramienta, sea motor, estufa, lámpara, etc., es siempre menor que el de la misma corriente a su salida de la máquina eléctrica generadora. Pues así como el calor del hogar de la caldera no se aprovecha íntegro en el trabajo de la locomotora de vapor, por perderse una gran parte de él en calentamientos de la máquina y el ambiente, en rozamientos, etc., etc., de igual modo, entre la dínamo, la pila o el acumulador, y los ingenios transformadores de la electricidad en fuerza mecánica, luz, etc., la corriente va perdiendo voltios, consumidos en vencer *rozamientos eléctricos* ocasionados por la resistencia, que, en diverso grado, oponen al paso de la electricidad todos los cuerpos. Hasta los mejores conductores de ella, de que se fabrican los alambres usados en las *líneas* por donde la corriente va de la *central*, donde nace, a los lugares en donde se utiliza, en una u otra forma.

Es fenómeno general en todos los conductores el presentar mayor resistencia a la corriente, que por lo tanto ha de gastar más voltios en vencerla, cuanta más elevada la temperatura de dichos conductores—y aquí esfuerzos para refrigerar las máquinas industriales a fin de aminorar pérdi-

das—. Y es fenómeno particular de un metal, el *selenio*, que su resistencia al paso de la corriente varía notablemente según esté en la oscuridad, poco alumbrado o mucho, disminuyendo aquélla a medida que aumenta la iluminación.

Esta particularidad del selenio ha sido utilizada en multitud de ingeniosos aparatos ideados con objeto de efectuar automáticamente cosas que normalmente exigen intervención personal; por ejemplo, para hacer señales al paso de los trenes; para abrir a la mañana las ventanas de una casa, o apagar los faroles del alumbrado público de una población, y cerrar aquéllas o encender éstos al anochecer. Resultados que se consiguen porque al iluminar la luz del día un trozo de selenio intercalado en el alambre de una línea eléctrica crece la conductibilidad de ésta dando así paso a una corriente que pone en movimiento el correspondiente mecanismo dispuesto para abrir unas y apagar otros, y cuando la oscuridad envuelve el selenio, aumentando la resistencia de la línea, cesa la corriente de fluir, y es esta interrupción de ella la que pone en acción mecanismos inversos, que cierran las ventanas o encienden los faroles.

Sabido que la resistencia varía en todos los conductores con la temperatura de ellos y en alguno con la cantidad de luz que los alumbra, cosas, la una y la otra ignoradas totalmente por nuestros abuelos—los de Ignotus y sus contemporáneos que son gente ya tallada—, no hay que asombrarse de que nuestros nietos sepan, en los tiempos del crimen del rápido, que el rutenio fosforado se comporta eléctricamente respecto a los olores de modo análogo al selenio con respecto a la luz.

Mas conviene advertir, antes de acabar esta nota, que perderían el tiempo los lectores que buscaran rutenio fosforado para exponerlo a diversos olores, con el fin de cerciorarse, por sí mismos, de la certeza de su variable sensibilidad olfoeléctrica; pues para que ésta se manifieste en él no basta se halle fosforado. Ya que es preciso lo haya sido por método y en proporción, todavía no asequibles a los recursos de los químicos laboratorios de nuestros días.

ción, para que se hagan cargo de cómo pudo inventarse el pituitógrafo.

He aquí la noticia. Si en un circuito eléctrico de laboratorio—constituído con una batería de pilas o acumuladores, de donde la corriente mana, y el alambre por donde fluye ésta—monto dos o tres pequeñas bombillas de alumbrado, y además intercalo un teléfono con su micrófono y su auditivo, proporcionando adecuadamente los diversos elementos de él, ocurrirá que al hablar en el micrófono y sonar el auricular *oscilarán* las luces de las lámparas. Y a la inversa, si teniendo al oído el auditivo apago y enciendo rápidamente una o más lámparas oiré crujir la chapa vibrante de aquél. Estos son casos de conversión de sonido en luz y viceversa, o con más propiedad de modificaciones de *una u otro* producidas por acciones de el *uno o la otra*. Acciones de las que la electricidad es vehículo.

Vamos ahora con la comparación: En los laboratorios de perquirición intercalaban en un circuito telefónico la anteriormente mencionada cápsula de rutenio, sensible a los olores, empalmándola a los alambres del primero; y según el pituitógrafo hiciera llegar a ella una u otra fragancia o pestilencia, en él depositada, variaba de diverso modo la conductibilidad eléctrica de la cápsula: dejando pasar mayor o menor parte de la electricidad producida por el generador eléctrico, alimentador de la corriente, y originando, en consecuencia, cambios de intensidad en la última, que hacían vibrar la membrana del auditivo, con diversos sonidos correspondientes a la entidad de las variaciones en la corriente ocasionadas por cada clase de olor. Estos sonidos eran capturados y registrados por un *fotófono*, que, con delicadeza de percepción, superior a la del oído humano, los clasificaba por sus correspondencias con tal o cual olor de la escala de Piesse. Sin equivocarse nunca al decir *suena* a clavel, a lilas, o a creosota. Hazaña muy por cima de las capacidades del oído más fino y de la más aguda nariz (1).

III

LA ELOCUENCIA DE PERFUMES Y PELOS

Antes de entrar en la materia del presente capítulo, debo advertir que no obstante la estrambótica apariencia de su título es éste justificadísimo; porque en breve va a verse que perfumería y peluquería desempeñan en las pesquisas del crimen del rápido de Cochamba papel tan importante como la dactiloscopía.

Las películas, o membranas más bien, olfonográficas, impresionadas en el pituitógrafo que en la alcoba de Celinda recogió los olores de la cama de ésta y de las ropas guardadas en su maleta, dieron, al libertar dichos olores, en presencia del reproductor telefónico del *olfotono* del laboratorio, la nota grave y profundísima del *do* primero de la clave de *fa*. Correspondiente, en la música escrita para piano, al primer *do* de las olorosas octavas de Piesse: do representativo del pachulí que, violentamente, había salteado las narices de Malas Patas y Don Nicasio al acercarse a la narcotizada.

Los tenues aleteos del suave aroma de la alcoba y la cama honradas una noche por la estrella de la danza, dieron, en el laboratorio, el *sol*, no menos suave, de la cuarta octava, correspondiente a la simpática fragancia del perfume de la magnolia.

Ni lo uno ni lo otro decían nada interesante, ni siquiera nuevo, u Don Nicasio; pues, sin haber menester de artificiales pituitas ya él había olido ambos olores con su propia y natural pituitaria. Mas lo que no había olfateado era la toca de viaje de Amabel encontrada en el rápido, ignorando, por tanto, hasta leerlo en el informe del laboratorio, que los efluvios de ella desprendidos habían hecho gruñir al olfonógrafo con ronquido complejo, resultante de confusa mezcla, villanamente híbrida, de notas disonantes de olores primarios tan dispares que, al superponerse, aullaban de estar juntos: tales que jamás a perfumista algu-

_____

(1) A quien no esté ducho en eléctricas taumaturgias tal vez le sorprenda lo del *sonar de las bombillas*. No obstante ser inconcusa verdad, fácilmente explicable.

En la telefonía, corrientemente usada, del sistema Hughes, intervienen dos placas delgadas y elásticas: una, la del *micrófono trasmisor*, ante la cual hablamos o producimos el sonido que deseamos trasmitir; otra, la del *teléfono receptor*, o *auditivo*, que a la oreja se lleva quien escucha.

Es el sonido, ya se sabe, ondulación acústica, o sea movimiento más o menos rápido del aire. Que, con vaivenes de sus moléculas, trasmitidos a lo lejos, en la dirección de la propagación del sonido, vibra tanto más velozmente cuanto más agudo este.

16 y 35.000 vibraciones, o vaivenes, por segundo, son, para oídos finos, los límites numéricos de las que engendran los sonidos que, por grave el más lento y por agudo el más veloz, escapan a la percepción auditiva. Los sonidos musicales están todos comprendidos entre las 40 para el do más grave de la primera octava, y 5.120 para el do final y más agudo de la séptima.

Los citados vaivenes del aire inmediato a la placa de un micrófono, hácenla vibrar con la propia frecuencia de oscila-

no pudo ocurrírsele la malhadada idea de combinarlos en acorde aromático por el estilo de los que, con los nombres de ilang-ilarg, piel de España, brisa otoñal, etc., y trabando diversas esencias elementales for-

ción de aquél, dependiente del tono del sonido, y con amplitud resultante de la intensidad de la onda sonora que lo produce.

La placa microfónica es tapa de una cajita dentro de la cual están montados unos carboncillos, en contacto imperfecto unos con otros mientras la placa no vibra, y más estrecho, pero siempre fortuito, cuando oscila ésta con vibraciones, que se trasmiten a ellos. Impidiendo en la primera disposición, franqueando, con la segunda, el paso a la electricidad de una pila, cuyos alambres tocan a los carbones. Con lo cual la corriente circula y se interrumpe con la misma frecuencia de las oscilaciones de la placa; y con intensidad, en cada impulso, regulada por la amplitud de ellas.

Cuando dicha corriente fluye pasa del micrófono a la línea que la lleva a un electroimancillo encerrado en el auditivo telefónico del extremo de ella, e imanado y desimanado alternativamente, cada vez que corre o cesa aquélla. Atrayendo, en un caso, y soltando, en el otro, la placa vibrante de dicho auricular, que en los empajes de sus oscilaciones, iguales a las del micrófono hace vibrar el aire libre exterior inmediato la teléfono *del mismo modo* que vibró en las ondas sonoras cuyos impulsos sacudieron la placa microfónica. Y como igualdad de vibración quiere decir lo mismo que igualdad de sonido, he ahí por qué el teléfono reproduce el que actuó sobre el micrófono.

Para el objeto de esta nota interesa observar en lo dicho que, si bien el sonido del teléfono tiene por causa primaria el que actúa sobre el micrófono, ésta es causa remota. Siendo la próxima de aquél las *interrupciones de la corriente* en el electroimán, cuya intermitente atracción de la placa del auricular determina las oscilaciones de ésta engendradoras del sonido escuchado.

Compréndese, por tanto, que si, mediante un interruptor, produzco intermitencias de corriente en un circuito eléctrico, *sin micrófono*, compuesto solamente de pila, bombilla de alumbrado y auricular telefónico, ocurrirá que la falta de micrófono no será óbice para obtener, en el auricular, ruidos variables correspondientes a los cambios de ritmo y duración de las interrupciones de la corriente; o, sin llegar a éstas con las meras oscilaciones de la intensidad de ella.

Ya, visto lo anterior, visto queda asimismo que los sonidos fuertes del teléfono serán simultáneos con intensos destellos de la lámpara, y que a los silencios y a los trámolos del uno corresponderán respectivamente, oscuridades y titileos de la otra.

Enredando todavía otro poco en el mismo circuito quitemos de él el auditivo y reemplacemos el mecánico interruptor de la corriente, por un micrófono, que en realidad es otro interruptor aun cuando fónico; pues cuando no se usa permanece apagada la bombilla; encendida, a la inversa, tan pronto se habla o se canta ante él. Luciendo, al encenderse, con destellos y con oscilaciones, dependientes de la naturaleza de los sonidos, pues según sean éstos así se moverá la placa cuyas oscilaciones se comunican a la corriente.

Por último, recapitulando un poco sobre los resultados obtenidos en estos manipuleos electro-foto-fónicos, no es preciso gran esfuerzo para comprender que si volviéramos a poner el teléfono en lugar del micrófono, y por cualquier medio acertáramos a producir, en el circuito, pila, lámpara,

man los fabricantes de perfumería. Pues, de ser ensayada, dicha absurda mezcla, no daría olfatorio acorde, sino discordancia exasperante aun para las narices más plebeyas.

Pero lo interesante, no para el perfumis-

auditivo, oscilaciones de luz—es decir de la corriente que engendra ésta—iguales a las que ocasionaba el micrófono, ahora suprimido, el auditivo sonaría *con sonidos* iguales a los que antes fueron producidos frente al micrófono.

Véase por dónde podrá venir, andando el tiempo, un alfabeto lumínico. Que, usado con aparatos de bolsillo de lámparas, permitan a los mudos sostener conversaciones ópticas, que no podrán oír, pero verán los sordos. Comunicación mucho más cómoda y rápida que la sostenida empleando los abecedarios de señas de manos que hoy se enseñan en los colegios de sordomudos.

Las bombillas especiales llamadas *válvulas de vacío*—Edison, Flemming—, u *odiones*—De Forest—usadísimas hoy en *radiofonía*, son especialmente aptas para realizar estas maravillosas transformaciones fotoacústicas.

¿Pero es que realmente se metamorfosea en ellas en sonido la luz y viceversa? ¿Son éstas apariencias nada más?

¡Uy! ¡Dónde voy a meterme!

No, no me meto: mas sin entrar en explicaciones impertinentes en libro de la naturaleza de éste—que quien tenga curiosidad de conocerlas hallará en el capítulo «Orquestas de luces» de la obra del autor de ésta, *Modernas brujerías de las Ciencias*—diré, sin embargo, que en las lámparas recién mencionadas fluyen *dos diferentes corrientes*: una, la del generador eléctrico, que encandeciendo el filamento produce la luz; otra la de una pila que *sin pasar por el anterior* generador se superpone a la de éste, no en la línea, sino solamente en el filamento, salta de éste a un elemento metálico cercano —chapa o alambre—encerrado en la bombilla, y retorna a la pila, pasando por un teléfono.

Acerquémonos a uno de estos aparatos en ocasión en que abiertos ambos circuitos no circula corriente por la lámpara, estando en consecuencia apagada ésta, ni por el teléfono. Dado ahora vuelta a la llave del primer circuito, se encenderá la bombilla, como era de esperar. Pero lo inesperado para quien no está en el secreto, como lo es para quienes han leído los anteriores párrafos es que, al dar a la llave del circuito telefónico y comenzar a circular la corriente de su pila, suena el teléfono. Y suena tantas veces cual se abran y se cierren los circuitos. Siendo lo más particular que así se pueden obtener notas musicales, limpias, puras, y variables en tono, timbre e intensidad, con los tamaños de las bombillas, condiciones de los circuitos y caracteres de las corrientes empleadas.

De aquí a fabricar pianos u órganos en que cuerdas o tubos sean reemplazados por lámparas que emitan los sonidos, no hay sino un paso, y con otro se llegaría a constituir verdaderas orquestas de luces, en donde los usuales instrumentos músicos estarían sustituidos por bombillas; y en los cuales se usarían bocinas amplificadoras de alta voz en vez de los teléfonos ordinarios de los experimentos de que hemos dado cuenta.

En tales pasos parece anda ahora Míster Lee de Forest, inventor de las lámparas llamadas *odiones*, que hicieron posible la primera comunicación radiofónica a grandes distancias. La cual fué en 1917 establecida por aquél entre Washington y Honolulú. Salvando con ella distancia por el estilo de las que separan Valparaíso de Nueva Zelanda, Barcelona de México, Buenos Aires de Madagascar, Madrid de la Cochinchina.

ta, sino para Don Nicasio, era el resultado del difícil análisis del gruñido de la toca, donde se peleaban fragancia a magnolia y peste a pachulí, o sea los perfumes usados por la bailarina y su doncella: levísimo y remoto el primero, como agobiado bajo el abrumador peso del sofocante pachulí sobre él caído.

Y esto era grave, pues de ello parecía desprenderse, cual consecuencia lógica, que *después* de usada por Amabel había sido la toca manoseada por Celinda, o apretada fuertemente contra sus ropas, impregnadas en aquella delatora peste. Que también había dejado emanaciones persistentes en una de las toallas, usadas por los criminales, después de cometido el asesinato.

Al llegar a esta parte del dictamen técnico, meditó Don Nicasio que aquella toca, entrada en el reservado en la cabeza de la bailarina, no había salido de él sino para ir al laboratorio. Luego si olía al perfume de Celinda, del cual no había rastro en la cama ni en la alcoba de su ama, sugería tal olor presunción fortísima de *haber viajado juntas ambas en el reservado*. A despecho de todas las anteriores pruebas en contrario.

Más todavía: como el olor de una de las toallas indicaba que *quien olía a pachulí tuvo que lavarse sangre de las manos*, no es de extrañar que la imaginación de Retuerto bosquejara un cuadro en donde la doncella, no la supuesta, en que hasta entonces había aquél creído, sino la verdadera, sujetaba contra su cuerpo, la cabeza de Amabel tocada con la gorra de viaje y envuelta acaso entre la capa, para ahogar sus quejidos, mientras la apuñalaba el que en la otra toalla había dejado olor a tabaco.

Tal vez las cosas no pasaran así, y el olor de la toca obedeciera a que Celinda hubiese tenido la idea de llevársela entre las ropas de mujer que, para bajar del tren disfrazada de hombre. hubo de quitarse; y a que después variara de opinión, juzgando preferible dejarla en el reservado a esconderla o tirarla en otra parte. Donde, andando el tiempo. pudiera ser encontrada, y dar indicio del camino por ella seguido en su fuga.

—Calma, calma—murmuró, pasándose la mano por la frente, el que por mucho tiempo había sido tenaz paladín de la doncella—. Esto parece luz, que para mí lo es de desengaño; y lo que ella me muestra es muy expresivo, terriblemente acusador... Pero también me parecieron antes tan inconcusas las pruebas de la inocencia de esa chica,

como clarísimas las imposibilidades de su estancia aquella noche en el tren y en Villa Gaya. Y el mismo Rojas, predispuestísimo contra ella, se rindió a la evidencia de su inculpabilidad.

Calma, calma. En la historia de las causas célebres pululan casos en que pruebas al parecer irrebatibles llevaron al cadalso a pobres inculpados. Nada de pretender reconstituir oscuros hechos hasta haber leído la totalidad del informe...

Bueno: que el pañuelo con marca A. C. (Amabel Cork) hallado en el rápido da las mismas indicaciones olfotónicas que la toca. Esto no es novedad; mas corrobora lo anterior...

Se acabó este legajo. Vamos con otro...

¡Calla! Yo no sabía esto: Rojas, también, tenía, pelos rubios y negros como yo... Pero más que yo; porque yo no encontré en la almohada sino dos negros y uno rubio; y él, además de los mechones ensangrentados encontró, en el tren, dos negros y tres rubios... A ver a ver... ¡Cuánto fárrago inútil inmiscuyen estos técnicos en sus informes!... ¡Cuánto tiempo perdido hasta encontrar cosa de jugo!...

Que los rubios de Rojas y los míos son quebradizos, por resecos y faltos de grasa. ¡Que son pelos enfermos!...

¡Zambomba! Esta sí que es gorda: que mis pelos negros son idénticos en color, y exactamente de igual grueso, que los negros de Rojas; que unos y otros contienen la misma proporción de grasa, dando un vehemente indicio de pertenecer todos a una sola persona.

Esto es importantísimo; porque mis pelos negros eran de esa. Es indudable.

—No, indubitable, no, pero sí racional y vehementemente presumible. Y pues los de Rojas son de la misma persona, éste es nuevo motivo tan poderoso como los anteriores, y aun potísimos entre ellos, para creer que esa moza estuvo en el reservado...

¡Ah! Todavía queda la conclusión final. "Pero aquella lógica identidad de procedencia de los cinco pelos, se ha convertido en certeza absoluta al ver que los coeficientes de elástico alargamiento de ellos, al llegar a la fractura por tracción, han resultado idénticos. *Todos los pelos negros son pues de una cabeza*".

¡Canario! Voy temiendo que entre la opinión del matasanos de Abanal, sobre la duración del narcotizamiento, el maldito despertador y la lagarta esa me han jugado una chanza pesada... Claro: la falta de datos, y, lo que es peor, los datos incompletos... Si yo hubiera sabido todo esto de los perfumes del rápido y hubiese tenido los cabellos de Rojas además de los míos...

En esto andaba de su lectura y de sus deducciones el comandante cuando entró el criado diciendo: "Si el Señor se descuida en bajar al comedor llegará pasada la hora hasta la cual se sirven almuerzos."

—Que me lo suban aquí—contestó Retuerto, sin levantar cabeza de la lectura, que tampoco interrumpió cuando se lo trajeron, y continuó tragándose hojas a la par que engullía bocados sin mirarlos; estando, a causa de ello, a punto de ahogarse con una espina de pescado. Por culpa de aquella bolsita membranosa, que el primer examen del laboratorio dijo pudiera ser huevo de insecto, y de aquella uña corva, acerada y parecida, aun cuando más pequeña, a uña de gorrión recién nacido. Que laboriosísimos estudios realizados en el Museo y Laboratorio de Historia Natural habían averiguado ser, garra la última, y huevo la primera, de garrapata de perro.

—De perro, no, de perra—rectificó Don Nicasio, al leer tal dictamen, acordándose de la Garbosa muerta en Villa Gaya; y haciendo, al decirlo, tan amplia aspiración con la boca llena, que entonces se le atravesó la espina, y le hizo carraspear, toser, llorar hasta pasar al cabo envuelta en un migajón de pan.

Por suerte, era mucho más pequeña que la que sin dejarse arrancar, aun seguía atravesada, no en la garganta, sino en el amor propio del sagaz perquiridor, chasqueado por la tunanta que, ya estaba visto, había entrado en el rápido con su ama y salido de él sin ella.

—Razón tenía Rojas en sospechar de la femenil voz del mozuelo apeado en Valdemimbres, de quien ya puede asegurarse ha cooperado a matar a la mastina; puesto que en sus uñas llevaba aquella garra y aquel germen de garrapata, que sin duda se metieron en ellas al sujetarla. ¡Perra, perra!

Así decía Retuerto, como resumen de sus nuevas impresiones. Y al decirlo no pensaba en Garbosa.

Prosiguiendo el monólogo; pues estaba nervioso al punto de no poder leer sin comentar lo leído iba diciendo:

—Las motas de la cama, las de las uñas de Celinda y de la toca de su ama no hay medio de saber que son; los...

Ea. esto no tiene importancia. A ver, a ver esto otro de las huellas dactilares halladas por Rojas, de las que aun nada sé.

Como por el capítulo, de "Las Pistas del Crimen", "Dactiloscopia y pelos no hablan en Novaria como en Puertofoz", está el lector más adelantado de noticias que Retuerto, no acompañamos a éste en su lectura. Que no pudo acabar aquella mañana; pues siendo las tres y media la hora de su cita con Don Orofilo y Rojas, guardó a las tres y veinte los papeles. Sin tiempo sino para tomar un auto a la puerta del hotel y llegar, con dos minutos de retraso, al despacho del primero en la Dirección.

Mas como Finflair llegó con cinco, y Rojas había sido puntual, tuvieron tiempo los dos perquiridores de cruzar en voz baja, y mirando recelosos en torno suyo, las siguientes palabras:

—Conformes, amigo Rojas.

—¿Cómo puede usted decirlo si ignora mi opinión?

—Porque de *aquello* no cabe formar dos diferentes.

—Entonces ¿cree usted como yo?...

—Que el descubrimiento de la insospechada nacionalidad de Celinda y la escama en que lo puso a usted me parece van a ser ubérrimamente fructíferos.

—Ya veo que efectivamente estamos de acuerdo. Luego hablaremos más despacio... Porque supongo que de todo esto...

—¿A ese?... Ni palabra: claro es.

—¡Chist!—Dijo Rojas al oír ruido en la puerta del despacho, que en seguida abrió el perquirente popular.

La conversación de éste con los dos perquiridores, breve aquella tarde, comenzó informándolos de estar en marcha las burocráticas gestiones preparatorias del viaje y del embargo de los motoristas, cuyos testimonios sobre las personalidades de los del Melbourne habrían de suplir el de Celinda si ésta se negare a ir a Australia, y el embajador rehusare su asentimiento para llevarla, quieras que no.

—Quite usted la última condicional—dijo Rojas—, porque ha fracasado en mi comisión. El cónsul no se presta a hacer gestión ninguna, por parecerle *una monstruosidad* se atropelle de tal modo a una ciudadana de su país: aun cuando sea pegadiza...

—Ya lo suponía yo... Pero mil gracias, amigo mío. Y por usted no ha quedado... Y sabido esto, como nada tenemos ya que hacer hasta la partida, y hasta pasado mañana no podremos fijar el cuándo de ella, no molestaré a ustedes en esos dos días. Que por mi parte voy a dedicar a los asuntos de mi agencia, demasiado descuidados, y de los cuales he de encargar a mi primer oficial hasta mi vuelta. Con que, amigos míos, hasta pasado mañana que ya podremos ultimarlo todo.

—Nosotros tendremos que solicitar, de nuestros superiores, permisos y pasaportes— dijo Retuerto.

—Sí, sí, en seguida. No se descuiden. Aparte el placer de llevarlos en mi compañía doy gran importancia a sus inteligentes colaboraciones. Yo mismo oficiaré al Sr. Director encareciéndole cuán necesarios me son los valiosos concursos de ustedes.

—Y no cree usted oportuno encomendarnos, en tanto partimos, ninguna investigación. Estamos, ya lo sabe, a sus órdenes— dijo, con solícita deferencia Retuerto.

—Ya lo sé, ya lo sé. Mil gracias. Pero, ¿qué han de investigar ustedes, si ya lo tenemos todo investigado, y sólo nos falta atrapar a ese par de bribones?

—¿Y no cree usted?—insinuó Rojas aparentando inocencia—que el laboratorio toma con demasiada calma los análisis, cuyos resultados podrían, tal vez, decirnos algo que conviniera conocer antes de marcharnos...

—¡Qué cabeza!... Calumnia usted al laboratorio, que hace ya días ha terminado, y me ha entregado esos estudios. Se me había olvidado decírselo a ustedes. Como no les doy importancia, por estar convencido de que entre ustedes dos han visto ya todo lo esencial en este asunto; como ese informe sólo puede contener datos ya fiambres, y como, además, me abruma en estos días el trabajo de mi bufete, he dejado esa memoria, larguísima por cierto, para que con su lectura entretengamos juntos los ocios del viaje.

—Divinamente pensado.

—Tiene usted mil razones: así nos aburriremos menos.

—De modo que nada más tiene usted que mandarnos.

—Nada. Hasta pasado mañana... Aquí, a esta misma hora.

IV

DOS ESCENAS BREVES Y DOS SALTOS LARGOS

Primera escena.

—¿Pero usted ha visto!...

—Calle: calle, ahora, Don Nicasio, hasta que lleguemos a mi ca——; donde hablaremos más a nuestras anchas que en su cuarto de la fonda.

Las palabras anteriores fueron dichas cuando los dos perquiridores subían a uno de los *sitecaes* oficiales que, para ser empleados en urgencias de los servicios policíacos a cargo de la Dirección General, había siempre a la puerta de ésta.

Sitecaes, por si alguien no me entiende, es nombre pintoresco y guasón, que no yo, sino el vulgo puso a los *side-cars*, por repugnarle esta palabra exótica, y en nuestro idioma bárbara en forma y en significado. Remediando así, a su modo, el pueblo, perezoso descuido de los hablistas cultos. Que, no sabiendo todavía cómo llamar, en castellano, al tal vehículo continúan diciendo *side-car* o *moto-car;* por no atreverse y con razón, a llamarlo *carro al lado* o *moto-carro:* que son las literales traducciones de dichos vocablos (1).

Sin haberse caído del *sitecaès* llegaron comandante y capitán a casa del segundo, y al entrar en el despacho de éste acabó Don Nicasio la frase que el otro le cortó, al montar en el artefacto.

—... qué bodoque! ¡Tener en su poder desde hace cuatro días esa memoria y no haberla leído!

—Ya dije a usted que le estorba lo negro, y le es más cómodo que nosotros le demos bien mascadita la papilla... Como ahora no se la masque nadie sino yo...

—¡El águila policíaca!... Cernícalo y gracias, que ahora no ve más que el viaje. Imbécil.

—Puede que sí... Pero además cuco.

—¿Cuco?

—Sí... Para mí, ese necesita ir a Australia a alguno de los negocios sucios de su bufete, y ha ideado ese modo de que el Estado le pague el viaje.

—¡Calla!... Pudiera ser... Pero vamos a lo nuestro.

Aunque todavía me falta algo para acabar el informe, lo leído me basta para coincidir con usted en que sobran méritos para prender preventivamente a la Celinda. Pero decírselo a *ese* será regalarle otro triunfo

---

(1) Si me atreviera a proponer un nombre racional y expresivo, diría que buscando para el *sidecar* uno que no arañara los oídos castellanos se me ocurrió el de *autotriciclo;* pero sobre desagradarme lo de *totri* me pareció excesivamente largo.

¿Qué les parecería a ustedes si quitándole el *to* lo dejáramos en *autriciclo?*

Insinuado queda que yo no me atrevo a proponerlo. Pero si a mis lectores les agrada y tienen mayor atrevimiento empléenlo en lugar de *sidecar* o *sitecaes.*

nuestro para que con él se engría y pomponee.

—Claro. Por eso se me ha ocurrido consultar a usted si no cree oportuno nos quedemos aquí, dejándolo a él marcharse, y que no exterioricemos nuestros descubrimientos hasta que él esté ya camino de Australia. ¿Aprueba usted este plan?

—Desde luego.

—Será preciso buscar un pretexto.

—No, dos: uno para cada uno de nosotros.

—No hace falta sino el de usted. Porque yo soy cajero suplente de la brigada, y el propietario no ha de negarme el favor de ponerse enfermo con la oportunidad precisa para que yo tenga que hacerme cargo de la caja en el momento de ir a embarcar.

—Perfectamente. Pues lo mío lo arreglaré, esta misma tarde, haciendo que el Director me nombre para algún servicio urgente. Como no es, ni con mucho, un entusiasta de *nuestro jefe*, no ha de negármelo.

—Pues, arreglado eso, podremos dedicar los días mediantes hasta la marcha de Finflair a algunos trabajillos que callandito voy a comenzar esta tarde, mientras usted va a la Dirección.

—¿Qué es ello?...

—Si le urge a usted saberlo se lo diré ahora mismo. Pero si le es igual aguardar hasta mañana, lo preferiría; porque entonces ya habrá usted acabado de leer el informe del laboratorio, y conocerá la parte de él, a la cual no ha llegado, relacionada con lo que ahora voy a hacer.

—Ni una palabra más. Hasta mañana.

Segunda escena.

(Habitación de Retuerto en la casa de huéspedes. Mañana siguiente a la anterior conversación.)

—Coincidimos, ¿no es esto?, en la certeza de que los pelos negros por usted encontrados en la almohada de Celinda son de la misma mujer que dejó los otros en el rápido.

—En absoluto. Es incontrovertible.

—Tenemos además racional creencia, pero no absoluta seguridad de que esa mujer era Celinda.

—Certísimo. Ahí *fica o punto*. En cuanto tal convicción fuera robustecida con una prueba material, podríamos acusarla de haber asesinado a su ama, o, cuando menos, presenciado y encubierto ese asesinato.

—Pues, buscar esa prueba fué lo que yo hice ayer tarde.

—¿Cómo, cómo? A ver, a ver.

—Como en estas cosas suelen a veces resultar verdades los más inverosímiles supuestos, he querido admitir la posibilidad de que al acostarse la doncella, estuviesen ya en la cama de Villa Gaya, esos dos pelos negros; que fueran de otra mujer, y ésta la misma que viajó en el reservado del rápido donde iba la bailarina.

—Son demasiadas inverosimilitudes.

—Estoy haciendo de abogado de Celinda, para poder llegar a ser su fiscal con mayor convicción.

—No está mal pensado.

—Admitidas esas remotas posibilidades, me dije que, la única manera de descartarlas en absoluto, convirtiendo en convicción nuestras sospechas, o desechar definitivamente éstas, será comparar con aquellos pelos otros de los cuales no pueda caber duda que son de ella.

—Buena ocurrencia. Pero de difícil ejecución. Ni es de creer se los deje arrancar, ni que nos lo ofrende amablemente.

—Por creerlo así he sobornado, ayer, a la criada que, en el hotel, hace la limpieza del cuarto de Celinda, para que de los peines de ésta, o del cubo de su lavabo, o del cogedor de la limpieza recoja los pelos que siempre quedan en aquéllos cuando las mujeres acaban de peinarse.

—Bien, bravo, muy bien.

—Esta tarde me los llevará la criada a mi casa. Y en cuanto los tengamos diremos a los compañeros del laboratorio que, con sigilo, los examinen y nos digan si son de la misma persona que los de marras.

—Admirable. De maestro, amigo Rojas.

—Hay algo más... Se me ha puesto en la testa que a esa lagartona no le inyectó nadie, sino ella misma, la morfina.

—Si la de los pelos diere el resultado colegido, tal presunción tomaría visos de certeza... Sí, sí: después de cometido el crimen y de regresar, en el auto, de Valdemimbres a Villa Gaya... Claro, para probar la coartada... Pero entonces las femeninas huellas dactilares del frasco y de la jeringuilla no serían de su ama sino de ella.

—Mi Comandante, me ha adivinado usted el pensamiento.

Y como tan necesitados como de su pelo, estamos de una impresión dactiloscópica que, *a priori*, podamos asegurar que es suya, la criada le substraerá el calzador de su uso, donde forzosamente hallaremos abundantes marcas dactilares.

—Demasiadas. Porque superpuestas en él

las correspondientes a varios días, probablemente nos darán madeja excesivamente enmarañada.

—No señor. Porque anoche, mientras Celinda cenaba en el comedor, frotó la criada, con una gamuza, el calzador. Que no traerá otras marcas que las que en él deje, hoy, aquélla, al ponerse los zapatos.

—Veo, amigo mío, que nada se le escapa a usted.

—En cuanto me lo traigan lo llevaremos al laboratorio, para que cotejen sus huellas con las del frasco, la jeringuilla, y el tirador del agua del reservado.

—¡Magnífico, magnífico!

—Y además llevaremos esto.

Referíase Rojas a un papel que sacaba del bolsillo, y desdoblaba, mostrando el contorno de un zapato de mujer, alrededor del cual, descansando sobre el papel, había sido pasado un lápiz.

—¡Ah!... Esto es el pie de esa...

—Sí, señor. Y, reconozcámoslo, inverosímilmente pequeño para tan real moza.

—Verdad. Como no suelen tenerlo las saxonesas, a menos de ser, ¡Ja, ja, ja!, saxonesas desibermanizadas... ¿Y cómo se las ha arreglado usted para...

—Esta mañana, muy temprano, cuando la criada de marras recogió, de la puerta de Celinda, los zapatos que ésta dejó afuera, para que los limpiaran, estaba yo en la habitación donde la maritornes hace esa limpieza, y en donde, por mis propias manos, retraté esta monada de piececito... Porque usted recordará que las pisadas del más pequeño de los que en la alcoba de Celinda marcaron las retratadas por su ayudante de usted, eran las que estaban húmedas y ensuciadas con el mismo barro gredoso...

—¡Canario!... Ese dice el laboratorio que es igual al que manchaba el sombrero del príncipe y el cuchillo hallado debajo del Puente de las Palmas.

—Precisamente, Don Nicasio.

—Entonces, si ese facsímile, que usted trae, resultare igual a aquellas pisadas... sería prueba de que...

—Sí señor—continuó Rojas al ver a Don Nicasio vacilar al deducir la consecuencia—. De que la doncella estuvo aquella noche en el puente.

—Sí: cuando usted supone fué hecho el reparto de las perlas, y que Peláez mató al príncipe.

—Justamente.

—Y resultaría que, sabiendo ya que el príncipe estaba muerto, nos representó, esa farsante, la tragedia de los gemidos, y los Pamis, y las pataletas, cuando le dimos la noticia del hallazgo de los cadáveres en el río.

—Y la de antes cuando le enseñamos la capa y la toca, y el saco de viaje.

—¡Cómica, embustera, trapalona, lagartísima!

....

Al anochecer de aquella tarde, Rojas y Retuerto entregaban, en el laboratorio, a un amigo de ambos, y con gran misterio, la silueta del zapato, el calzador y un manojillo de pelos negros, procedentes, no hace falta decirlo, de los peines de Celinda.

Y ahora a esperar: de una parte la terminación de los preparativos del viaje de Don Orófilo, y de otra que el laboratorio emita nuevo informe... No, mejor es dar dos saltos: uno, de no pocos millares de kilómetros, a Britolia, capital de Saxonia; y otro, hacia atrás, de medio año. Pues en aquella población estaban, con tal antelación a la tragedia del rápido, Amabel, su doncella y el príncipe; y allí hemos de conocer a un personaje que aun cuando nuevo en esta narración, no lo es en el crimen; porque sin él no habría sido perpetrado.

V

TRES PIES PARA UN BANCO

—Hola, buena pieza. Mi enhorabuena.

—¿De qué?

—De que estás tan guapa como siempre... No: más guapa que antes.

—Eso dicen. A ver si de tanto oírlo me lo voy a creer.

—Créelo, chica, créelo. Ni hay mal en ello ni pienso hayas aguardado hasta ahora a creértelo.

—Bueno, Míster Rascaly. ¿Y qué casualidad lo trae por aquí?

—No es casualidad: cinco días llevaban buscándote cuatro agentes míos; y ya iba perdiendo la esperanza de hallarte. ¿Quién podía pensar que ahora fueras doncella?

—Da el mundo muchas vueltas; y nosotros las suyas y las nuestras... ¿Pero para qué me buscaba usted?

—Para proponerte un negocio.

—Sucio... Naturalmente.

—¡En qué opinión me tienes!

—¿Y usted a mí?... Pero, viene equivocado; porque yo, que nunca he hecho cosas gordas, sino solamente...

—Ya lo sé, pecadillos veniales.

—Pues ahora, ni eso: Impecable.

—Pues me has fastidiado; porque necesito una chica lista y traviesa como tú.

—Muchas gracias. Pero ya no soy traviesa. Con mi ama estoy como el pez en el agua; tengo *una posición envidiable*...

—Verdad que no es moco de pavo: ¡doncella de la Flying Girl!

—No se chancée. Pues, sobre no poder serlo culquiera, *no lo puede ser nadie sino yo.*

—¿Cómo? ¿Doncella vitalicia?

—Cabalito. Además, no sólo es envidiable mi posición, sino inamovible.

—¿Y por qué?

—Ese es mi secreto. Y el de mi señora.

—¿Y no podrías pedirle una licencia de un mesecito? No te necesito por más tiempo.

—Imposible. Mi ama y yo no podemos separarnos ni un día. Soy insustituíble.

—Lo siento, porque exprofeso he hecho un largo viaje para ofrecerte un papel de primera dama, en un asuntillo muy reproductivo.

—Agradecidísima. Mas no puedo encargarme del papel.

—¡Rehusas, sin enterarte siquiera?

—Sin enterarme.

—Te advierto que ganarías mucho más de lo que tú puedas suponer.

—¿Mucho?

—Más.

—Hombre, hombre... No, no señor: sé, y me basta, lo que habría de perder.

—Además, has sido mal pensada al creer que vengo a proponerte un negocio sucio.

—¿Cómo? ¡Es limpio!

—Limpio, en el fondo... Lo turbio no está sino en la superficie, y al principio no más; pero al final se aclararía todo. Porque sólo se trata de una broma.

—¿Una broma? ¡Y sólo por una broma ofrece usted, no sé cuánto, pero tanto como dice?... Sí que es raro.

—Pero muy verdad. Ni a nadie se haría daño, ni se le quitaría una sola peseta; ni el juez más atrabiliario hallaría delito en lo que habrías de hacer; ni tú arriesgarías, y eso dándose mal la cosa, sino uno o dos meses de cárcel, por una leve falta, y una pequeña multa, que pagaría yo.

—Me hace usted entrar en curiosidad.

—Entra, hija mía, entra.

—No, es inútil: no puedo apartarme de mi ama. Somos uña y carne.

—¡Demontre de adhesión!... Me has descompuesto un plan muy bien pensado. Tendré que inventar otro argumento y buscar otra víctima.

—¡Ah! Era de víctima mi papel.

—Sí hija mía: pensaba asesinarte.

—Vaya una broma espeluznante...

—¿Y a quién diantre recurro yo ahora?... ¡Calla! ¡Qué idea! ¿Qué ha sido de aquel mozo tan listo, aquel Paco Pérez que trabajaba contigo? Me parece que también era uña de tu carne o carne de tus uñas.

—Sí, somos primos; y además socios.

—¿Y continuais trabajando juntos?

—Ya he dicho a usted que yo no quiero trabajar más en aquellas cosas. Pero seguimos siendo buenos amigos, y, claro es, parientes.

—Claro, tu virtud reciente no podía romper los lazos de familia... ¿Y tendré la desgracia de que él también se haya vuelto virtuoso?

—¿Para qué quiere usted saberlo?

—Porque retocando un poco mi argumento, y reemplazando la primera dama con un galán joven, vivo y despierto...

—¿De veras no hay en ese embrollo riesgo de condenas?

—Ninguno. Mucho menor que en las pequeñeces en que hace años os empleé, sacándoos de ellas tan inmaculados como un par de armiños.

—Sí; pero aunque aquellas no fueron crímenes, siempre se arriesgaba algo. Y si salimos bien, fué porque usted es muy ladino... Pero como el más listo no está libre de que se le rompa el cántaro, si lo lleva todos los días a la fuente, lo más seguro es dejar quieto el cántaro. Por eso me he hecho yo virtuosa.

—¿Y él también?

—Pobrecillo, bien quisiera. Y yo también. Pero mi suerte de haberme encontrado con la bailarina no la tienen todos. Así, que mientras no le llega a él la buena, y, aun cuando yo le ayude en lo que puedo, todavía, tiene, a veces, el pobre, que nadar y guardar la ropa. Menudencias: algunos arreglos de documentillos.

—De modo que no ha olvidado sus habilidades caligráficas.

—No. Pero nada de letras, ni cheques, ni billetes de banco. Eso es muy escandaloso y se descubre en seguida... Ahora sólo trabaja en escrituras, actas, partidas de estado civil, enmendar alguna que otra fecha. Y todo por cuenta y riesgo de caballeros respetables y de posición, que no han de descubrirlo, porque ellos serían quienes más perdieran, y con influencia para sacarlo de malos pasos.

—Bien decía yo que es chico listo.

—Pero ni aun con estas precauciones estamos él, ni yo, satisfechos. Porque, créame Míster Rascaly, los dos hemos nacido para ser honrados.

—Honrados, con dinero.

—Naturalmente... Y habiendo conseguido yo quitarme de sobresaltos, los dos querríamos que también él pudiera...

—Pues soy vuestro hombre. Porque, con el papelito de galán joven, de que te he hablado, podría ganarse un pico; que no escrupulizando en la honradez de hoy, le permitiría satisfacer sus nobles aspiraciones de cómoda honradez de mañana.

—¿Sin peligro?

—Dale... ¿Cómo lo he de decir?... Además, eso él lo apreciará cuando yo se lo explique. Con que si quieres enviármelo...

—Por ir nada ha de perder.

—Ya se ve que no.

—¿Y no podría usted clarearse una miajita conmigo sobre lo que va a proponerle?... Ya usted sabe que soy de fiar.

—Desde luego, monina. Por eso te buscaba. Mas no encargándote tú del asunto, prefiero ser yo mismo quien se lo explique a él.

—¿Y ni siquiera me dará usted idea de cuánto podría valerle eso a Paco?

—Eso ya es otra cosa: quinientos pesos mensuales los dos o tres meses que durara el trabajo, y al final una suma que podría ser buena base de vuestro seductor y digno sueño de venidera probidad.

—Pero, poco más o menos, ¿cuánto?

—No suelto cantidad... Eso es cosa a tratar. Pero puedes estar cierta de que traigo la bolsa bien forrada, y no he de ser tacaño; porque el negocio da para mostrarse generoso, y otro como él no se os presenta en vuestra vida. Sólo siento que tú...

—De eso ni palabra... Mi ama es lo primero... ¿Y cuándo, y adónde, ha de ir Paco a ver a usted?

—Al Hotel Mercurio, de nueve a once de la mañana, o de diez a doce de la noche... Pero pronto.

—Tal vez esta noche y si no mañana antes del almuerzo.

—Pues, adiós, buena moza.

—Adiós, Míster Rascaly. Y de todas maneras, gracias por haberse acordado de mí.

El anterior diálogo había sido sostenido en el Hotel Omnium, de Britolia, donde se hospedaba la Flying Girl, y en la habitación ocupada por su doncella Celinda Rodríguez, que no perdió tiempo en hacer la comisión de Míster Rascaly. Pues aquella misma noche se presentaba Paco Pérez en el Mercurio, oía a su antiguo conocido la explicación del argumento por éste planeado, y discutía, con él, las modificaciones en su trama precisas al encargarse de representarlo un galán en vez de una dama.

Por haber sido días después desechados ambos planes por su mismo autor, para substituirlos con otro, que aun no ideado por él, le pareció mucho mejor, sería malgastar tiempo referirlos. Y así, sólo diré, de la conversación citada, que pareciendo bien, en principio, a Paco Pérez, el negocio, a nada se comprometió hasta no mascarlo a medias con su amiga. A quien tenía en tal alto concepto, como el proponente. Por ello pidió a éste le dejara dormir el negocio aquella noche.

*
**

Antes de seguir adelante fuerza es dar antecedentes indispensables de Celinda y Paco, y de sus intervenciones en esta historia. Que no es la de sus vidas truhanescas, sino la de sus participaciones en el crimen del rápido.

Ibermanos ambos, ni uno ni otro eran grandes criminales; pero sí un par de bigardos, que como tales habían rodado mucho por el mundo, y vivido, desde hacía cinco años, en Saxonia. El no podía retornar a Ibermania, por tener pendiente allá una sentencia por falsificación de cheques; ella sí, por haber sido suficientemente cauta para no dejar tras de sí pruebas de algunas travesuras en la patria cometidas. No crímenes, según ha dicho ya, pero tampoco buenas obras.

En Saxonia habían seguido traveseando, y algunas de sus picardías las hicieron por cuenta de Míster Rascaly. Ella, que había al cabo escalado su estable acomodo actual de camarera de la opulenta bailarina, y retirádose de abribonada vida activa, andaba, sin embargo, inquieta mientras su amigo no se encumbrara, como ella, a posición que lo pusiera a salvo de traspiés y batacazos.

Lo que es la suerte de las criaturas... Quiero decir de las criaturas guapas, pues por guapa se ganó Celinda su plaza al servicio de Amabel. Precisamente cuando, llegada a uno de los más estrechos aprietos de su azarosa vida, no veía modo de ganársela. No obstante poseer variadísimas y probadas

—¡Pagarnos! ¿En plural? No has dicho que te encargas...

—Sí, pero necesito un auxiliar, y que éste sea Paco.

—¿Dos a cobrar?

—Y a trabajar. Mas no le preocupe eso; pues haremos un ajuste a tanto alzado, atendiendo no al número de ejecutantes sino a la entidad de la obra. E insisto en que al ayudar a usted persigo, por mi cuenta, resultados simultáneos de los que usted busca.

—Ve hablando; y ya veremos.

—En primer término, para llevar a mi ama allá necesito una contrata en un gran teatro de Novaria, en la que usted comprenderá no puele intervenir una pobre doncella. Ese será el renglón más caro, pero ineludible; y que sobre no aprovecharme a mí, es gasto reproductivo. Porque teatro en donde baila la Flying Girl se harta de ganar dinero.

—Será contratada. Adelante.

—Mi plan requiere poner a mi señora en relaciones con Paco, dando a la personalidad de éste el realce indispensable al papel que, con ella y en Ibermania, ha de representar. Y para esto necesita el pobre chico, no una fortuna, pero sí un nombre y una prosapia ilustres: algo así como duque, marqués, o cuando menos conde.

—¡Ave María Purísima!

—Es preciso. Si no es título, no lo mirará mi bailarina. Pero no se asuste, me basta la modesta situación de un aristócrata emigrado, y hasta venido a menos; mas no a nada, como está ahora el pobrecillo.

—Pero, hija mía, ¿crees tú que yo tengo los ducados en el bolsillo?

—No me ha entendido usted: nos bastará que con sus medios de información en el extranjero nos busque usted un ilustre y extinguido linaje, oriundo de un país de las quimbambas, cuanto más lejano mejor. Así podremos fabricarle a Paco, que no piensa ir a tal tierra, una personalidad de vástago de aquél que a nadie se le ocurra disputarle. Eso, y uno o dos socios de un casino de *postín*, que en él presenten a Paco, con su pellejo nuevo, *al llegar de su país a Britolia*, es cuanto necesito.

—Eso ya no parece ningún arco de iglesia.

—Los documentos personales, y aun si hace falta ejecutoria, no son dificultad para hombre de sus habilidades caligráficas. Y como no se trata de usurpar ningún nombre, sino de usar uno extinguido y olvidado...

—Sí, sí: nadie reclamará. ¿Y qué más necesitas?

—Tres meses de plazo entre la llegada de nuestro aristócrata extranjero a Britolia y la salida de mi ama para Novaria.

—¿Y para qué tanto?

—Para que al llegar a Ibermania sea todo coser y cantar. Necesito esa temporadilla para que la amistad de Paco, quiero decir del duque, o del marqués, con mi ama crezca a ascendiente sobre ella. Porque el secreto de cómo ha de llevársela por donde nos convenga es mío, pero Paco es quien ha de utilizarlo; pues yo no puedo, sin infundir sospechas, salirme de mi subalterna condición en el trato con ella.

Para mí no pido ni un céntimo hasta que la cosa esté hecha; pero mi amigo devengará desde luego la mensualidad que usted me dijo el otro día. Pues no ha de presentarse en forma que puedan confundirlo con un caballero de industria.

Siguió a esto regateo, bastante largo hasta estipular el cuánto, el cómo y la cuantía de la remuneración final de Celinda y Paco. Fijada al cabo en 15.000 pesos. Cantidad que aun quejándose Míster Rascaly, de ser demasiado crecida, no se lo parecía realmente. Lo cual es indicio de que el negocio, perseguido con los proyectados crímenes, debía de ser cuantiosísimo.

Después expuso Celinda los capitales rasgos de su plan, sin descender a minucias que ni grandes caudillos ni grandes dramaturgos determinan jamás sino a la vista de las realidades de la acción. Y quien no esté cierto de ser iluminado, en ella, por la inspiración, que no se meta a genio ni a director de crímenes de mérito.

—Bueno, y ahora—dijo Mr. Rascaly—aun pareciéndome todo eso de perlas, necesito saber si las perlas son finas; y para ello que me digas cuál es ese secreto, tuyo o de tu ama, que vas a utilizar para llevarla por las narices.

—Secreto por secreto; venga el del negocio del que los crímenes han de ser cimiento.

—No puede ser.

—Pues lo otro tampoco. No hay nada de lo dicho.

Al cabo de mucho discutir, y de jurar los dos sobre un billete de mil pesos—por ser lo que a ambos les inspiraba más veneración—, no decir absolutamente a nadie lo que iban a confiarse, cuchichearon, misteriosamente, entre estruendosas carcajadas.

Nadie oyó sino éstas, y nadie ha podido

contar nada de lo que las causaba, al que ha contado la anterior escena.

*
* *

A los ocho días de ajustado el convenio Celinda-Rascaly llegaba a Britolia Don Epaminondas Neopitologunaris, Argirofitominos, Príncipe de Amfiloquía y, como socio transeunte, entraba en el Sporting Club.

Era el tal príncipe el último brote del viril tronco de los Neopitolemos, reyes albaneses, del siglo IX, es decir menos IX, por ser dicha centuria de las anteriores a nuestra era, y retoño por la línea materna de la gloriosa estirpe todavía muchísimo más rancia y semimitológica de la dinastía epirota de los Argirofitos, alardeante de descender del Juez Minos, muy mentado en el Averno de Caronte.

Destronados, veintitantos siglos ha, Neopitolemos y Argirofitos no por ello eran menos preclaros en las historias, que el Príncipe contaba, del Epiro y de Albania.

Pocas noches después entraba Epaminondas en el teatro en donde a la sazón bailaba la Flying Girl, era, en el *camerino* de ésta, presentado a ella por uno de los socios del Sporting, y producía a la diva danzante grandísima y muy grata impresión. Pues prescindiendo del vulgar frac llegaba engalanado con su pintoresco traje nacional de ceremonia. Que, según dijo, no solía usar sino en recepciones palatinas, a las cuales era equiparable aquella presentación en que rendía homenaje a una reina del arte.

Un mes más tarde llegaba a Britolia un representante del Glorious Star's Theatre, de Novaria, con la ambiciosa pretensión de contratar a la eximia danzarina. Mas lo ocurrido en dicho mes no puede omitirse con el desenfado con que, al saltar del anterior al presente párrafo, he variado de asunto.

VII

UN PRÍNCIPE CAÍDO Y UNA AMUSTIADA
BAILARINA

El saloncillo donde, en los entreactos, recibía Amabel a sus admiradores, había venido muy a menos de su esplendor pasado. Mudanza consiguiente a otra radical en la conducta licenciosa de la bellísima bailarina, cuyos correteos de antaño, a rienda suelta, por los campos amplísimos de toda liviandad habían parado en honesto vivir, irreprensible e intachable, desde su restablecimiento de una enfermedad, que del teatro y del mundo la tuvo dejada varios meses.

A su retorno a los escenarios, tras larga convalecencia, pasada en un rincón escondidísimo de remota provincia, volvió a ser, cual solía, ídolo de los devotos de la danza por la danza; pero la brillante corte de adoradores que, no por heredera de Terpsícore, sino por hija de Eva, rodeaba, en otros tiempos a la bailarina se esfumó, dejándola en absoluta soledad, al percibir en la ex demandada cortesana insólito y desconcertante olor a castidad.

Por tal causa, la presentación de un nuevo admirador, antes sin importancia cual diario incidente, frisaba ahora en acontecimiento. Y el recién presentado, que, en la aventada pléyade, no habría atraído la atención de la bella, a no ser millonario, adquiría entonces, por falta de competidores, singular relieve. Aunque llegara sin disimular su modesta posición, como llegaba Epaminondas, a rendir a la estrella el homenaje de la admiración del descendiente de cien gloriosos prehistóricos reyes, de las tierras donde decía el príncipe que danzó Terpsícore.

Noticia nueva, e interesantísima, para la nieta de la musa. Y además lisonjeante en extremo; pues la única abuela de Amabel conocida hasta entonces había sido, como mamá, trapera.

Aunque con el apuesto príncipe no fueron infringidas las modernas normas vigentes, rigurosamente prohibitivas de comunicación con la artista mientras se aderezaba y componía, hízose él habitual concurrente al saloncillo. Y pasando a visitarla en su hotel, cuando de todos era abandonada, no la rodeó—pues a tanto no llega un solo hombre—pero la honró con asidua corte.

Ha de advertirse, aun siendo indiscreción, que Amabel tenía ya cuarenta y cinco años—doce más que Epaminondas—, que de ella decían unos ser su seso el de un cascabel, pero debía de ser más; porque otros afirmaban que en los cascos le sonaban cascabeles: en plural.

Además, sobre que aburrimiento y melancolía, causados por el abandono de sus ex adoradores, teníanla un tantico tocada de romanticismo, estaba agradecida al guapo y elegante mozo; más deslumbrada, de día en día con los gloriosos anfiloquios de pasadas centurias; más y más fascinada con la corte del legítimo heredero de aquellos derrocados tronos del Epiro y la Albania, y postrer retoño de estirpes más ilustres y rancias que las de cualquier casa reinante, y loca de remate con el Pindo, el Olimpo, los dioses y las musas de las tierras de donde venía el emigrante príncipe.

Aquella grandeza caída y la dignidad con que soportaba su desgracia el hermoso joven, que de los tesoros de sus mayores sólo había recogido las migajas de una mísera renta de unos cuantos centenares de pesos, conmovía a la artista. Por cogerla en propicio momento psicológico, para desbordamientos de ternura largo tiempo adormecidas.

Celinda, por su parte, no se descuidaba cuando hablaba con su ama, en ponderar al personaje; y hasta insinuó a Amabel que estaba el pobre enamorado de ella.

Pero enamorado *por lo fino: pour le bon motif,* que dicen los franceses, o con *buen fin,* según acá decimos.

"Porque había la Señora de ver, como yo he visto, cómo se come a la Señora con los ojos cuando la Señora no lo mira... ¡Pero con qué respeto!"

Al oír esto, suspiraba la estrella dolorosamente, pensando en las dulzuras de un idilio. Manjar desconocido para ella antaño, y vedado hogaño, por culpa de un secreto de su vida, imposible de confiar a hombre ninguno.

A tal punto habían llegado, muy de prisa, las cosas, en solo un mes de trato, cuando una tarde sorprendió Amabel una de las miradas, vistas por Celinda, cuando el imán de los azules ojos de aquélla atraía los negros del hermoso Epaminondas. A despecho de éste, según pensó la bailarina, al ver cuán pronto los apartaba él, escondiendo el fulgor de ellos, cuán confuso quedaba el pobre joven, temiendo haber descubierto su amor, y con qué premura se marchó precipitadamente.

....

Pasaron tres días, no retornaba el príncipe, Amabel no vivía; y si aquél volvió al cuarto, fué por haber ido a su hotel Celinda a enterarse, *de parte de su ama,* de si se hallaba enfermo, o si se había cansado de aburrirse *acompañando a su buena amiga.*

Abreviemos. Entre lo que el ama veía y lo apuntado por la doncella, elevada a confidente por bondad de la señora, y erigida por entrometimiento propio en protectora del "pobre e ilustre príncipe", se convenció Amabel de que el egregio mancebo estaba prendado de ella. Mas no al modo cual lo estuvieron tantos y tantos, en pasados tiempos; sino profunda y noblemente enamorado. Pero riquísima ella, pobre él, y más digno aún que pobre, la huía para evitar pudiere la malicia atribuir su amor a ruines móviles.

Al convencerse de esto la ex disipada bailarina, y ex desenvuelta cortesana, reverdeciéronsele los romanticismos muertos al parecer, y en realidad sólo fiambres, de los quince años de la rapaza, hija de la trapera. Patidescalza hasta que los batimanes de sus piernas la empingorotaron a la cumbre de la fortuna.

Y al sentir cual se recalentaba su amojamado corazón se decía acongojada:

¿Porqué, porqué no puedo decirle toma mi mano y hazme la compañera de tu vida?... Pero no: es imposible, mi desdicha lo impide... Mi secreto, mi secreto... Ni a él, ni a él, a él menos que a nadie. descubriré jamás este misterio...

¡Pero perderlo no; dejar de verlo no!

Y no dejó de verlo, porque Epaminondas continuó visitándola. Más respetuoso cada día, y cada día más melancólico; atormentándola cotidianamente con su tenaz empeño de irse, de alistarse en la legión extranjera de Saxonia. Que en lueñes tierras combatía allá en Oriente con feroces salvajes. Y al oírle hablar de muerte, con sombrío anhelo, afligíase Amabel y procuraba disuadirlo. Pero escondiendo, como él, su amor. Por culpa del pícaro secreto que vedaba revelarlo.

En esto llegó a Britolia un representante del *Gloriuos* de Novaria a contratar a la Flying Girl para de allí a dos meses. Pero la empresa del teatro cometió la torpeza de encomendar tan delicado cometido a persona que no sabía palabra de saxonés. Por creer, sin duda, que quien, bailando, había dado varias vueltas al mundo, podría entenderse, en iberés, con el comisionado.

De momento sacó Celinda del conflicto a su ama. Pero pasados los preliminares de la presentación, y evidenciándose, al querer discutir las condiciones de contrato, que una criada no podía servir para tan complicado menester, ocurriósele a ésta que, para intérprete, podría servir el príncipe; pues hablaba perfectamente el iberés, por haber residido en varios países de iberesa raza.

De buen grado se avino él a prestar a su amiga el favor, que trajo cola; pues al hablar un día el príncipe de ser ya inaplazable su alistamiento en la legión y su partida

... no se quedó bizco porque ya lo era; pero sí turulato y agradecidísimo.

díjole Amabel, no sé si por propia iniciativa, o porque Celinda se lo soplara al oído, que el favor no era completo aún. Pues no siendo los empresarios gentes de fiar —opinión de artista, por pasiva vuelta, cuando de artistas hablan los empresarios—, le era imposible a ella irse a un país del cual desconocía idioma, leyes y costumbres, exponiéndose a la frecuente mala fe de contratantes no menos desconocidos, sin tener junto a sí persona de respeto, y conocedora de aquél, que la aconsejara, la defendiese y la representase. Por lo cual la obligaría muy mucho Epaminondas si se prestare a ser su mentor y apoderado en Ibermania.

Un poco se hizo de rogar el buen mozo; pues ello retrasaría su alistamiento en la legión, y ahondaría heridas que si no curar, pues no tenían cura, deseaba no continuaran enconándosele. Mas al cabo cedió a las súplicas de su amiga, aterrada del alistamiento, y los peligros de la horrible guerra a que él quería arrojarse.

Y no sólo estos miedos movían a la bailarina, que a despecho de su convicción de ser inasequible sueño el de convertir al amado en perenne compañero de su vida, y no resignada a separarse de él, satisfacíase, de momento, con demorar la separación; aspirando, para lo porvenir, a que, si no su esposo, fuera Pami—por entonces comenzó a llamarlo así—no su circunstancial y transitorio representante en Ibermania, sino su apoderado permanente.

Así, ya que impedía su desdicha pudiera unirlos un amor confesado y un contrato de boda, los uniría uno de apoderación...

No era lo mismo, no; pero más vale algo que nada. No sería aquello dulce lazo de amorosa coyunda, pero siquiera sería enganche: prosaico, sí, mas positivo. Y lo mismo opinaba Celinda, dando por ya bien enganchada a la bailarina; e igual creía Paco, digo, Pami, pues que así lo llamaba ya Amabel.

Pero desconfiando la taimada doncella de la inconstancia femenil, y recelando que de pasársele a su ama el tardío sarampión amatorio, podría romperse el lazo, decidió precaverse contra tal fractura convirtiéndolo en red de araña. Que jamás fallaría; pues ella iba a tejerla con firmes hebras de vanidad, que no podrían quebrarse.

Llegamos al torturador misterio de la vida de la artística estrella, que, engañada, creía sólo era conocido el tal secreto de Míster Sticky, y de la antigua, ya casada, doncella, cuyos silencios eran espléndidamente pagados.

Desde el punto de entrar Celinda en sus doncelliles funciones, la extrañó no estuvieren entre ellas varios usuales oficios propios de una primera doncella; pues no le era consentido entrar nunca en la alcoba ni en el contiguo tocador de la bailarina estando ésta en el lecho, ni hasta haberse vestido, casi completamente.

Extravagancia que no podía achacarse al elogiable, si bien novísimo, recato de su

ama; pues a la par que le era prohibido, a la doncella, el acceso al tocador, franca tenía todas las mañanas la entrada en él Míster Sticky. Que, apresurémonos a decirlo, no iba a hacer de camarera de la bailarina, vestida ya cuando le abría la puerta. Particularidad por Celinda ignorada; pues a despecho de intentos, disimulados pero repetidos, de atisbar por la entreabierta puerta, al trasponerla el peluquero, con la caja que consigo traía y se llevaba siempre, no había podido ver aquélla cómo Amabel estaba; por tener ésta buen cuidado de abrir quedando oculta tras la hoja de aquélla.

Solamente cuando el otro salía le era permitida la entrada a la doncella. Para poner a su ama las joyas, mudarle el calzado y dar los último toques al aliño del traje, pero no al tocado; pues a la bailarina la estrizaba, tal decía, le tocaran a la cabeza; y únicamente por tener Sticky especialísima delicadeza de manos, soportaba las suyas. Además, la cabellera de diosa de la *fanciulla del sole* valía demasiado para que nadie la tocara sin exquisita, previa e inmediata desinfección de dedos. Que no podía tener suficientemente pulcros quien hubiese de andar con vestidos y zapatos polvorientos; ni menos quien tocara otras cabezas.

Para evitar tal repulsiva promiscuidad, tenía Amabel a su exclusivo servicio a Míster Sticky, con terminante prohibición de ensuciarse las manos con los pelos de vulgares criaturas.

Mas sobre ser Celinda harto ladina para que se la diera su ama, con tales embelecos, recordaba las prevenciones que al colocarla al servicio de ésta le había hecho el peluquero sobre un secreto que era preciso no intentar descubrir. Deduciendo de ello que otra explicación, y no la confesada, habían de tener los remilgos de la bailarina: no limitados a preservar su pelo del contacto de las profanas manos de su doncella, sino a guardarse todas las mañanas de sus ojos, que no podían infectarla la cabellera, en tanto no salía Sticky del gabinete tocador. Además cuando en el teatro había Amabel de variar de peinado para salir a escena, se encerraba también a piedra y lodo con el peluquero. Cuando antaño habían sido estos peinados ocasión aprovechada para lucir la cabellera célebre ante su corte de admiradores.

Todo esto, probante de haber allí gato encerrado, fué causa de que a Celinda se le pusiese en la mollera ver el gato. Lo cual no era hacedero por la puerta, ni lo habría sido de ningún otro modo, a no acudir ciencia e ingenio a cumplirle el capricho a la curiosa.

VIII

DONDE PACO PREPARA EL OBSERVATORIO DE CELINDA

Cuando a Celinda le picó la curiosidad de fisgar el secreto de Amabel, la visión eléctrica de cosas o personas situadas más allá del alcance de la vista humana, no había llegado aún a ser de uso común en grandes lejanías, como lo fué, corriendo el tiempo, según quedó explicado en otra novela de Ignotus (1).

Mas como en no pocos grandes inventos ha solido acaecer, alcanzábanse ya, cuando las condiciones eran favorables, circunstanciales resultados. No siempre seguros; mas presagiantes de venidera aplicación general.

Quiere decir que la televisión eléctrica, entre verde y madura, no estaba todavía tan granada como para que los sabios se atrevieran a sacarla de los laboratorios; mas sí lo suficiente para que juglares charlatanes exhibieran tal cual certeza veleidosa, entre muchas patrañas, amañada con empíricos aparatos, solamente aplicables a muy cortas distancias de quince a veinte metros. Sobradas para impresionar al público en un circo o en un teatro, pero deficientes para aplicaciones prácticamente útiles en el mundo.

Por cuanto, cuando a Celinda se le solivianó la curiosidad indicada, celebrábanse todas las noches, en el Circo Hipódromo de Britolia, sesiones de televisión, en las que el público veía en un gran espejo, colocado en medio de la pista, a una damisela, antes metida en una caseta, previamente examinada por los espectadores, cerrada luego, y por último envuelta en unos paños negros.

En la garita hallábase el espejillo del trasmisor telefótico, externamente parecido a un teléfono, desde el cual pasaba la imagen de la mujer aquella al mencionado espejo a la vista del público, a donde era llevada por multitud de alambrejos recorridos por las corrientes trasmisoras.

Una noche, anterior al ascenso a príncipe de Paco, que ni soñaba en tal grandeza, pues sucedía esto con anterioridad de un mes a la llegada a Britolia de Míster Rascaly, asistía Celinda al citado espectáculo, en compañía de aquél; y al ver aparecer en el espejo a la señora, se le ocurrió que si una mañana pudiese ella encerrar en la garita a Amabel y a Sticky, cuando ellos se recluían en el tocador, entre los dos la enseñarían el consabido gato en el espejo. Mas no siendo realizable esto, reflexionó que acaso podría serlo llevarse a su cuarto el espejo de la pista, montar, escondido, el micrófoto en el tocador de la bailarina, y tender los alambritos entre su cuarto y el tocador. Pero para ello había dos dificultades: primera, la de disponer del aparato; segunda, montarlo a hurto de su señora (1).

La última no era de entidad; pues el montaje podría efectuarse en ausencia de Amabel, con sólo simular avería en la luz eléctrica, o en el teléfono, justificante de los manipuleos de un electricista, que podría ser Paco disfrazado. Pues, como de otras muchas cosas, sabía el amigo de Celinda algo de instalaciones eléctricas. Pero el hacerse con el aparato, cosa que ella le encargó tanteara con maña, trabando conocimiento con aquél entre volatinero y prestigiador del Circo Hipódromo, resultó imposible. Pues, por cederlo durante dos días, pidió cantidad muy superior a los recursos de la doncella; y porque el tinglado, empleárase en donde se quisiera, había de manejarlo precisamente su propietario. Con-

(1) Por las mismas razones que llamamos micrófono al aparato que recogiendo vibraciones de ondas sonoras las convierte en oscilaciones de la corriente eléctrica, destinadas a retornar de nuevo a ser vibraciones acústicas mediante metamorfosis realizada en el teléfono, propiamente dicho, del extremo de línea, lógico será llamar *micrófoto* al instrumento encargado de vibrar ópticamente, con las imágenes, que se quieran transmitir, objetos, personas o escenas, a fin de que sean percibidas por quienes tengan los originales fuera del alcance de su vista. Finalidad que requiere efectuar una transformación óptico-eléctrica en el micrófoto y otra inversa, electroóptica, en el receptor. Que si para el sonido es llamado teléfono, deberá llamarse para la luz *teléfoto*.

Dichas razones, etimológicas y físicas, son que en griego—lengua mangoneante en casi todas las etimologías técnicas—*micro* significa pequeño, *fonos* sonido, *fotos* luz, *tele* lejos; y que así como es cometido de los micrófonos oír, a su modo, hasta los más leves sonidos: con agudeza perceptiva que, aventajando al más fino oído humano, llega, en algunos a hacer sonar los teléfonos en comunicación con ellos, con el tenue ruido hecho por las patas de una mosca, al andar sobre la placa microfónica; del propio modo, es función del micrófoto modificar las intensidades de las corrientes eléctricas que de él van al lejano teléfoto; de suerte que las haga sensibles a las más leves inflexiones de forma de las siluetas y a las menudas variaciones de intensidad en la iluminación de las superficies, claros y sombras del paisaje, la persona o la escena que se hallen ante aquél.

(1) En *El Amor en el Siglo Cien*.

dición incompatible con el deseo de Celinda de ser ella sola quien viese lo que la intrigaba (1).

La visible contrariedad que estas noticias le ocasionaron, hizo a su amigo preguntarle para qué necesitaba el aparato.

---

(1) Si en los rayos en que la luz nos llega vibrara algún agente material, como las moléculas del aire laten en las ondas sonoras que nos traen los sonidos con que a su vez vibran nuestros tímpanos auditivos, o si a lo menos fueran de igual naturaleza las acústicas y las lumíneas vibraciones, es de creer, racionalmente pensado, que los inventos del teléfono y del telefoto habrían sido acontecimientos entre sí inmediatos. Ya que este último está hoy teóricamente inventado, y no de uno, sino de varios modos; pero que para convertirse en realidad práctica de corriente y fácil uso, aguarda todavía sean encontradas las soluciones de unos cuantos problemas de fabricación.

Tal se hallaba la radiotelegrafía, después de descubrir, el ilustre Hertz, el modo de engendrar con corrientes eléctricas, las aéreas ondas electro-magnéticas; en tal estado continuaba todavía en más cercanos tiempos, después que el sabio Branly—quien, cual Pasteur, Sechi, Cauchy, Mendel y tantos otros es gloria de la ciencia católica—inventó el *cohesor*; y con él el primer medio conocido de que las ondas que en el espacio vuelan y llegan a una antena engendren, a la inversa, corrientes eléctricas en las estaciones receptoras; y así siguió la radiotelegrafía en embrión de laboratorio, o cual curiosidad de científicas conferencias, hasta ser tales inventos industrialmente utilizados por Marconi y sus émulos en las primeras comunicaciones telegráficas sin alambres entre estaciones transmisoras productoras de ondas y las receptoras donde aquéllas llegaron.

Tal se hallaban radiofonía y *fonodifusión* cuando Edison hizo sus primeros descubrimientos con las bombillas eléctricas que, andando el tiempo, habían de ser lámparas de tres electrodos, de Flemming con sus válvulas de vacío, y de De Forest con sus *odiones*. Y es de creer que así como radiotelegrafía, radiofonía y fonodifusión son hoy general y cotidianamente empleadas, lo sean el día menos pensado *televisión* alámbrica, *radiovisión*, sin conductores, y hasta la *fotodifusión.*.

Entre paréntesis diré que este vocablo nuevo indica e₁ porqué he usado otro *fonodifusión* en vez del neologismo *radio-difusión*, que, no obstante su absurda contextura, corre ya por ahí.

Llámolo absurdo, porque respondiendo radiar y difundir a una misma idea, juntarlos en una palabra es poner albarda sobre albarda. Con el inconveniente de hacerle inexpresiva al dejar fuera de ella toda referencia al *fonos*—janda, ya estoy hablando en griego!—, quiero decir al sonido irradiado, corriendo con la omisión el riesgo de que si en lo venidero llamáramos, con igual falta de fundamento, radiodifusión a la de las imágenes de cuadros, escenas o personas, no sabríamos cuándo íbamos a oír y cuándo a ver.

Cerrado ya el paréntesis, y declarada antes la verosímil esperanza de que pronto veremos, eléctricamente, cosas que por distancia y situación no sea posible ver directamente, tratemos de hacernos cargo de porqué hemos atribuido el retraso en que con respecto a la trasmisión acústica se halla hoy la óptica, a la diferente naturaleza de las ondas sonoras y de las lumíneas. A las cuales no llamo luminosas por no *ser luz*, sino tan sólo fuerzas aptas para encenderla, y con ella colores, en los cuerpos materiales, sólidos, líquidos, gaseosos, a los cuales llegan, dándoles visibilidad y color.

Buena prueba de ello el cielo de la noche, negro en los huecos entre estrella y estrella. No obstante estar surcado en todas direcciones, por innumerables rayos de luz emitidos por pléyades de soles. Buena prueba que los del Sol, engendradores, al llegar a la superficie de la Luna, de la luz que en ésta contemplamos, no son, para nosotros, luz hasta llegar a ella. Pues antes de tocarla *no los vemos* en torno de su disco, al recorrer las sombras en las que está sumida, y que ellos no disipan.

En qué consiste la citada diferencia entre esas clases de ondas—o rayos de lo mismo—acústicas y sonoras, nos lo van a decir las siguientes sencillísimas figuras en las que AB

en otro instante la posición de la cuerda será

representa, vista de perfil, la membrana de un tambor o de una pandereta, que al recibir el golpe de un palillo o del puño, se comba con la fuerza de aquél hacia un lado, D por ejemplo, hasta tomar la posición ADB, de la cual retrocede, por la reacción de su elasticidad, no hasta AB, sino hasta ACB. Para seguir oscilando con amplitudes decrecientes a uno y otro lado hasta tornar al reposo en AB. Entonces cesa el ruido.

Lo mismo que una membrana, puede representar AB una cuerda vibrante: sea de arpa, violín, piano o la vocal de una garganta humana.

Las materiales, aunque invisibles moléculas de las capas de aire adyacentes al lugar donde se produce el ruido, son empujadas directamente unas, tan pronto a la derecha como a la izquierda; o perturbadas otras por el movimiento de la membrana o la cuerda, y tomando a su vez análogo vaivén oscilatorio lo transmiten a la inmediata capa de aire exterior a ellas. Así, este invisible movimiento, apreciable no más por los oídos que en su camino encuentra, avanza de la capa 1 a la 2, a la 3..., cada vez más alejadas del foco sonoro, a partir del cual viaja a razón de 333 metros por segundo, ocasionando, en síntesis, rápidas compresiones y expansiones del aire que alternativamente empujan al de las zonas inmediatas, con impulsos siempre, y en cada punto, dirigidos unos hacia el foco sonoro, y otros en el sentido, diametralmente opuesto, de la propagación del sonido.

Cuando un agente, el aire en el caso anterior, vibra de este modo, con oscilaciones orientadas en la dirección de la propagación del fenómeno se dice que *vibra longitudinalmente*.

Sea ahora PQ un cordel uno de cuyos extremos P tengo en la mano y el otro sujeto a un clavo Q hincado en cualquier sitio fijo. En tanto esté, el cordel, estirado, tendrá la posición señalada de trazo interrumpido; pero tan pronto lo sacuda mi mano, de arriba abajo, o de izquierda a derecha, por la cuerda veré avanzar, desde P a Q, serpenteando, ondulaciones de ella, señaladas en línea llena en la figura.

Así como en la aérea vibración sonora pasaba *un movimiento* desde D a los puntos H, también, ahora, pasa un

Cosa ignorada de él, a quien se ha dicho ya trataba la doncella con la indulgencia y hasta con la debilidad con que se mima a

movimiento desde P a Q. Mas con la diferencia, interesantísima de que allá oscilaban materiales moléculas de aire, yendo y viniendo, dentro de sucesivas zonas, en el sentido de las flechas opuestas dirigidas de D a H y de H a D; es decir los directos e inversos de la propagación del movimiento, mientras que en esta vibración, ahora considerada, ninguna partícula de la cuerda ha variado de posición en ella ni avanzado con respecto a las demás de ella de P hacia Q, ni retrocedido de Q hacia P; sino que el movimiento ondulatorio no las ha desplazado, de las posiciones que en la línea de trazos ocupaban cuando el cordel estaba quieto y tenso, sino moviéndolas con vaivenes de arriba abajo—o de derecha a izquierda y viceversa si en tal sentido fué la sacudida—hacia uno y otro lado de ellas, en _sentido transversal_ a la dirección PQ del avance del sinuoso movimiento en el sentido de la longitud de la cuerda. Sin que a lo largo de ésta pase materia sino movimiento; sin que ninguna molécula del cordel vibrante experimente materiales _empujes longitudinales_ de otras, equiparables a los que las del aire tendido entre D y H deban y reciban en la onda sonora.

Por eso y en oposición a esta onda o vibración, llamada en Física _longitudinal_, llámase a la segunda _transversal_. A esta última clase pertenece la vibración luminica, que además presenta otra diferencia esencialísima, al compararla con las dos recién consideradas; pues mientras en la acústica vibran moléculas de aire, y en la cuerda moléculas de cáñamo, en la luz sólo vibra algo incoercible, que, conocido, no más, por los fenómenos que en su seno se realizan, es totalmente desconocido en su esencia, y que aun teniendo existencia real, no la tiene material, por radicalmente diferente de cuanto los hombres llamamos cosas materiales.

Según _suposición_ de sabios—que parece atinada por conducir a verdades experimentales, debidamente comprobadas—ese algo vibrante en el rayo de luz es el _éter_. Nombre tras del cual oculta la poderosa ciencia su absoluta ignorancia sobre esencias últimas y primarias causas. Cual la recata detrás de los de electricidad, calórico, magnetismo, etc., de lo que son estos diversos agentes naturales, a los que llamó en tiempos fluidos imponderables y hoy considera como variedades de energía. Tan esencialmente desconocidas para los sabios de hoy cual para los de ayer lo eran los fluidos; tan ignoradas en su esencia como lo es el éter.

No parece innecesario advertir que al hablar de este éter, no nos referimos al producto químico de tal nombre, sino al piélago inmaterial, pero real, en cuanto indispensable a muchas teorías de la ciencia moderna, en donde flotan mundos y soles en el universo; que penetra, por doquier, los intersticios existentes entre las moléculas y los átomos de que se forman sólidos líquidos y gases. De él se ha hablado varias veces en diversas novelas de esta biblioteca.

Tan importante es hoy el éter en el mundo científico, que apenas puede darse explicación sobre casi ninguna fuerza de la naturaleza sin tropezarse más temprano o más tarde con él. Y así continuaremos hasta que cual tantas otras hipótesis, circunstanciales verdades del pasado, mentiras de hoy, sea el éter reemplazado con otra nueva concepción hipotética que lo arrumbe en el desván donde en montón yacen abandonados ya los fluidos imponderables, el ex axioma químico de la indivisibilidad del átomo, el darvinismo, la generación espontánea, la teoría de Newton sobre la materialidad de la luz, invalidada por Huygheus y que ahora

un chico consentido; mas como chico al cabo, y no de fiar. Y al contestarle ella que para curiosear el sigiloso peinado de Ama-

quiere de nuevo aletear apoyándose en las teorías de Einstein; y tantas y tantas supuestas explicaciones científicas antaño acreditadas, desdeñadas hogaño.

¿Pero entonces es que la Ciencia es una embustera, una ignorante? No, la Ciencia es, después del Amor y la Virtud, lo más excelso que aquí abajo podemos encontrar: mas como hija del hombre, no llega nunca sino a verdades relativas, contingentes, transitorias, sin alcanzar jamás a ser verdad inmutable. Mas con verdades cojas hace la Ciencia; sin embargo, cuanto hace, que no es poco, dentro de las limitaciones de su conocimiento. Siendo maravilloso que tanto pueda hacer con sus saberes incompletos.

Pero, ciertas o inciertas, las hipótesis sobre las vibraciones, la verdad es, y ello basta para explicaciones racionales y aplicaciones positivas, que los fenómenos por ellas provocados se verifican como si ciertas fueran, y que tomándolas por tales se da uno cuenta de _un posible porqué_ de ellos y de otros por ellos producidos.

Sin ser, por tanto, más exigentes que los sabios, diremos que si al pintarse en un espejo o en una placa fotográfica las imágenes de personas o cosas, vibraran el espejo o la placa, deformándose y produciendo empujes materiales como la membrana o la cuerda sonoras, aquél o aquélla podrían ser micrófotos, análogos salva la diferencia del agente en unos y otros actuante, a los micrófonos, y en los cuales fueran transformadas las vibraciones de la luz de la imagen óptica en oscilaciones de corriente, que al llegar a su vez a otro espejo o pantalla translúcida que llamaríamos teléfoto receptor podrían trocarse nuevamente en vibraciones análogas a los de aquel micrófoto. Y de igual modo que el teléfono reproduce los sonidos del micrófono, el teléfoto reproduciría lo visto por el micrófoto.

Pero como las vibraciones luminicas van y vienen en la onda, en los espejos y en las placas fotográficas no perpendicularmente a ellos sino en el sentido de sus superficies; como, además, no son empujes materiales no producen variación de la forma física de tales superficies como el sonido en las membranas. Y no cabe por tanto fabricar micrófotos, apoyándose en los principios utilizados por los inventores del teléfono. Siendo preciso buscar medios de utilizar fenómenos mucho más complicados y difíciles.

De un modelo, el que en sus investigaciones persigue el ilustre Campbell Swinton, habiendo ya obtenido estimables resultados en la trasmisión a través de alambres telegráficos, fué dada ya descriptiva noticia en la novela _El Amor en el Siglo Cien_. No voy a repetir lo dicho entonces sobre tal aparato y sobre soluciones, abandonadas ya, que intentaban resolver el problema utilizando las propiedades fotoeléctricas del selenio en las que se fundaba el aparato del charlatán del circo. Pues tal repetición sería un abuso de la paciencia de mis lectores.

Pero el de Swinton no es el único de los caminos que los presuntos inventores de la televisión recorren actualmente; pues algunos la buscan no como aquél en el teléfoto de línea alámbrica entre el trasmisor y el receptor, sino prescindiendo de tal línea y empleando un _radiofoto_ para lanzar por antenas al espacio las imágenes de cosas y personas en ondas que recogerá otra antena.

Mas no llegados todavía a colmo ninguno de estos inventos en la época del crimen del rápido, preciso es aguarden los lectores para conocerlos la salida de alguna venidera

bel—pero callando sus recelos sobre el misterio recatado con aquel sigilo—manifestó Paco que de haber una habitación contigua al tocador, no ser gruesa la pared medianera y poderse permanecer en ella mientras durara el peinado, sería facilísimo montar allí una cámara oscura simplificada, de más disimulado empleo que una ordinaria fotográfica, y en la cual podría verse, si no cuanto pasara en el tocador, lo que ocurriera en la parte de él abarcada por un agujerillo abierto en la pared.

Al oír esto, exclamó Celinda:

—¡Qué lástima que con lo listo que eres, y las cosas que sabes seas tan granuja!

—Verdad: lástima és... Pero nadie es perfecto.

—Bueno. ¿Y podrías tú arreglarme eso en el cuarto donde tengo el guardarropa de mi ama, inmediato al tocador?

—Presumo que sí. Y manejarte el artilugio para que veas lo que quieres.

—Eso de ningún modo. En una precisión como ésta, me arriesgaré a meterte allí; mientras ella esté en la calle, tú me preparas el tinglado y me enseñas cómo he de manejarlo; pero allí no entras estando Amabel en el tocador... Además lo que yo quiero ver te tiene a ti sin cuidado.

—Siempre con secretos... Pero, en fin, sabes que no soy curioso.

—Porque sabes que así te trae más cuenta.

—Puede que sí.

—Pero ahora se me ocurre, que para hacer un agujero, no necesito de esas complicaciones; pues con hacerlo yo y mirar... Pero eso es muy expuesto, porque el agujero puede verse por el otro lado.

—Siendo del tamaño que necesitarías darle para mirar directamente sí... Pero el que yo haga resultará imperceptible para quien no tenga noticia de él.

—Si es así... ¿Y qué necesitas para eso?

Poca cosa: primero, entrar en las dos habitaciones, para ver donde conviene hacer el taladro; unas barrenas y otros trebejos sencillos que llevaré yo.

—¿Y qué más?

—Pues solamente un cuarto de hora, durante el cual no haya cerca nadie que pueda oír chirriar la barrena.

—¿Pero no dices que también necesitarás una cámara oscura?... Tendrás que traerla.

—No. Esa está allí.

—No puede ser... ¿Quién la ha llevado?

—Nadie. Porque yo haré que el mismo guardarropa haga de cámara.

—No lo entiendo.

—Ya entenderás cuando lo veas. O por lo menos lo verás y eso es lo interesante.

—Tienes razón. Entonces, mañana, ponte a la espera frente a la entrada del hotel, y cuando de tres y media a cuatro la veas subir en el auto, e irse a paseo entras, y preguntas por mí.

En la ocasión prevista en las anteriores instrucciones, y conducido por su amiga, entró Paco en el gabinete tocador, separado del guardarropa por un tabique, de escaso grueso. En el centro de dicho tabique, y empotrado en él, había un gran espejo de cuerpo entero, con artístico, ancho y grueso marco de roble tallado; y en el centro de una pared contigua a él estaba el mueble tocador, frente al cual se sentaba Amabel cuando el peluquero la peinaba.

En esta primera visita no hizo el furtivo visitante sino reconocer los dos aposentos para formar plan. Que para ser ejecutado requería tiempo y calma, con que entonces no podía contarse; pues se ignoraba si a la bailarina le apetecería aquella tarde dar un paseo largo o corto. En consecuencia limitóse Paco a tomar en ambas habitaciones unas cuantas medidas a partir del marco de la puerta de comunicación entre ellas, que Celinda abrió. Cosa que a poder verla habría sorprendido a su ama, quien para impedir pudiere aquélla descubrirle su secreto, con impensadas entradas por tal puerta, teníala condenada, y guardaba su llave a buen recaudo. Sin poder sospechar que la doncella tuviera otra.

La primera idea del intruso fué satisfacerle la curiosidad a Celinda desarmando la cerradura, vaciando la caja de ésta, y convirtiéndola en una máquina fotográfica. Pero desistió de ello, porque al mirar desde el guardarropa, por el agujero de la llave, comprobó que la parte del gabinete por aquél enfilada no alcanzaba al lugar donde

---

novela que narre sucesos en los cuales intervengan los radiofotos.

Iba a poner punto final a la nota cuando advierto que he dicho un disparate; pues ni las imágenes ópticas salen po las antenas, ni viajan por los espacios, ni entran por aqué-

llas: sino que lo únicamente modifican las corrientes eléctricas que a su vez se transforman en las citadas ondas. Excúsese; aquel *lapsus* considerando que en cosas tan sutiles como éstas de que hablamos, es fácil resbalar al más leve descuido.

Amabel estaría sentada en la ocasión en que se la quería espiar.

Después de convencerse de esto fué cuando tomó las mediciones anteriormente mencionadas: una del grueso del tabique medianero, en averiguación de la longitud de las barrenas necesarias para perforarlo por completo, y otras para marcar en el papel de que, por el lado del guardarropa, estaba dicha pared revestida, la parte de ella correspondiente a la que en la otra habitación estaba cubierta por una de las jambas del marco del gran espejo frontera al lugar que se deseaba ver y no podía verse por el agujero de la cerradura.

Para ello, descolgó Celinda unos cuantos vestidos de la percha corrida a lo largo de la pared; levantó el paño colgante entre aquéllos y ésta; y cuando, en ella, hubo Paco marcado dos rayas verticales de lápiz, entre las cuales comprendían franja del ancho del marco del espejo del otro lado, situada exactamente detrás de éste, convinieron, los dos compinches, en aplazar el montaje del artefacto que allí había de instalarse hasta la noche del siguiente día, en que Amabel bailaba. Con lo cual podría aprovechrse para tal montaje el tiempo de permanencia de ella en el teatro. En la seguridad de disponer de unas cuatro horas en las que nadie perturbaría al montador.

En dicha noche, cinco minutos después de salir, para el teatro, ama y doncella, se abrió la puerta condenada, por la cual pasó el granuja consabido del guardarropa al cuarto tocador; y, dirigiéndose a la de este aposento al corredor de servicio, echó el pestillo interior de ella, para tener certeza de no ser sorprendido por ningún indiscreto criado del hotel.

Seguidamente se fué derecho hacia el marco del gran espejo; hincó en él la barrena de un berbiquí, que en la mano traía, y, haciéndolo girar, practicó un taladro angosto hasta calar al otro lado de la moldura. Una vez horadada ésta, la volvió a perforar, del mismo modo, en otros cinco sitios, ceñidos al contorno de un pequeño capullo de la talla situado en lo hondo de un repliegue de ésta. Cuando en escasos diez minutos hizo los seis taladros, sacó del bolsillo una gubia curva con la cual golpeó la madera entre agujero y agujero, hasta que el capullo con la madera en que estaba labrado pudo desprenderse de la que lo rodeaba y salir como un tapón que de allí se sacara. Dejando en el marco un hueco cilíndrico como de centímetro y medio de ancho y unos cuatro de profundidad.

Desde allí se volvió al guardarropa; y después de ensanchar por aquella parte la boca posterior del agujero, sacó de una maleta, que consigo había traído, otro berbiquí, con una broca muy ancha de 25 centímetros de longitud, con el que, después de quitar los vestidos y el paño que cubría las rayas hechas la víspera en la pared, taladró ésta en varios lugares situados en el interior de aquéllas. Y desgranando luego los trozos de pared comprendidos entre los agujeros abrió un boquete de unos ocho centímetros de abertura en la parte central del cual se veía el, más pequeño, por el otro lado hecho en el marco del espejo. Boquete que no era visible desde la otra habitación, por ser menor su anchura que la de la moldura detrás de la cual quedaba.

El cuidado puesto para que al desmenuzar el material del tabique, comprendido entre los taladros, no se le desmoronara de modo que la abertura hecha en él no sobresaliera del borde del marco que debía cubrirlo—en cuyo caso resultaría visible al otro lado—, fué causa de que en esta operación invirtiera cerca de hora y media.

Una vez terminada, atornilló Paco en el revés del marco, y por encima del pequeño orificio hecho en su madera, un tornillo, cuya cabeza metió en la lazada de un cordel, del cual pendía un pequeño objetivo fotográfico a prevención traído con aquella cuerda, ya arrollada y sujeta a la montura metálica de dicha lente.

Con ello quedó ésta en contacto con la lisa superficie posterior del marco; y variando la longitud de la lazada fué Paco subiendo la lente suspendida hasta que a través de la parte central de ella vió el agujero de la moldura.

Conseguido esto descolgó la lente, y envolvió el tarugo, plano por un extremo, tallado por el otro, que del marco había desprendido, con sucesivas tiras de cartulina color de tabaco, poco menos anchas que la longitud del zoquete, las cuales fué arrollando y encolando a su cilíndrico contorno hasta que el aumento de grosor de él compensó el de la madera carcomida por la barrena y la gubia. En términos de que el tarugo, así engordado, ajustara en el agujero de la madera: sin huelgos visibles por el lado de la talla; pero con suavidad que permitiera meterlo en aquél y sacarlo sin esfuerzo. Para efectuar una u otra maniobra clavó Paco en el extremo liso del zoquete correspondiente al lado del guadarropa las primeras vueltas, no más, de la punta de otro tornillo, cuya cabeza serviría de agarradero para quitar el capullo de la talla, o restablecerlo en ella, desde la citada habitación, cuando lo uno o lo otro conviniere.

Como lo que entonces convenía era meterlo, así lo hizo el habilidoso granuja. Que retornando el tocador, y examinando la moldura, quedó tranquilo de que nadie, a no estar enterado de lo hecho, podría advertir era de quita y pon, aquel capullo de ella.

Con esto, con recoger del suelo los frag mentillos de madera arrancados con la gubia, y con descorrer el cerrojete de la puerta del tocador al pasillo del hotel, que al entrar había corrido, dió por terminada su faena el tunante, que se volvió al guadarropa, cuya puerta cerró; y desde donde, media hora después, oyó hablar a la bailarina y a Celinda cuando regresaron del teatro; y en donde, otra media más tarde, vió entrar a la última. Entablando con ella un mudo diálogo en que la mímica reemplazaba a las lenguas. Pues ella entró con un dedo puesto delante de los labios; otro, perteneciente a diferente mano, señalando a la puerta de comunicación con el aposento dondonde se oía ir y venir a su ama, y haciendo, con ojos y expresión del semblante, pregunta por el otro contestada con movimiento afirmativo de cabeza que ella entendió significaba quedar ya ejecutado el plan formado el día antes.

Seguidamente, la llevó él frente al boquete del tabique donde metió una mano, para agarrar la cabeza del tornillo hincado en el taco de madera, tirar de éste y sacarlo dejando descubierto el agujero de la moldura, a mirar por el cual se abalanzó Celinda, en cuanto lo vió. Estando a punto de romper el silencio al advertir, con viva contrariedad en su rostro patente, que si al sentarse su ama frente al tocador lo hiciere poco más adelante o más atrás del reducido espacio de la habitación enfilado por el agujero, la angostura de éste impediría que la viese ella desde el guardarropa.

Adivinándole Paco el pensamiento, se sonrió con aires de superioridad; sacó del bolsillo la lente fotográfica; la colgó delante del indiscreto orificio; tornó a sonreír, viendo a Celinda acercar a ella un ojo y apartarlo en seguida, con gesto de clara decepción, por no haber visto sino difusa claridad; y señalando, por último, a la puerta de salida con un dedo que se llevó después a la punta de la lengua, dió a entender a su amiga que

mientras no estuvieran fuera de allí no podría darle más explicaciones.

Después volvió Paco a meter el taco del capullo en su agujero. Sin descolgar, para ello, la lente, sino sólo desviándola para dejar libre aquél. Dejó caer el paño recogido de lo alto de la percha, para que, cayendo, cubriera el boquete de la pared, y señaló seguidamente el montoncillo de escombros. Que entre él y Celinda recogieron, en un paño, y se llevaron al salir del guardarropa por una puerta comunicante con la alcoba de aquélla.

IX

EL SALTO ATRÁS

Una vez en la alcoba de su amiga, explicó Paco a ésta, y no por señas, que a causa de la gran abertura del objetivo (1), por él traído, y de estar mucho más cercano al boquete de la talla, de lo que el grosor del tabique permitía a Celinda aproximar el ojo a su abertura, veía la lente espacio del cuarto tocador mucho más amplio del que ella había visto al mirar a simple vista por el agujerito.

—Pero con que lo vea la lente nada adelanto yo; porque en ella no he visto sino claridad borrosa—objetó Celinda.

—Es que ni hay que mirar como has mirado, ni siquiera hay que mirar a la lente.

—Pues ¿adónde entonces?

—A esto—contestó el improvisado profesor de óptica, sacando de la maleta, donde tenía sus herramientas, una placa de cristal deslustrado como de unos dos y medio decímetros en cuadro.

—¿A eso?

—Sí. Cuando desde el guardarropa quieras ver a esa delante del tocador, no tienes sino sacar el tapón, con el cual bajará el objetivo a colocarse en su debido sitio; presentar ante él el centro de este cristal, e irte retirando con él, despacio, de la lente, y sosteniéndolo vertical con las dos manos. A medida que vayas separándolo irás viendo reproducirse en él cada vez más claros y cada vez más grandes, el tocador, a tu ama y a Sticky. Si Sticky está con ella, y una y otro delante del tocador.

_____

(1) Sin pararse en precisiones técnicas de definición, llámase abertura de un objetivo el ángulo máximo de las rectas ideales trazadas desde el centro de la lente a los puntos límites del contorno de la parte visible de los objetos o paisajes a través de ella vistos; o en términos todavía más vulgares, lo que abarca la lente, que marca el _campo_ de ella.

—De modo que cuanto más me separe más grandes y mejor los veré.

—Más grandes sí, mejor no. Porque tamaño y claridad aumentarán, con la separación entre lente y placa hasta llegar a unos 34 centímetros; pero si continúas separándote seguirán creciendo los monigotes; pero presentándosete más oscuros y confusos cuanto más grandes.

—Y cómo sabes tú que 34 centímetros es la distancia a que mejor se ven.

—Porque he traído una lente de 30 de foco y el centro del tocador queda a 2,40 metros de ella.

—No lo entiendo (1).

(1) La lente la había adquirido Paco de modo que tuviera 29 centímetros de distancia focal. Y no caprichosamente, sino para que el tamaño de la imagen de la cabeza de Amabel que su doncella habría de mirar en el vidrio deslustrado no resultara tan reducida, dada la distancia forzada de la lente al lugar donde la una estaría sentada que impidiera a la otra enterarse bien de cuanto deseara ver.

Por eso se impuso al montador del artefacto la condición de que la cabecita que había de ver Celinda no tuviere tamaño inferior a la sexta parte de la de su ama: o sea 4 centímetros, suponiendo a la de esta altura aproximada de 24. Y por ello antes de ir a comprar el objetivo a la tienda de un óptico se planteó este problema previo: «Sabiendo que 4 centímetros ha de ser el tamaño de la imagen de un objeto que teniendo 24 ha de estar colocado a 245 de la lente —esta era la distancia de la moldura del espejo donde el objetivo había de encontrarse al taburete donde Amabel se sentaría frente a su tocador—, averiguar la distancia focal de la lente que me dé imagen de dicho tamaño.»

Problema facilísimo, gracias a la existencia de unas conocidísimas ecuaciones ópticas que relacionan los tamaños de un objeto y su imagen con las distancias de uno y otra a la lente convergente que produce la última y con la distancia local de ésta. Pues, resolviéndolas, dedujo lo conocido lo desconocido; hallando así que un objetivo de 28,97 centímetros de foco le daría la imagen del deseado tamaño en un vidrio deslustrado donde aparecería aquélla con máxima claridad cuando se lo situara a 40,8 de dicha lente.

Como parecería feo y hasta puede que trampa no insertar las citadas ecuaciones, helas aquí:

$$\frac{I}{O} = \frac{d}{D} \quad y \quad \frac{1}{F} = \frac{1}{D} - \frac{1}{d}$$

Y, una vez presentadas, y desenmascaradas con la declaración de que O e I representan en ellas los tamaños del objeto y de su imagen, D y d las respectivas distancias del objetivo al uno y a la otra, y F la distancia focal, omito, sin escrúpulo, los cálculos que con tales fórmulas hizo Paco. Por sencillísimos para los habituados a ellos; y porque a quienes no lo están los tienen sin cuidado.

Claro es, por último, que el adlátere de Celinda no halló en la tienda un objetivo que justamente tuviera 28,97 centímetros de foco, mas, no reparando en tres centésimas de más o de menos compró uno de 29. Con el cual serían muy pequeñas las diferencias entre las dimensiones de la imagen que diera una con la calculada, y entre la posición hallada para el vidrio deslustrado y la que sería preciso darle para ver bien en él aquélla.

—Ni te hace falta para ver a Amabel y al peluquero a través del cristal con toda claridad. Y no te preocupe la distancia que ya tú elegirás instintivamente la posición en que los veas con toda claridad aunque pequeñitos.

—¿Pero estás seguro de todo eso?

—Segurísimo. ¿No has metido tú nunca la cabeza debajo del paño negro con que el fotógrafo cubre la suya y el vidrio deslustrado del bastidor movible de una cámara fotográfica, cuando enfoca la máquina a la persona a quien va a retratar?

—No.

—Pues lo mismo que él ve en aquel vidrio a quien va a retratar, verás tú a la bailarina en éste.

—¡Sin máquina!

—Ya te dije que la máquina es el guardarropa. Pero para ello es preciso que cierres la ventana para dejarlo a oscuras. Y así, no necesitarás paño negro, ni correrás riesgo de que por el agujero del marco del espejo salga la luz del guardarropa al otro lado, delatando la existencia del boquete y mis habilidades.

—Eres el enemigo.

A la mañana siguiente, apenas entrado el peluquero en las habitaciones de la bailarina, corrió Celinda a su observatorio, y después de levantar el paño de la pared y cerrar la ventana, sacó el tapón de madera y sucesivamente hizo cuanto Paco le había explicado hasta ver en el cristal que en las manos tenía, no a Sticky ni a su ama, pero sí el tocador de ésta. Chiquitín sí; pero maravillándole la precisión con que, colocados sobre él, veía todos los frascos, tarretes y trebejos destinados a realzar las bellezas de la estrella.

Poco después entraron en el campo de la lente, apareciendo en el cristal, aquellos personajes. Mas no de cuerpo entero, sino tan sólo de cintura arriba.

Entre perfil y espalda, veía Celinda, directamente, en el vidrio, a la bailarina, sentada frente al tocador, y al peluquero en pie detrás de ella, y de frente a ambos, en el espejo de aquel mueble ante el cual estaban.

—¡Qué bien me ha arreglado esto ese tunarra!—Pensó al verlos la doncella.—Lo mismo que si ahí dentro estuviese con ellos.

Pero apenas pensado, ya no pudo continuar acordándose del distinguido óptico, a quien tan irrespetuosamente designaba; pues la tenía asombrada la extrañeza de ver que, habiendo ya quitado el peluquero más de dos docenas de horquillas, continuaba intacto el peinado y no caía suelta la magnífica cabellera de la bailarina.

Mas tal asombro no era nada para la estupefacción que la sobrecogió, cuando en lugar de deshacer bucles, torcidos, trenzas, metió Míster Sticky los dedos de ambas manos, brutalmente, entre el pelo, tiró cual si fuera a arrancar, de una vez, y de raíz, la cabellera entera, y la arrancó, efectivamente. Dejando al descubierto ¡una cabeza de negra!...

No: mirándola bien, no era de negra, sino de negro; con el pelo corto, espeso, crespo, completamente ensortijado en menudísimos ricitos, de las razas africanas, al que los criollos llaman *pelo de pasa* o también *pelo malo.*

Sin poder dar asenso a lo que veía, no lograba Celinda convencerse de que con aquel cutis de nieve, aquellos ojos celestes, aquella boca de labios delicadísimos y aquellas facciones de purísimo tipo caucásico, pudiera ser negra Miss Cork.

Y lo era. No cabía duda; era, lo estaba viendo la asombrada curiosa, una negra con piel blanca; pero con pelo que ni siquiera parecía de nubia ni hotentota, sino de nubio u hotentote bien retinto.

....
....

La ponderada y mentida *aureola* de rayos de sol no era sino una peluca bien sujeta con un kilo de horquillas en la zalea lanuda de una cabeza negra.

Aquél era el misterio de la ilustre hija de Terpsícore.

....
....

—Esto tiene que ser *el salto atrás*—mascullaba para sí la doncella—. Sus padres serían blancos; pero entre sus ascendientes hubo indudablemente etíopes o cafres; y ella ha salido a éstos solamente en el pelo. Una broma pesada de los abuelitos (1).

Ya había yo oído algo de esto—monologaba mentalmente la indiscreta fisgona—; pero nunca vi cosa por el estilo. Y eso que he visto muchos mulatos y mestizos y presumo de conocer, a la legua, a la gente *que tiene raja.* Pero lo que es a ésta no se la habría yo adivinado nunca.

La frase de cursiva es otro dicho criollo, indicador de que una persona, en Europa tenida por ser de pura raza blanca, muestra en su cara rasgos que a los conocedores de otros países basta a revelarles que entre sus ascendientes hubo negros.

—¡Calla! Tiene los ojos cerrados... Sin duda no le hace gracia verse en tal facha... Y se comprende; porque con toda su belleza está para pegarle cuatro tiros... Embustera, farsante, timadora... *Fanciulla del sole... del sole...*

No, en eso no hay mentira; porque las negras africanas son más hijas del sol que estas rubias de Saxonia, en donde el Sol parece luna: Lo que son éstas es *fanciullas* de la niebla.

Ahora le encasqueta otra peluca igual, que ha sacado de la caja donde metió la que le acaba de quitar. Ahora abre ella los ojos...

....
....

Ya está visto el porqué del sueldazo de Míster Sticky y de su influencia con ella... La que sabiendo esto tendré yo en cuanto me dé la gana de hacer andar de coronilla a esa embustera... Porque acabo de encontrarme un soberbio filón de oro. Pero hay que aprovecharse de él con habilidad y mimo.

Las reflexiones que estamos sorprendiendo dan la explicación de porqué había Celinda dicho a Míster Rascaly que ella haría de Amabel cuanto le viniere en gana.

....

Mientras la doncella pensaba lo anterior, Míster Sticky había ido prendiendo numerosas horquillas, que a la africana pelambrera sujetaban la peinada peluca, con la firmeza

---

(1) El caso de Amabel era un caso de *atavismo.* Fenómeno acerca del cual dice un ilustre biólogo: «Entre los animales de una raza aparecen en ocasiones ciertos individuos con alguno o algunos caracteres, que no mostraron sus progenitores, pero perteneciente: a remotos pasados. A esto se llama *salto atrás.»* El mismo autor define el atavismo como «propensión de los hijos de seres híbridos o mestizos a reproducir los rasgos de *pura raza* de algunos de sus antepasados. Y así se han dado casos de revelarse la procedencia africana de algunas criaturas al cabo de hasta seis generaciones.»

Adviértase que cinco generaciones, en que los mulatos nacidos en estas familias de los primeros enlaces fueron siendo cada vez más claros, a causa de haberse efectuado todos los entronques con gentes de raza blanca, bastan en la mayor parte de los casos para hacer parecer blancos de pura raza, y aun para que ellos se lo crean, al padre o la madre del vástago que dió, en la sexta, el salto atrás. Ignotus ha visto durante su estancia en América tres ejemplos notables de esta anomalía: el de una mulata portorriqueña bastante oscura, y guapísima, *con arreglo a los cánones de la belleza europea*

necesaria para quien en escena había de hacer los violentos movimientos consiguientes a sus danzas.

Cuando la espiante vió la faena del peluquero cercana ya a terminación, volvió a meter el capullo en la talla, abrió la ventana, dejó caer el paño, restableció en sus puestos los trajes descolgados y se salió del guardarropa, diciéndose:

—Lo extraño es que no huela; porque las gentes de esa raza, apestan que *confunden*, sin que les valgan lavatorios para dejar de heder. Y ella no hiede...

¿Será que lo disimule con los perfumes? Ca: yo conozco ese tufo, sé muy bien, que con azúcar está mucho peor, y por mucho que ella lo disimulara la habría yo olido cuando la visto. Además, su dormitorio, por las mañanas, y el guardarropa, a todas horas, volcarían al entrar en ellos.

Se conoce que el salto atrás lo ha dado solamente en el pelo, pero no en el color ni el olor; pues si huele ha de ser como olemos los demás. Aunque no nos olamos por tener ya acorchadas las narices con nuestra propia peste. Porque, no hay duda, apestamos. Y si no que se lo pregunten a los perros, y a los mismos negros que dicen: "Pobrecitos blancos: ¡qué mal huelen!"; y yo he oído a un médico afirmar en serio, que olemos muchísimo peor que ellos...

Bah, *infundios*: olerá la que huela, que lo que es yo...

Todas estas observaciones, un tanto baladíes, las primeras que en su magín barajaba Celinda, a raíz de haber visto a la bailarina sin peluca, fueron pronto reemplazadas por más serias reflexiones, al meditar que, siendo su ama vanidosísima y muy rica, equivalía el descubrimiento recién hecho al hallazgo de una mina; y que nunca más al caso el dicho de que el silencio es oro. Pues el suyo sería espléndidamente pagado, en cuanto Amabel supiera que su doncella conocía el secreto, y agradeciera que se lo guardara.

Era preciso, por lo tanto, hacerle saber que conocía su secreto; mas evitando sospechara la voluntad por ella puesta en descubrírselo; porque de recelarlo la cobraría antipatía.

Para ello prepararía con maliciosa maña, muy bien meditada, un *accidente* que, poniendo ante ella despelucada a su ama, pudiera atribuirse a la casualidad.

A Paco ni palabra del descubrimiento; pues en cuanto necesitara unas pesetas, y ella no pudiere, o no quisiere dárselas, capaz sería de ir a pedírselas a Amabel, con amenaza de publicar aquello. Matando así, por cuatro cuartos, la gallina de los huevos de oro.

X

RODRÍGUEZ-PÉREZ, COMANDITA EN LIQUIDACIÓN

Consecuente Celinda con sus juiciosos propósitos de dejar *in albis* a su amigo sobre el descubrimiento que, gracias a él, había hecho, cuando fué preguntada por lo visto en la sábana, le contestó que una porción de ridículas desinfecciones de manos, peines, paños, horquillas, etc., cada vez que con unas u otras cosas tocaba el peluquero los pindóricos cabellos de la bailarina.

Un mes largo después, no habiendo aún Celinda hallado el casual accidente que buscaba, llegó a Britolia Míster Rascaly, cuya proposición a Paco fué chispa que en el travieso ingenio de la doncella alumbró no

---

y que por tal habría pasado no entre las de su color sino en Madrid o en París; por tener pelo *rubio, largo y laso*, y facciones muy bellas del más puro tipo de la raza caucásica; el de una campesina, hija de padres blancos y con todos los rasgos y el color de las indias aborígenes, y el de la hija de un mulato, y de una lavandera negra del susodicho Ignotus con la cual estaban chochos los progenitores por ser completamente blanca.

Por el contrario, a los oficiales de un trasatlántico ha oído relatar que en una travesía de Europa a América dió a luz la esposa, blanca, de un *centroamericano tan blanco* como ella un niño negro. Sorpresa que no es de creer agradara a los padres tanto como a los de la hija de mi lavandera.

El temor a estas contingencias, de los ganaderos que hacen cruzamientos para mejorar las razas de diversas especies animales hace, en observancia de las *Mendelianas Leyes de herencia* que al elegir sementales y madres, no se mire únicamente a las cualidades individuales de ellos, sino que se haga cuidadosa pesquisa de sus genealogías. De ello están bien al tacto los criadores de toros de lidia.

Las leyes a que acaba de aludirse fueron formuladas por el sabio Juan Gregorio Mendel, fraile agustino.

«A él—dice el libro *La Herencia Mendeliana*, del doctor Nonídez, del Cornell University College de New-York»—1922—«corresponde el mérito de haber descubierto—adelantándose a su época—el mecanismo de la herencia, sentando las bases de una rama de la Biología. Dotado de una intuición genial, y siguiendo método rigurosamente científico, Mendel llevó a cabo una serie de notables experimentos de cruzamientos de diversas especies—siguiendo rumbo opuesto que sus predecesores—observando los resultados en varias generaciones, y proponiendo una explicación cuya universalidad han demostrado las investigaciones más recientes.»

A despecho del desdén con que inicialmente fué recibida por los más conspicuos biólogos, que al fin y al cabo tuvieron que reconocer que más razón que ellos tenía el *oscuro frailuco*

sólo el modo de preparar tal accidente, sino camino que, mediante unas cuantas picardías finales, condujera a su socio y a ella a la externa honradez, acomodada desde luego, por la cual suspiraban. Como puerto desde donde pudieran decir adiós a la pasada briba y al presente aventurero.

Camino no, caminos; vida no, vidas; pues de no apartar sendas, no llegarían jamás ella ni Paco a personas decentes. Ni siquiera entendiendo la decencia como ellos la entendían.

Por eso harían juntos las últimas trastadas, para labrarse *respetables* posiciones. Y alcanzadas éstas cada uno echaría por su lado; de modo que precaviera el riesgo de volver a encontrarse.

Sabía mucho aquella chica, tan precavida como falta de vergüenza.

Dos días de cavilaciones le costó decidirse a prestar a Míster Rascaly su personal cooperación, negada en un principio; y sólo concedida, en conferencia de que ya he dado cuenta, previa importante y necesaria conversación con Paco, que merece conocerse.

—No negarás—dijo ella, al entrar en materia—que siempre he sido para tí una prima tan cariñosa, que ni una madre habría sido más prima.

—No lo niego. Por eso mi reconocimiento...

—Tampoco negarás que eres un perdido.

—Tampoco. Mas me disculpa el no tener dinero.

—Por eso trato de que lo tengas.

—¡Ah! ¿Me vas a dar?

—Ni un mal centavo.

—Para ese viaje... ¡Y decías que ibas a hablarme de cosas interesantes!

—Y tanto; porque mucho más que darte hoy cuatro pesetas, otro día otras pocas, y siempre una miseria, importa conseguir que nunca te falten muchas, sin que...

—¡*Quel bel sogno!*

—... sin que tengas que *afanarlas* por medios peligrosos... y reprochables.

—Me tienes con la boca abierta de admiración. ¡No será verdad tanta belleza!

—Lo será, si me ayudas a ponerte en estado de andar solo.

—El mayor placer es pasearme en tu agradable compañía.

—Pues, hijo, la base de mi plan es que cada uno pasee por su lado.

—Fíese usted de primas, ni de madres.

—También las madres se hartan de los hijos, cuando son como tú.

—¡Pero es que vas a abandonarme!... Ahora: cuando estoy desvalido como nunca...

—A abandonarte no. Mas sí a decirte que ya es tiempo de cuidarnos en serio de nuestros porvenires: que no conviene sean *nuestro* porvenir.

—Eso es el preámbulo para dorarme una píldora muy negra, que jamás habría creído...

—No: eso es que tengo una ocasión única de hacer tu suerte, de hacerte rico para siempre.

—¿Qué dices? ¿Será posible?... No me deslumbres... ¿Pero apartándome de tí?... Eso sería terrible.

—No seas hipócrita... Bien sé que los duelos con pan son menos.

—¿Pero y tú?

—Eso es cuenta mía. Sé andar sola.

—De modo que esto es, en plata, un rompimiento.

—No: solamente el prólogo de una separación amigable, exigida por nuestras propias conveniencias, de la que no te he hablado hasta poder ofrecerte una vida de sátrapa que te la endulzará.

—Me tienes muerto de curiosidad.

—Voy a resucitarte. Pero antes contéstame. ¿No te parece que estás en edad de casarte?

—¡Qué ocurrencia!... Digo. ¡Qué desatino!

—Con una mujer rica, muy rica.

—¿Muy rica?... Entonces, la cosa no sería tan descabellada. ¿Se ha prendado de mí alguna vieja?

—No que yo sepa; pero se casaría si a mí se me antojare. Esto es lo interesante. Y aun puede que se prende. Si sabes trabajarlo, no lo veo difícil.

—Mil gracias. Tu opinión es muy lisonjera.

—Pero será preciso que seas persona decente... Bueno, que lo parezcas.

—Como tenga dinero me comprometo a parecerlo.

—Lo tendrás.

—Pues no dices que no me vas a dar ni una peseta.

—Te las darán otros.

—¡Ah! Eso tiene que ver con lo de Míster Rascaly.

—Tiene...

—¿Y quién es la vieja?

—No es vieja. Tal vez no te lleve más de diez o doce años.

—¿Qué son diez años en la vida? Un soplo, si son de buena vida... Pues si no es vieja será feísima.

—Te equivocas. Es muy guapa.

—Me estás subiendo al pináculo de las ilusiones.

—Y no tiene sino tres defectos: su historia; porque la ha corrido bastante...

—Pues y yo...

—... Con muchísimos, y escandalosamente. Pero supongo que en eso no has de fijarte.

—No soy un puritano, ni tengo derecho para tirarle a nadie la primera piedra.

—Su segundo defecto es ser bastante tonta.

—Así le pareceré más listo.

—El tercero es físico.

—Ya se me hacía cuesta arriba que con tanto dinero y no siendo un carcamal, fuése guapa.

—Pues lo es: ese defecto lo disimula tan bien que no ha impedido vuele por el mundo la fama de su belleza.

—¡Atiza!... Pues si no se le ve no será tan grave ese defecto.

—Espantoso, garrafal. Yo no he de engañarte... Pero estoy segura de que, si te decides, ya cuidará ella de que tú no lo veas.

—Y yo atendiendo a sus demás doradas cualidades, la complaceré no mirándolo... ¿Cuál es ese defecto?

—No te lo digo hasta estar cierta de que aceptas la novia, y verte bien metido en harina. Por ahora sólo digo que la esposa que te ofrezco es mi ama.

—Esto ya no es pináculo sino una vertiginosa apoteosis... ¡Pero si dicen que es poderosa!... Y aun cuando exageren...

—No exageran: está podrida en dinero.

—Pues es una putrefacción muy agradable.

—Entonces, ¿te conviene?

—¿Cómo puedes dudarlo ni un instante? Ella será la que no quiera.

—Eso es cuenta mía. Aun cuando tú hayas de ayudar un poco; porque...

—Sin que sea presunción, se me figura que como pueda presentarme en buenas condiciones no dejaré de impresionarla. Pero de eso a casarse con un pelagatos como yo...

—Con tal de evitar que se divulgue... Ten te lengua. Ya se me iba a escapar.

—¿Qué se te iba a escapar?... ¿Qué habría de divulgarse?

—Nada... No te importa. Lo que a tí puede interesarte es que enamorada o no se casará como a mí se me antoje.

—Tenías razón, Celinda, eres más que mi madre. ¿Pero estás segura de que esa mujer querrá...?

—Querrá. Pero de lo que necesito plena seguridad es de que cuando te enteres del defecto consabido no has de echarte atrás.

—Aunque fuera jorobada...

—Por ahí, por ahí.

—¡Qué disparate! Si tiene un cuerpo de palmera.

—No me he explicado bien: sólo quería decir que el defecto no es menos gordo que sería una joroba...

—Sea el que quiera. Una mujer con sus millones, tonta además, y más vieja que yo es siempre adorable. Y conocida ya esta opinión mía no tendrás inconveniente en decirme cuál es esa imperfeccioncilla.

—Eso todavía no. Cuando tengas confianza de que la cosa va por buen camino, miedo de que se te malogre, y a mí me convenga decírtelo lo sabrás. Antes, no me fío de tí.

—Como tú quieras.

—La remuneración de tu trabajo en el negocio de Míster Rascaly, cuyos planes hay que modificar como le diré esta tarde, será esa boda. Porque el dinero que él suelte será para mí...

—¡Todo?

—Todo.

—Avariciosa. Entre lo que eso importe y el fortunón de la bailarina, de que vas a poder disfrutar, tú serás quien resulte ganancioso.

—Verdad.

—Después te irás con tu señora, adonde os acomode, y yo me quedaré en Ibermania para bandeármelas con esos cuartejos. Que en préstamos a réditos, aunque no sea más que al 60 por 100, pueden dar bastante de sí.

—Va a serme duro decirte adiós.

—Y a mí. No en balde se está asociados tanto tiempo como lo hemos estado nosotros, ni juntos se corren las tormentas que tú y yo hemos capeado, viviendo de artificios y mañas. Pero felizmente nos consolarán a tí la opulencia y a mí el realizar mi modesto sueño de ser una digna prestamista, respetada en su barrio, y salir, de una vez, de líos y sobresaltos.

—Lo único que yo siento es no poder ser el prestamista.

—No, hijo, me comerías el capital... Y que tú picas más alto. Vuela, vuela. La razón social Rodríguez-Pérez va a hacer su último negocio; y terminado éste se disuelve la comandita: la Rodríguez por un lado y por el otro el Pérez. Que ya no será Pérez.

—¿Que no seré yo Pérez?... ¿Qué vas a hacer de mí?

—Otro. Y eso irás ganando; porque peor no podrá ser el nuevo.

—¡Por Dios Celinda!... Vas a *metempsicosizarme* en vida.

—Esa es otra agradable sorpresa que te reservo.

—¿Otro misterio? Eres atroz.

—Ese es por poco tiempo; porque esta tarde lo sabrás.

—Haz de mí lo que quieras.

La tarde a que Celinda se refería, era la de su segunda conferencia con Míster Rascaly, que en cuanto aquélla supo que Paco se prestaría a cuanto ella quisiera, estaba ya en estado de celebrar.

Sabemos lo ocurrido en ella y con posterioridad hasta que Paco, o mejor dicho el Príncipe de Amfiloquia, pues con tal nombre firmó el contrato de apoderamiento para Ibermania, fué nombrado representante de la bailarina. A quien en el mes transcurrido hasta el embarco, fué inflándosele más y más su pasión por el noble amigo, y a quien desconsolaba extraordinariamente no poder ser princesa. Porque ahora, conocido el secreto de la bailarina, ya adivinamos que el obstáculo a la satisfacción de las ansias de su corazón de enlazarse al hermoso retoño de cien reyes, y de su vanidad de pintar, grabar, bordar en su auto sus tarjetas y sus ropas el escudo de Albania realzado con una corona principesca, era que a ello se oponía su otra vanidad. Espantada ante la idea de que el amado pudiere verle el *pelo malo*. Cosa que si el amado ascendiere a marido no podría evitarse.

XI

MÚLTIPLES PADECERES DE LA POBRE MABEL

La navegación de Britolia a Puertofoz fué, para la bailarina, doblemente cruelísima; pues a porfía combatían su corazón penas del alma, y su estómago era atenazado por duros vientos y broncos mares, que la tenían hecha un guiñapo zarandeado por basqueante mareo.

Y gracias a que ambos padeceres, gástrico y cardíaco, no eran simultáneos; pues cuando arreciaban tumbos y culebreos del barco, tan por entero se enseñoreaban bascas y náuseas de la infeliz criatura que, las

angustias del estómago le hacían olvidarse del apenado corazón, que volvía a torturarla en cuanto amainaban la agitación del mar y los desasosiegos epigástricos. Alternativas con las cuales variaban, mas no se interrumpían sus torturas.

Dejemos el estómago, y cuidémonos de la otra más noble víscera de la machucha bailarina: del pobre corazón que, no obstante deber ya estar, por culpa de años y menudeante abuso, un tanto acecinado, padecía crisis de supersensibilidad hiperromántica y explosiorromancesca: tan super y tan hiper como supradesvergonzada y ultraliciosa en pasados tiempos había sido su dueña. Padeciente ahora con amatoria hipertrofia: tanto más dolorosa cuanto más comprimida.

El parrafito me ha salido, también, *hipertrofiado*. Prometo enmienda. Pero discúlpeme el hallarme ante insólito caso pasional de una mujer, con afectividad encallecida por pertinaz intemperancia en rastreros amores, a quien brusca y absoluta privación de ellos le arrancaba de cuajo el callo, dejándole el corazón en carne viva, sin la menor defensa contra otras apetencias. Y porque, en lo violento, corría parejas el trastorno de su espíritu, con mis adjetivos *supergruesos* y hasta descoyuntados.

Lo ocurrido a Amabel—esto, que a decir voy, no es posible callarlo en un libro novelesco-científico—parece indicio, cuyo estudio someto a psicólogos y neurópatas, de que la material ley mecánica de la igualdad entre una reacción y la acción que la provoca, tal vez es valedera en lo moral: o en lo inmoral, si al decirlo miramos al caso de la bailarina.

¿Será que nos hallemos ante un edificante arrepentimiento?

No sé... Frente a una mutación radicalísima indudable es que sí. Pero temo no llegue a conversión y sospecho naciera de las mismas causas por las que el *Diablo harto se metió a fraile*, cuando ya no pudo continuar atracándose de carne, y la zorra de la fábula no se comió las uvas.

Pero entonces, ¿cuál sería el impulso que hizo a la cortesana tomar aires y vida de mujer honesta?

La respuesta es difícil. Véase porqué. En cuanto Celinda supo que su ama guardaba un secreto al parecer relacionado con su vanidad, pero ignorando cuál, pensó Celinda, y con Celinda yo, que la transformación de conducta, inmediata al restablecimiento de la enfermedad que de las gentes tuvo alejada a la bailarina largo tiempo, podría, con verosimilitud, achacarse a lacra por el mal producida e incompatible con la prosecución de su antigua vida de desórdenes.

Mas desde el punto que la doncella y yo sabemos que la estrella danzante no escondía lacra fresca sino estigma añejo, ya no cabe atribuir su morigerado vivir, ni sus melancolías ni sus romanticismos todo, nuevo, a tal causa; pues no se puede creer que por tener pelo de negra fuese mujer honrarada quien, con el mismo pelo, fué toda su vida redomadísima pindonga.

De esto no cabe duda; porque el salto atrás, nunca es secuela proviniente de enfermedad, sino atávico fenómeno acaecido en el seno materno.

Sin embargo, aunque me llamen mal pensado, y a despecho de ser inachacable a dicho salto la honestidad ni el decoro de la bailarina, tengo una y otro por virtudes a *fortiori*. Sin rendirles, por tanto, el respeto que la tributaría a creerlas frutos de contrición, o de atrición siquiera.

¿Porqué?... No sé: corazonada. ¿Mala corazonada?... Puede ser: mas la tengo, y no es mía la culpa de tenerla.

Además, que, en este mal pensar, no es imputable a temerarios juicios míos. Pues si no puedo desatar el nudo del esencial porqué de este intrincadísimo problema, sé por conversaciones sostenidas por Celinda y el príncipe, que no se mareaban, mientras la otra se deshacía a arcadas en su camarote, sé, repito, que la infeliz estaba, además de embaída con la gloriosa prosapia y los enredos que el último hilvanaba, prendadísima del buen mozo, con fogosísimo enamoramiento de día en día suspirante con menos disimulo. Y sé también que, al mirarlo, no brillaban sus ojos con la luz plácida y serena que ilumina los de castas doncellas honestamente enamoradas.

Mas, sin embargo, la deshonestidad no pasaba de los ojos, por enfrenarla fortísimo propósito suficiente a impedir que Amabel se dejara arrastrar por la atracción sobre ella ejercida, por el gallardo vástago de los Amfiloquios. No obstante ser tal atracción la mayor de cuantas la habían hecho vivir siempre arrastrada. Mayor, acaso, porque nunca hasta entonces había ella combatido tentaciones. Que si antes del embarco la salteaban ya, en su trato con el príncipe, después de aquél la asediaban sin tregua. Porque con el amado pasaba casi todo el día en cuanto abonanzaba el mar.

Así, en toda la navegación, no la dejaron sus tormentos punto de sosiego: mar dura traíle hipocondrio revuelto y corazón adormecido, con mar bella llegaban tranquilidad del tubo digestivo, desolación al corazón.

El arribo a Ibermania puso fin a las materiales náuseas, pero fué causa de que, sin intermisión ya, viviera atormentada por amatorios reprimidos afanes. Pues, alojada en el mismo hotel que su ilustre y amadísimo apoderado, comiendo con él, por él acompañada, en paseo y en el teatro, faltábale, ahora, al corazón, estómago que lo aliviara, a ratos, de sus padeceres.

Mas de todo triunfaba un sentimiento interno hondamente arraigado, cuya fortaleza nacía, según Celinda, no de virtud, sino de un descompasado endiosamiento descollante sobre egoísmo, avaricia y simpleza. Que eran miserias típicas de la bellísima bailarina, mas no tan típicas, en ella, como el engreimiento que la tenía henchida con los vapores de sus vanidades.

No pudiendo explicarse la doncella, en cuanto conoció el secreto de su ama, la incongruencia de que hoy la detuviera miedo de que el amado Pami supiese lo del pelo, que ayer no la detuvo con muchísimos amados, teníala cavilosa su decidido empeño de atinar con el porqué de aquella anomalía. Pero infructuosas fueron sus cavilaciones, pues tan oscuro estaba aquél porque como el crimen del rápido había de estar—aunque no para ella—andando el tiempo.

Dejemos, pues, al tiempo aclarar uno y otro; y volvamos a la interrumpida narración de hechos, diciendo que, tan pronto llegada Amabel a Novaria, se le complicaron los amatorios sinsabores con larga ristra de inquietudes de diversas índoles. Ocasionadas unas por desasosiegos, rayanos en terrores, de su vanidad; nacidas otras de risible flaqueza de la eximia danzante, que, extremadamente supersticiosa, tuvo la inicial desazón en su primer almuerzo en el hotel, al ver caerse el salero por descuido del príncipe. Quien, por ser, sin duda, no menos supersticioso que ella, en lugar de desimpresionarla, exclamó, contemplando esparcida la sal sobre el mantel: "Mal comienzo, mal comienzo." Y cuando, con Celinda, se lamentó luego, Amabel, del infausto accidente, tampoco pudo tranquilizarla la doncella; pues siendo, por casual fatalidad, tan supersticiosa como su ama y el príncipe, hizo grandísimos aspavientos al enterarse del desdichado suceso, y dijo consternada: "Mala, mala llegada hemos tenido."

A la mañana siguiente fué llevado a un

47

banco el célebre collar de perlas, que, previo pago de una prima de seguro, había sido trasportado, de Saxonia a Ibermania, en el mismo barco que Amabel, y bien guardado en la caja de caudales del sobrecargo de a bordo.

El traslado desde la casa consignataria del buque al banco fué hecho con gran ostentación innecesaria, inusitada, y precedida de llamativa noticia, que, cual reclamo de la empresa del Glorious, al dar cuenta de la llegada de la Flying Girl, insertaron los periódicos, diciendo entre admiraciones: Un collar, valorado en ¡¡¡900.000 pesos!!!, de la más fulgente estrella coreográfica, que cobra ¡¡¡veinte mil pesos por baile!!!,

Ni el collar valía 900.000, sino 400.000, ni Miss Cork cobraba sino la mitad de lo cacareado; mas ni ella había de desmentir a la empresa, ni aun con tales reducciones eran mocos de pavos el collar ni el sueldo.

Ni el valor de la joya, ni el ostentoso alarde de hecho al llevarla donde quedó depositada, nos mueven a hablar de tal depósito. Del que nada diríamos a no ser necesario hacer sasaber que el número de la caja de seguridad elegida por el príncipe apoderado entre las inocupadas a la sazón en el banco, donde el collar quedó tenía el número 274. Pícara circunstancia que aquél se guardó bien de confesar fuera debido a inadvertencia suya. No advertida hasta que, al entregar a Amabel el resguardo de depósito y la llave de la caja, dijo mirando atentamente el número y abriendo muchísimo los ojos:

—¡Calla! No había reparado en esto. También es mala suerte, y torpeza de esa gente. ¿A quién se le ocurre ponerle a una caja de seguridad un número como éste?

—¿Qué tiene de particular?, querido amigo—preguntó la bailarina al apoderado.

—Véalo usted: ¡274, 274!

—No veo nada en él que...

—¡Que no ve usted!: dos y siete, nueve, y cuatro *trece*.

—¡Trece, trece! ¡Qué horror!

—Ahora mismo voy al banco a decir que no quiere usted esa caja.

—¡Qué he de querer! Corra, corra en seguida, Pami.

Salió Pami como un cohete; y Celinda se quedó musitando, pero no tan de dientes adentro que su ama no lo oyera: "Mal agüero, mal agüero."

Malo no, malos agüeros que se habían propuesto encarnizarse con la pobre forastera; pues media hora después retornaba

Pami, y disimulando cuan mal pudo su preocupación decía:

—Ya puede usted estar tranquila. Tenga la llave de la caja en donde queda ahora el collar: Es la 293. Pero no ha costado poco trabajo.

—¿Qué? ¿No querían cambiarla?

—No, amiga mía; sino que parecía perseguirnos una *maldita mala pata*—La frase subrayada no parece muy propia de un agregio amfiloquio, mas en ello no tiene culpa alguna quien la copia—Pues pretendieron darme otra con el número 283, cuyos guarismos suman también trece. La rehusé y me ofrecieron la 265, que también da esa suma fatídica. Maldita coincidencia.

—Que más parece fatalidad.

—No, Amabel, no—contestó el otro, sin convencimiento. y con sonrisa muy parecida a mueca de quien siente que le pisan un callo—. Esperemos que con el cambio habremos conjurado la persistencia del mal augurio.

—No sé, no sé... A mí me dijo una mujer que sabe mucho, Zoe, ya la conoces Celinda; y que nunca marra al echarle a una las cartas, que lo que una misma haga para escapar a su suerte no vale. Y esa condenada terquedad de los tres malditos números seguidos... Mucho será que en este país en que entramos con tan mal pie no nos pase algo malo.

—A mí, nada puede ocurrirme que me importe. Mis desgracias, que yo creí no podían crecer, llegan a punto, que si esos augurios presagiaran mi muerte, gozoso los recibiría; pues estoy convencido de que la vida no puede, digo, *no quiere* ya ofrecerme nada bueno.

Al decir lo anterior, miraba el príncipe a Amabel de modo tal, que la doncella creyó oportuno retirarse: tan elocuente que, conociendo la bailarina ser ella, y no la vida, la acusada por el gallardo mancebo, de inhumana e ingrata, le atajó diciendo:

—Pami, Pami. No hable usted así...

—¿Porqué, porqué quiero yo alistarme en la legión sino en busca de un descanso que ya veo sólo hallaré en la...

—No siga. Me hace usted mucho daño.

—No, no tenga cuidado. Mi palabra es palabra; se la he dado de no irme hasta que salga usted de este país, y la cumpliré; pues sé que *mientras esté usted aquí* le soy necesario.

—Y después, y después...

Esto fué lo único que el príncipe, ya a punto de salir de la habitación, oyó de la

... la vió echarse las manos a la cabeza y debatirse cual si le tiraran del cabello.

contestación de la Flying Girl. Quien al verlo huir para ocultar emoción que no quería se desbordara en presencia de ella, continuó: "Y siempre, siempre". Sintiendo, al verlo desaparecer, impulso de seguirlo, y llamarlo, y gritarle: "Vuelve, vuelve". Mas reprimiéndose continuó para sí.

—El ingrato, el ingrato, se piensa que la ingrata soy yo... Si supiera, si se maliciara... No, no ¡qué barbaridad! que no se lo malicie. Todo menos eso. Hasta que se vaya a buscar esa muerte que busca por no saber que me tiene perdida, dislocada por él...

¿Será la muerte de este pobre chico la amenaza del *vatinicio* de la sal y lo de los tres treces?

Las dos cosas en menos de veinticuatro horas es una mala sombra bestial... Porque lo del salero es muy malísimo; pero lo de las cajas de los treces es todavía más atrocísimo; y más peor por ser tres seguidos, y por la indina malicia con que venían escondidos los malditos treces.

Gracias a lo listo que es él. Porque lo que es a mí se me hubiera pasado... Sí, pero el haberlo visto no quita nada a la mala pata de eso; porque aunque él diga que no, para quitarme el sustazo del cuerpo, lo mismo que yo sabe que lo que una haga para quitarse su mal ángel de nada vale, y que el agüero de un espíritu malo no lo deshace más que la virtud de otro agüero bueno de otro espíritu que por un casual sea amigo de una.

Si yo tuviera aquí a Zoe, ella me sacaría como otras veces del apuro. Pero aquí sola ¿qué hago? ¿Cómo me defiendo?

Zoe era una echadora de cartas de Britolia, pitonisa de cámara o bruja de cabecera de la bailarina, a quien, en trances del jaez de los que en Novaria la inquietaban, le daba filtros, amuletos y recetas contra imprecisos y por desconocidos más azorantes males.

En país extraño, sin escudo contra los peligros *vatinizados*, como ella decía, por las recientes amenazas no es mucho se acuitara la desventurada. Porque malo fué el mareo a bordo, pero ya era sabido que el fin de la navegación traería el alivio; mas las inquietudes de la sal y los treces, no se sabía hasta cuándo durarían. Con la agravante de ser muy de temer pararan tales maleficios en estallido de calamidades que en cualquier instante podían caer sobre ella.

XII

¡MALDITO ORO!

Lo de la desgracia pendiente sobre su cabeza pronto le pareció a Amabel algo más positivo que la manoseada damoclina figura retórica. Pues no eran lo peor los ya conocidos temerosos augurios, y otros no menos alarmantes en pos de ellos venidos, sin que se columbrara ni el más chiquirritín genio propicio, portador de otros buenos; sino que aquéllos se agravaban con barruntos, *no sobrenaturales*, de ser la dorada cabellera lo real y positivamente amenazado. Y no por malévolos, incorpóreos, duendecillos, sino por quienes vivísimos indicios hacían presumir no eran trasgos, sino enemigos de carne y hueso: empresarios de teatros, rivales del *Glorious*, envidiosas danzarinas émulas de la estrella. Y entre ellas y los duendes, Amabel, casi, casi, prefería a los duendes.

En tal zozobra pasó Miss Cork, en Ibermania, cuatro semanas, asediada por supersticiones propias, las de Pami, tan supersticioso como ella, y las de Celinda: no más, pero sí más agorante y aspaventera. Sin que ni un día dejara, en tan azarosa temporada, de maldecir la hora en que pisó tal tierra. Tanto que si a los pocos de su presentación a los *novarios*, en el Glorious Star's Theatre, no rescindió el contrato y se volvió a Britolia, fué porque, habiendo exigido, y obtenido, que antes de embarcar le fuera anticipado el 50 por 100 de sus honorarios por todas la funciones contratadas, no se resignaba a devolver el importe de las que todavía le quedaban por bailar.

No porque en su gran fortuna hiciera mella semejante desembolso; sino por ser tan codiciosa como rica, y más avarienta que codiciosa. Llegando a cicatera en cuanto no fuesen sus personales lujos y placeres.

Por cierto, que sus dudas de si rescindo o no rescindo, si me quedo o me voy, fueron origen de una discusión con Epaminondas, de día en día más bello, más triste y más comprimidamente enamorado de la bella, que mirándolo, a su vez, como apetitosa fruta, se lo comía con los ojos, reconcomida de no poder morderla.

En dicha discusión se mostraba él partidario de la marcha inmediata. Dando a entender, aunque discretamente, que entonces se iría él a la legión. Nuevo motivo unido el económico para que Amabel se quedara.

La parte de la conversación, que, por haber dejado hondísima huella en el alma de la enamorada, fué más interesante, es la que voy a transcribir literalmente:

—Si le apetece a usted marcharse—dijo el buen mozo—; si le revienta este país; si teme en él, y con razón, cochinas asechanzas y gorrinas conjuras de escenario ¿a qué pararse en unas docenas de miles de marranos pesos, que puede usted gastar, sin quedarse pobre?

—¡Ah, no, ni mucho menos!—Contestó ella, muy oronda de alardear de su riqueza.

—Pues entonces, ¿a qué permanecer contrariada aquí por un puñado de ese maldito oro que le sobra a usted?

Ya había extrañado a Amabel aquello de los "cochinos pesos"; pero el calificativo maldito, que jamás pudo suponer se le ocurriera a nadie dar al simpático metal, por ella venerado sobre todo en el mundo, la disonó extraordinariamente; y más aún por haber sido dicho con energía rayana en rabia. Por ello contempló a Epaminondas con expresión escandalizada, que hizo a éste decir:

—Le sorprende a usted, que así trate al rey del mundo... No le extrañe, el oro es la causa de mi desgracia.

—Verdad es que es muy triste no tenerlo, pero...

—No, amiga mía, no es eso... No me ha entendido usted... Ni es necesario.

Efectivamente, la bailarina no entendía. Ni tampoco entendió, por tener poco de avisada, cuando el príncipe procuró ser comprendido agregando:

—Ni comprenderá usted porqué maldigo, no el oro que me falta, sino el que me estorba, hasta que nos hayamos separado.

—Qué empeño de hablar, a todas horas, de esa odiosa separación, que yo desearía no llegara, que yo esperaba...

—No Amabel, no... Mi debilidad para resistir los ruegos de usted, me hizo aceptar el cargo *no remunerado*—recordará el lector que Paco no cobraba de la bailarina, por cobrar de Rascaly—de apoderado suyo; pero tal situación no puede ser sino transitoria: mientras estemos en este país. Después, sóbrale a usted talento para comprender que un Neopitologunaris, el descendiente, nada menos que de un Minos, cuya inmensa gloria lo subió a personaje mitológico, no puede achantarse toda la vida en una *apoderación*. Sólo aceptada por lo que usted sabe y sólo en tanto le sea a usted necesario.

—No siga Pami... No vuelva a repetirme eso; pues aquí y en todas partes me es usted necesario: no como apoderado sino como... como amigo.

—Agradezco mucho su amistad—contestó Epaminondas con extremada sequedad, y sin darse por enterado aun viéndolas perfectamente de las lumbres que al decir "amigo" salían de los preciosos ojos de la bailarina.

—Es usted injusto: mucho; porque si yo no quiero marcharme de Ibermania no es sólo por evitarme un mal negocio, sino por

retrasar esa separación que tan cruelmente me está usted recordando a todas horas.

—No llore Mabel, no llore... Si llora usted no respondo de mí... Y como quiero responder, adiós.

Aun quedando afligidísima nada hizo Miss Cork para detenerlo. Porque si él quería conservar su fortaleza, no deseaba ella menos que la conservara; pues de perderla, la pondría en el terrible trance de desairar su amor, aun cuando lo adoraba. Precipitando así la separación que la aterraba.

Por eso se contuvo y le dejó marchar. Pero en cuanto se vió sola, desahogó su aflicción diciendo entre sollozos:

—¡Qué mala sombra tengo! El hombre por quien estoy chalada como ninguno me ha guillado en mi vida, llega cuando no puedo confesárselo! ¡Maldita suerte perra!

Como se ve, el vocabulario de la sacerdotisa del psicológico danzar seguía siendo, poco más o menos, el aprendido en la trapería de mamá. Y no muy desdicente de los gorrinos y marranos del ilustre príncipe.

∗∗

Entre las excelencias del servicio de Celinda, que solía adivinar los deseos de su ama, era una la de llegar junto a ella a punto siempre de que en sus aflicciones, menudeantes, ya se sabe, desde que a mal traer la traía el príncipe, no le faltara nunca al lado un corazón amigo en donde desahogar el suyo. Pues la lista doncella había ascendido a confidente del amor desgraciado de su ama; pero no de las causas explicatorias del porqué, amando a Pami, enfrenaba y escondía su pasión, ella creía esconderla, al adorado.

Y como aquello era muy raro, si de ello no se daba explicación, y como apetecía Amabel tener a mano con quien poder charlar, a su sabor, del amado galán de quien huía, sin que apareciera su esquivez externa, días atrás había inventado, ya se recordará que estaba en vena de romanticismo, y referido a su doncella, un novelón que explicara el absurdo. Helo aquí.

La enfermedad que separó aquél su antiguo corretear, por los vedados de toda liviandad, de su moderno apacible reposo en inesperada honestidad, la sorprendió en plena efervescencia pasional, que la había unido para *toda la vida*, tal pensaban él y ella, a un hombre tan amante que al creer ambos próxima e ineludible la muerte de la enferma, y ver él a ésta atormentada por horrendos celos de las mujeres a quienes él amara, cuando ella no existiera, juró ante el lecho de la moribunda inextinguible amor a su memoria, que no podría apagar mujer ninguna; y al verla incrédula a tan solemne juramento...

El lance a que llegamos bien merece lo oigamos de labios de la propia narradora, que decía:

—Pero como yo no le creía y estaba cada vez más requemá, y lo más rabiosa, dijo el pobrecito: "Ahora me creerás, y te morirás alegre de que en jamás miraré a ninguna". Y en seguida, pun, pun, se arreó dos tiros en la sesera.

—¡Jesús!—exclamó apartadísima Celinda—¿Y se murió del todo?

—Del todo: ni pío dijo.

—¿Ni pío? Probrecito.

—No, sí, dijo: hasta luego mi vida. Te espero en mi sepulcro. Y se cayó encima de mi cama.

—¡Qué horror!

—Horrorosísimo... Y ya tú ves desde entonces, los hombres, para mí, como los perros.

—Claro ¡Pobre señor! ¡Pobre señorita!

....
....

Por no haber pasado la agonizante a muerta no pudo, ¡ay!, acudir a la cita sepulcral; sino que se restableció hasta ponerse campantísima. Por de fuera no más; porque su corazón era cadáver para cuanto no fuese el arte coreográfico. Y solamente por cumplir deberes a que una sacerdotisa de Terpsícore no podía sustraerse, continuaba bailando, transida de dolor, la bailarina, en vez de haberse recluído en un claustro.

Al comentar Celinda tan despeluznantísima tragedia, demostró ser cómica consumada; pues conociendo el secreto del pelo, retozábanle adentro carcajadas, que supo disfrazar de modo que parecieran llanto. Creciente en amargura, al oír a su Señora acusarse de no haberse hecho "hermana"— quería decir monja—; pues entonces no habría podido ser infiel, como ya lo era, a la memoria del querido interfecto. Aunque su ingratitud tuviese el atenuante de ser Epaminondas vivo retrato del monigote que ella acababa de inventar. Claro que sin llamarlo así, sino "mi pobrecito muerto", y agregando que aquella semejanza, suficiente para aplacar remordimientos de la infidelidad platónica ya contra él cometida, no justificaría que mientras la aguardaba "en el túmulo", arrojara ella los fúnebres cendales que su alma llevaba por el fenecido, entregándole a Pami su corazón viudo.

Reconocía Celinda que el caso de su ama era, más aún que complicado, peliagudo; pero no conociendo al muerto la interesaban más los vivos, y decía:

—¿Y no ve usted en tan gran parecido una revelación de que los hados le han traído a usted éste para devolverle el otro?

—No, no, no es él—contestaba la bailarina, firme en la fe jurada—. Estoy segura de que mi pobre póstumo me adora todavía. Este no es él: es otro.

Con lo cual tapaba la boca a su doncella. A quien le parecía demasiado fuerte sostener que fuera.

Con este ingenioso arbitrio consiguió Amabel dar a su amorosa indigestión que no podía desahogarse con un "Pami te amo", alivio en frecuentes paliques con la doncella. Que, atizando el amor, agravaba el cólico todo lo que podía. Tomando tan a pechos su papel de abogada del príncipe, que un día su interés la hizo olvidarse de su habitual cautela y decir:

—Los muertos no tienen derecho a estar toda la vida fastidiando a los vivos. Una mujer joven y bella como usted no debe resignarse a vivir atada a un muerto teniendo al lado un hombre que la adora, y a quien la Señora ama. La Señora tiene derecho a la felicidad que puede darle un hombre tan guapísimo como Paco.

—¡Paco! ¿Qué es eso? ¿Qué quiere decir Paco?—preguntó la bailarina sorprendida.

—Epaminondas—contestó sin inmutarse la doncella—Paco es la traducción ibermana de Epaminondas. El interés y la pena que la Señora y el pobre príncipe me inspiran me han conmovido, haciéndome nombrarlo en mi idioma nativo.

—Ya—dijo Amabel, muy convencida, pues ya se sabe que desconocía el iberés.

....
....

La taimada doncella sabía arreglárselas de modo de llegar siempre en ocasión oportuna de soplar en las brasas del enamoramiento de su ama, cuando alguna reciente entrevista con el guapo mozo la había encandilado. Pero la tarde en que tuvieron la última que nos es conocida, llegó tan oportunamente como si tras de alguna puerta estuviese en espera de la terminación de ella.

Al entrar donde Amabel estaba, justificó tal casualidad preguntando qué le había ocurrido al pobre príncipe, a quien acababa de encontrarse en el pasillo, con cara de desenterrado y que había contestado a su saludo con voz de lágrimas que él no dejaba le salieran a la cara.

—Lo de siempre, lo de siempre... Que cree que no le quiero.

Seguidamente relató, ce por be, la enamorada, a la que entonces era, más que doncella, cariñosa amiga, su conversación con Pami: la de la *maldición del oro*, cuyo sentido no logró el príncipe entendiera ella con insinuaciones, nada obscuras para quien fuera medianamente inteligente; mas sin llegar a espetárselo claro. Por temor de que tales claridades desdijeran del papel caballeroso por él representado y estropearan el plan que entre Celinda y él perseguían.

Pero allí estaba aquélla, ahora, para alcanzar, sin los inconvenientes que antes detuvieron a Paco, el apetecido resultado de que Amabel entendiese lo callado por el *"desventurado amador sin esperanza"*. Así, cuando acabó la bailarina de referir el citado incidente dijo Celinda:

—¡Pobre joven!... Yo, más serena que la Señora, veo perfectamente claro que, al maldecir el dinero, pensaba que el de usted es el obstáculo en donde tropieza él para abrir su corazón a la Señora... Y al decir que la Señora lo comprenderá todo cuando él se haya ido a buscar la muerte en esas guerras de salvajes adonde quiere irse, es porque si ahora tiene valor para callar su amor, no se resigna a que usted nunca lo conozca. Ni a morir, tal vez, sin haberla escrito, cuando ya esté lejos, que a haber sido usted pobre, habría hablado, y no habría huído. Maldecía la riqueza de usted porque ella lo hace desdichado.

—Sí, sí, ahora lo entiendo, está claro, está claro...

¡Pobre Pami! ¡Qué amor tan noble!... ¡Qué delicadeza! ¡Qué abnegación!

—Bien se ve que lleva sangre de reyes y dioses en las venas.

—Dices bien, dices bien. Sólo los reyes y los dioses tienen esa nobleza... ¡Pobre joven, pobre de mí!... ¡Ah! Si no fuera sino mi riqueza la dificultad, yo iría a él, y le convencería de que no tiene razón para maldecirla; que amándonos ricos podríamos ser felices, y que es cosa muy triste el amor pobre... Mas por desgracia no es mi dinero la pared entre él y yo, sino... Ya sabes cuál.

—Sí, esa pícara tumba en donde el otro la está aguardando a usted—respondió Celinda, tapándose la cara con el pañuelo y simulando enjugarse las lágrimas; pero en realidad para ocultar su risa. Porque al hablar de aquella tumba, la memoria le hacía la jugarreta de recordarle al peluquero tirando de la peluca de su ama, y la cara de ésta en el espejo con su verdadero pelo de negra.

XIII

OTRO PÍCARO AGÜERO Y UNA PESCA SOSPECHOSA

La presentación, y no digo *debut*, porque no quiero, de la Flying Girl, fué felicísima en lo atañente a aplausos para ella y dinero para el Glorious: uno de tantos triunfos de la renombrada danzarina, cuyo coreográfico arte, excepcional, se realzaba con su gallardía y su belleza todavía espléndidas en el escenario. Aunque, de cerca vistas, no fueran siendo ya tan esplendentes como fueron.

Y sin embargo ni al *puntear* su poema danzante—la Flying Girl lo bailaba todo de puntas, modulando con las de los dedos gordos de sus pies hasta la más insignificante de sus poéticas frases—, ni al oír los aplausos del público y los vítores que un entusiasmo, bien gratificado, arrancaba a los *alabarderos*, ni menos aún al día siguiente estuvo satisfecha Amabel:

Primero, porque aquella presentación primera al público de Novaria estuvo a pique de frustrarse, a causa de que al entrar en su *camerino* para cambiar el traje de calle por el de anémona, que lucía en el primer acto, y ver el espejo de cuerpo entero del cuarto tocador rajado de arriba a abajo, dió un grito de espanto y declaró su firmísimo propósito de no bailar aquella noche. Pues no quería exponerse a la desgracia vaticinada por tan terrible agüero.

Y si al cabo bailó, aunque nerviosa y preocupada, fué, únicamente, porque, no conviniendo a Celinda crecieran tan de prisa los miedos de su ama, tuvo la idea salvadora de aconsejarla escupir al espejo, con los ojos cerrados. Con lo cual y no mirándose en él hasta haberlo besado, también a cegarritas, le constaba a la doncella quedaría deshecho el maleficio.

—¿Estás segura?—preguntó Miss Cork, ya después de haber escupido apresuradamente.

—Segurísima. Lo sé por experiencia propia. Ahora bésalo usted... Ajá... Y ahora ya puede abrir los ojos, y mirarse en él y salir a bailar tranquilamente porque ya no podrá alcanzarla a usted la desgracia que la rotura anunciaba.

Con todo y con eso; y aun habiendo también besado, por si acaso se rompiere, el espejillo de mano que Celinda llevaba para que entre bastidores se mirara la bailarina al darse polvos cada vez que salía a escena, bailó todo el primer acto con gran temor de que tal vez no fuera verdaderamente eficaz el antídoto del besuqueo.

Cayó el telón, y volvió a levantarse, repetidas veces, para que la artista saludara al público que la aclamaba. Con lo cual, al entrar entre bastidores en donde Celinda la aguardaba con la capa que le echó sobre los desnudos hombros, abrazó a ésta diciéndole:

—Es magnífica, magnífica tu receta. En cuanto volvamos al hotel besaré todos mis espejos, para *desconjurarlos*. Gracias, Celinda, gracias.

Mas su alegría duró poco; porque al responderle la doncella que bien sabía ella que aquello deshacía el maleficio, agregó que lo recién ocurrido lo demostraba una vez más; pues ya se sabía cuál era la desgracia apartada con los salivazos y los besos. Porque la policía particular del teatro había cogido dos docenas de sospechosos, que resultaron ser *reventadores*, distribuidos, por parejas, en diversos pisos y localidades, y con los bolsillos bien provistos de pitos.

La cosa se había descubierto por un anónimo, que, a la empresa, dió el soplo del complot tramado contra la *fanciulla del sole* por otra bailarina célebre, aun cuando menos célebre que aquélla, desairada por el Glorious al contratar a Amabel, por hija legítima de Terpsícore, desdeñando a la otra que, cuando más, era sobrina, e incapaz de bailarse de puntas todo un drama.

Más todavía que el contratiempo del espejo, desazonó lo de los pitos a la presunta víctima de la vil conspiración; y la tuvo medrosa y con los nervios encrespados hasta decir su último batimán. Pues ¿quién podría asegurar no hubiera todavía en el salón reventadores escapados a la pesquisa?

Felizmente quedó el temor en cavilosidad. Pero, aun habiendo sido aplaudidísima al final del baile, no le pareció a ella habérselo sido tanto como merecía, ni como estaba acostumbrada a serlo.

Por eso, al día siguiente, se levantó de mal humor, que se le recreció cuando el apoderado le tradujo las revistas de prensa, cuyos elogios le supieron a poco.

Y no tenía razón, y la tenía. Contrasenti-do, que dejará de parecerlo, cuando advirtamos cuánto suelen desmerecer las traducciones de sus originales. Pues a causa, sin duda, de no conocer Pami el saxonés lo suficiente, para que las alabanzas alcanzaran en sus labios el tono del férvido entusiasmo de los revisteros ibereses quedó Amabel descontenta de éstos. Y hasta los llamó estúpidos. A iguales deficiencias de versión debió de obedecer que en los cálidos elogios al incomparable pelo de la bailarina, hechos de buena fe, le pareciera a los recelos suspicaces de ella vislumbrar ironía alarmantísima. Pero aunque esto la asustara extraordinariamente claro es que ni palabra dijo del susto, ni de la causa de él al príncipe.

Entre la primera y la segunda salida de la Flying Girl, continuó su ánimo asediado por amatorios reconcomios, supersticiosas aprensiones por Celinda excitadas, y resquemores de vanidad, atizados por Pami, y suscitantes de algunos rifirrafes con el empresario. A quien aquél motejaba de tacaño, por no gastarse en reclamos cuanto era debido a una estrella del fuste de Miss Cork, y a la obligación de prepararle en su segunda salida el resonante triunfo a que tenía derecho. Y además de roñoso, lo tachó de descuidado en vigilar los indignos manejos de la envidiosa émula.

No es de extrañar, por tanto, que con tales prevenciones quedara Amabel más descontenta del segundo baile que del primero. Pues de los aplausos recogidos, sobrados a colmar las aspiraciones de cualquiera engreída danzante, decían, el príncipe y Celinda, no llegaban, con mucho, a los debidos a su arte y su talento. Y convencida ella de no haber quien tuviera en las piernas talento al de las suyas comparable, les daba la razón.

Pero además de estos motivos del disgusto de la endiosada vanidad de la bailarina ocurrió, aquella segunda noche, un incidente que alarmó vivamente, no ya al orgullo de la artista, sino la presunción de la mujer.

Bailaba ella cercana a la segunda caja de bastidores, donde su doncella estaba, cual solía, con la capa que Amabel se echaba sobre sus frescos trajes al acabar los actos y al salir de escena, hasta que hubiese de volver a ésta, cuando oyó unos chillidos, dados por Celinda. Y al mirar a ésta, la vió echarse las manos a la cabeza, debatirse, cual si una mano invisible le tirara, desde lo alto, del cabello, y las suyas pugnaran por sujetar algo, a que se agarraban, sin que su ama pudiera ver qué fuera.

Obligada por exigencias escénicas del momento a volver la espalda a su doncella y a irse dando brinquitos al opuesto lado del escenario, ya no vió más, hasta serle posible retornar cerca de donde aquélla gritaba y manoteaba, rodeada del príncipe, el traspunte y unos cuantos tramoyistas. A quienes enseñaba una cosa pequeña, que tenía en una mano, y no alcanzaba a ver la bailarina; mientras con la otra señalaba a las bambalinas y al telar de lo alto, hacia donde miraban todos sus oyentes. Sin que Amabel pudiera satisfacer su curiosidad, de saber qué enseñaba una y qué miraban otros, hasta que, terminado el acto, salió del escenario y llegó al grupo. Ya engrosado con el director de escena y el representante de la empresa, a quienes Pami, muy en su papel de apoderado de la artista, había llamado, y a quienes enojadísimo y sin que ella pudiera percibir sino el enojo, pues el príncipe hablaba en iberés, decía éste:

—Es un descuido indisculpable, dejar colgando aquí semejantes cosas; una falta de vigilancia que no podemos tolerar.

—¿Pero qué es eso? ¿Qué ha pasado?—preguntó la bailarina.

—Un incidente inevitable, Doña Amabel —contestó el representate de la empresa, no a la pregunta hecha en saxonés que no entendía, sino a la expresión interrogante de la cara de ella. Perdiendo el tiempo, pues, por hablar en ibarés, no era entendido—. Nada en definitiva.

—¿Nada?—saltó Celinda—. Y me han arrancado un mechón de pelos, tirando desde arriba.

—¡Nada!—gritó Pami—. ¿Dice usted que nada?... Claro, nada, porque esos ganchos se han enredado en el pelo de esa chica, y todo ha quedado en que le arranquen unos pocos...

—Muchas gracias, Señorito. Como a usted no le han tirado de los suyos, por eso no le parece nada...

—Pero estando esos ganchos aquí—continuó el príncipe sin cuidarse del resentimiento de Celinda—en el sitio por donde Miss Cork hacía en este acto sus entradas y salidas, si la cosa le hubiere ocurrido a ella, habría tenido que salir a escena con el peinado estropeado.

Como la zalagarda era sostenida en iberés, iba la doncella traduciéndosela a su Señora, que al enterarse de las últimas palabras del príncipe exclamó asustadísima:

—¡Estropearme el peinado!... ¡Qué atrocidad!, ¡qué horror! ¿Pero cómo, con qué?

—Con unos anzuelos—respondió Celinda, pues su alteza albanesa se enzarzaba, cada vez más, en su pelea con los otros—colgantes de no sé qué, que se me enredaron en el pelo, y de los que tiraban desde arriba. Gracias a que sentí pronto el primer repelón, pude echar a tiempo mano a la guita de que estaban colgados, y romper el cordelejo al que venían atados, antes de que con ellos me arrancaran la mitad del pelo. Pero aun así buenos tirones he aguantado. Vea usted, vea usted: aquí tengo la guita. Y no con uno sino con dos anzuelos: uno en cada punta. ¡Y cómo tiraban los condenados de arriba!

Mientras la indignada moza peroraba, mostrando en la mano la cuerdecilla y los anzuelos a que se refería, no apartaba la bailarina sus aterrados ojos de lo alto de la cabeza de aquélla. En donde del peinado, desatusado y revuelto, pues la pesca lo había desordenado mucho, sobresalían unos mechoncillos en que unos pelos aparecían tiesos y rotos, y ahuecados otros en donde los anzuelos habían hecho presa y conseguido, sin llegar a romperlos, levantarlos separándolos de sus alisados compañeros.

Tan tremendas eran las cosas que le sugería a Amabel su contemplación, que no decía palabra; mas en su espantadísima mirada leíale la doncella el pensamiento de que a haberse enredado en su cabeza aquello, y no teniendo los pelos de su peluca la sensibilidad ni el aguante de los de Celinda, de nada se hubiese dado cuenta, sino cuando ya la dorada cabellera estuviese en lo alto de las bambalinas y ella enseñando al público su cabeza de negra.

En poco estuvo se desmayara; a no llevar colorete, habríasele visto la lividez de su rostro; y a saber iberés, y tomar parte en la conversación, no habría podido ocultar su sobresalto, a quienes discutían. Mas temiendo que se lo conocieran se apartó de ellos y seguida de la doncella se subió a su cuarto. En donde la aguardaba Sticky para variarle el peinado—bueno, la peluca—; pues en el siguiente acto, habría de bailar con el cabello suelto.

Una vez allí, y disimulando, cuanto podía, su espanto, en evitación de que a Celinda le pareciera excesivo para el riesgo, único por ella confesable, de salir a escena con los pelos un poco alborotados, quiso ahondar en los pormenores del desaguisado con su criada cometido. Entonces vió la cuerda de guitarra, que traía Celinda, con longitud como de medio metro, y todavía anudado hacia el medio de ella el pedazo de cordel, de donde había pendido, quebrado a los tirones de aquélla.

De cada una de las puntas de la cuerdecilla colgaba un anzuelo *de tres garras*, y las dos mitades de ella pasaban por sendas anillas hechas en los extremos de un alambre gruesecito, y largo de unos cinco centímetros, que apartaba uno de otro los anzuelos. Sin duda—esta es explicación de la perspicaz Celinda—, para que las tres garras de cada gancho rastrearan sobre diversos lugares de la cabeza donde habían de agarrar, y si no prendía uno que prendiera otro. Todo ello probante de las esmeradas precauciones tomadas para que no se frustrara *"la bromita"*.

La moza era muy lista. Pues conviniendo a sus planes continuar haciéndose la tonta, sobre lo del salto atrás, ocultar que sabía cuán grande era el susto de su ama, y cuál la causa de él, dábale, con aquello de la broma, medio de recatar su espanto, al cual se asió, diciendo:

—Sí, sí, no cabe duda: una bromita intencionada; pero de muy mal gusto.

Y ya no dijo más, pues se entró en el tocador con Sticky, solos como siempre, a mudar de peinado.

Cuando salió de allí, ya con la cabellera suelta, pero prendida a la negra y rizosa maraña, heredada de algún remoto y maldecido abuelo, con doble número de horquillas de lo usual—y cuenta que lo usual era llevar muchísimas—, salía con talante más sereno, pero mucho más angustiada de ánimo. Porque en su conversación con el peluquero, único con quien podía franquearse, habíale dicho éste que la broma tenía traza de infamia urdida por alguna rival, a quien Lidia hubiese vendido el secreto de su ama. Lidia era la casada ex doncella de Miss Cork.

Véase porqué dije antes que pronto iba a conocer la bailarina que su cabeza era la amenazada, y no por duendes. Y ya visto esto, agrego ahora que para no revelar con la viveza de sus inquietudes la causa de donde procedían sola había de soportar, la pobre negra, que presumía de rubia, el abrumante peso de ellas, callándolas a cuantos la rodeaban.

Por ello cuando, terminada la función, habló el príncipe de exigir al empresario que hiciera indagaciones para descubrir al autor de la broma y despedirlo, quitó la bailarina importancia "a cosa tan baladí; pues no valía la pena de acordarse más de lo que

de cierto no era sino travesura de cualquier chicuelo".

He aquí cómo, no teniendo Amabel inteligencia sino en las pantorrillas, daba, con la anterior respuesta, buena prueba de ser el miedo piedra donde se afilan los ingenios más torpes.

XIV

¿PELÁEZ Y RASCALY O RASCALY-PELÁEZ?

Si yo escribiera para un público infantil, diría ahora que una palomita amiga mía va trayéndome hoja a hoja las sucesivas del relato que yo sirvo a mis lectores. Pero como éstos no lo van a creer, confesaré sinceramente que no es paloma sino confidente quien por correo me envía cada día unas cuantas páginas. Y como él manda lo que quiere o puede, ocúrreme hoy que al abrir el sobre donde contaba hallar la continuación de lo acaecido a Amabel y sus adláteres, en Novaria, hallo que las cuartillas vienen hablando de Retuerto y de Rojas.

No tengo, pues, sino avenirme a contar yo las cosas cual me las cuenta él.

* *
*

Cuando Retuerto y Rojas llevaron al laboratorio de La Criminosocial las piezas de convicción del presunto crimen de Celinda, sustraídas a ésta, hallábanse las investigaciones policíacas en estado del cual *parecía* deducirse haberse ambos equivocado en varios particulares de sus respectivas versiones. Pero además de no poder, hasta el fin, nadie aseverar resultaran errores, a la postre, cuantos lo parecían, ha de reconocerse que, aun trabajando, en malas condiciones, los dos habían alcanzado los parciales aciertos ya señalados en la primera parte de esta narración.

Conviene no olvidarlo, para no caer en la injusticia de tomarlos por torpes polizontes ni hacer de ellos chacota, mirando solamente al exagerado amor propio de ambos, rayano en Don Nicasio en pomposa vanidad y alambicada altilocuencia gongorina. Porque ni vanagloria es, de por fuerza, indicio de poca inteligencia, díganlo Byron y Napoleón, monstruos, y Don Rodrigo en la horca, prototipo de orgullos de diversas cepas, ni lo es tampoco el ampuloso amaneramiento en el decir; pues nadie más ampuloso que Shakespeare, nadie tan gongorino como Góngora, y pocos con el talento de ellos.

Además, si quitándole a la vanidad su empachoso tufillo de pueril presunción la miramos por entre sus colgarejos de oropel, no veremos debajo en muchos vanidosos, sino hombres vanos, fofos, cual fruto no granado, hueros de meollo; y entonces la vanidad no inspira sino risa y menosprecio. Mas cuando no es sino viciosa eflorescencia de bien fundada estimación de sí mismos en hombres conscientes de su real valer, adolecientes de la flaqueza de mostrarlo al exterior, por temer no acierte el mundo a conocerlos, no dejará de ser puerilidad humana, risible por su facha; pero sobre esto será a veces estímulo de la voluntad, acicate de acciones, aspiración de aciertos, espuela del ingenio, sostén de la constancia. Y este era en realidad el caso de los dos perquiridores, que se consideraban deprimidos por su dependencia del Perquirente Popular. Aun cuando éste cuidase de no humillarlos con palabras.

Estímulos cual los recién citados habían movido a Rojas a cavilar, buscando orientación en la que caminaba ya; y análogos impulsos aguzaban el ingenio del otro. Que además no quería quedar por bajo de su subordinado. Si bien no veía ya en Rojas un rival.

Consecuencia de las meditaciones del último fueron las siguientes palabras dichas a su compañero al salir del laboratorio:

—¿No le parece, amigo Rojas, que además del disparate de no buscar, en el equipaje de Peláez, origen de un rastro tal vez fructífero, no es menor el del águila a cuyas *órdenes servimos*, al contentarse con las noticias que en la fonda, donde ese hombre posaba, dieron acerca de él al falangista, ¡cándido pichón de policía sin experiencia ni saberes perquiritoriales!

—Claro está. Lo primero que Finflair debió hacer fué llamar a declarar a cuantos allí pudieran decir algo de Peláez y sus actos.

—¿Y qué le parecería a usted, si nosotros reparáramos esa omisión?

—Que es una magnífica idea.

—Pues con ella se me ha engarzado otra.

—Venga.

—Que al enterarme, por el informe que usted me llevó, de ser el polvo recogido en el suelo de la alcoba de Celinda de un barro igual al del sombrero hallado en el puente, y al hablarme usted de ello, con motivo de las pisadas más pequeñas, húmedas y barrizosas fotografiadas en el pavimento, vínoseme al magín que el barro gris de los panta-

lones del Peláez podrá no ser del mismo lugar, pero parece tan gredoso como aquél.

—Tiene usted mil razones Don Nicasio. ¡Y pensar que aquel estúpido no ha visto eso!... Ni tampoco este estúpido.

—¿Este? ¿Quién?

—Yo: que habiendo estado allí, y tenido en mis manos el sombrero y el cuchillo, debí ser quien primero pensara en lo que ahora se le ocurre a usted.

No sin razón se ha dicho, que ni comandante ni capitán tenían pelo de tonto; pues ya se ve cómo Retuerto aguzaba—según diría él—el intelecto; y cómo Rojas demostraba cazar largo, lisonjeando, con el anterior golpe de incensario, al que la Acción Popular había trocado de émulo en colaborador suyo. Quien, afectando modestia, correspondió al sahumerio, contestando, con plácida sonrisa:

—La cosa, caro amigo, tiene leve mérito... Y si a usted, que ya ha visto no pocas más difíciles, se le escapó ésa fué porque preocupado con otras de mayor fuste no se curaba de Peláez. Lo que a mí me complace, es verlo a usted asintiente a la pertinencia de que escarbemos, un poquito, en el hostal donde él estuvo, y otro poquito en el barro de sus pantalones. Y pues los dos opinamos lo mismo, vámonos, ahora mismo, a la fonda.

—Conformes.

Más de tres horas duraron las investigaciones de los dos perquiridores, en el hotel. Donde, después de comprobada la certeza de cuanto dijo el falangista a Don Orófilo, sobre llegada y despido del Peláez, se enteraron de haber pasado inadvertidos a la inexperiencia del improvisado pesquisante dos datos de importancia.

Uno, que, si bien de nombre, apellido y tipo ibermanos, pues su pelo era muy negro, y aun hablando el iberés con toda soltura y corrección, tenía el Peláez un poco, aunque muy leve, acento extranjero.

—No nos faltaba más sino que buscando a ese hombre nos tropezáramos con el peluquero—dijo al oírlo Rojas.

—Ca hombre—replicó Retuerto—. Ese lo tiene enrevesadísimo.

El otro dato era que, el mismo día de su llegada, había dicho Peláez que, para dos o tres después, esperaba a un Míster Rascaly, su amigo, que vendría a hospedarse allí, y andaba a la sazón por provincias, en viaje comercial; y que de llegar cartas para éste, antes de su venida, lo cual era posible, deberían entregársele a Peláez que se las guardaría. Efectivamente llegó una y de ella se hizo cargo el último.

Preguntando entonces Retuerto si, antes o después de la marcha de Peláez, había llegado Rascaly, contestación negativa a esta pregunta, provocó ojeada, del preguntante a Rojas contestada con otra de inteligencia de ésta. En las cuales leyéronse, los perquiridores, concordantes creencias de que el nombre de Peláez era otro embuste, y Rascaly el verdadero de quien, para cometer las fechorías que a Ibermania había venido a hacer, ocultaba el extranjero propio tras de uno iberés.

Y ya no pasó más, en la fonda, sino que cuando estaba a punto de salir de ella, acordóse Rojas de preguntar al empleado del escritorio, a quien Peláez, o Rascaly, pagó adelantado el mes del alquiler de su habitación—que el susodicho Rascaly podría, si llegare, ocupar—, si el tal huésped estaba, aquel día, ronco. Recibiendo negativa repuesta, que no hizo variar las opiniones coincidentes, de él y Retuerto, de que aquel hombre era quien se había hecho pasar por el príncipe en el tren. Pues la ronquera es fácil de fingir y el acento extranjero ya se veía no tenía que fingirlo.

—Entre las varias cosas halladas en su equipaje—decía Rojas, ya en la calle—hay dos que lo prueban indudablemente: el suplemento del reservado y la huella del dedil roto contra el lavabo.

—Conformes. Pero ahora resulta que en ese crimen ha intervenido toda una cuadrilla de facinerosos. Porque si el embarcado no pudo ser el príncipe, que a la hora de zarpar el buque llevaba varias muerto, tampoco pudo serlo Peláez que, a dicha hora, estaba en esta fonda a treinta y tantas leguas del puerto. Nuestra impresión primera, de que Peláez y Rascaly son una misma persona, es evidentemente equivocada. Pues si el de aquí era Peláez tiene que ser Rascaly quien en el Melbourne va con la que se hace pasar por la bailarina; y si Rascaly es el de aquí, Peláez ha de ser el del barco.

—No cabe duda, Don Nicasio. Y esto es nueva lección para desconfiar de festinadas impresiones. Dice usted bien, no tiene vuelta de hoja: no se trata de un Peláez-Rascaly, sino de un Rascaly y de un Peláez.

—Como además, va en el buque una falsa Miss Cork, resulta que, si los exámenes de lo que hemos dejado en el laboratorio corroboran nuestras sospechas de Celinda, serán cinco los delincuentes que intervinieron en el crimen.

—Y aunque no las corroboren. Pues el resultado negativo de esos exámenes, solamente impediría afirmar que esa muchacha hubiera estado en el rápido, y cooperado personalmente al crimen; pero no invalidaría la evidencia de su complicidad en la preparación de él, probada por el hallazgo, en sus uñas, de los pelos de perro, de la garra y del huevo de garrapata.

—Indudable, Rojas, indudable. En vez de tres autores nos hallamos con cinco. Pero de todas suertes es de desear nos dé el laboratorio base para prenderla por cosa que a ella la inspire mayor miedo que la faltilla baladí de haber matado a un perro. Pues entonces es probable cante aclarándonos puntos oscuros todavía.

—No hay que confiar mucho. Esa es, más que lagarta, anguila muy capaz, aun después de cogida, de escurrírsenos de entre los dedos...

—Verdad; verdad... Ya usted ve, cuando consiguió pegársela a hombre de mi experiencia y mi malicia...

Por eso, en tanto los compañeros del laboratorio hacen esos estudios, que por ser a callandas les llevarán más tiempo que si oficialmente se los hubiesen encargado, creo convendría buscáramos nosotros medio de ampliar lo poco que hemos averiguado de Peláez y su compinche.

—Para eso, armémonos de valor, y abramos la maleta infernal: a riesgo de que nos despedace la máquina explosiva de Don Orófilo.

—¡Ja, ja, ja!... ¡Ja, ja, ja!... Con tal de ver si la explosión esclarece esta tenebrosa pista, dispuesto estoy a inmolar mi existencia en el pavoroso empeño. ¡Ja, ja, ja! ¡Ja, ja, ja!... Pero ha de ser sin que de nada se entere ese majadero.

—Claro. Otra cosa sería trabajar para que él se aprovechara de nuestros descubrimientos... Además...

No acabó Rojas la frase comenzada, porque, cogiéndolo de improviso por un brazo, lo atajó Don Nicasio, exclamando:

—¡Qué idea!... Dígame, Rojas, yo no recuerdo se haya interrogado al personal del mixto Caulipas Novaria, ni que se hayan unido a la causa los billetes recogidos a los viajeros aquí llegados en ese tren. Pero como yo no conozco, y usted sí, las diligencias hechas en Valdemimbres, desearía me dijera si se unieron a ellas esos billetes.

—No, no señor... Cuando el juez de Valdemimbres puso el telegrama circular, ordenando el registro de los trenes en marcha, recoger los billetes, apartar los vagones, e interrogar al personal, eran las ocho menos cinco de la mañana siguiente al asesinato; y como el mixto de Caulipas llega a Novaria a las ocho menos veinte, ya *no era tren en marcha* al recibirse dicho telegrama, ni el jefe de la estación podía considerarlo comprendido en lo ordenado en el telegrama.

—También es desgracia.

—Sí; porque en ese tren vino Peláez, con el billete tomado en Rozán por el príncipe, y aquí, en Novaria, lo entregaría a su llegada... Después, habiendo usted creído que el de los bigotes no era hombre, sino mujer, que había hecho el paripé de dejarse ver en Valdemimbres, para ser tomada por el príncipe disfrazado, mientras éste volvía a Puertofoz en el rápido descendente; y pensando yo que todos los criminales se habían fugado en el automóvil, ni usted ni yo suponíamos que nadie hubiese viajado en el mixto de Caulipas, ni teníamos aun noticia del billete de Rozán. Por eso no es extraño, no nos hayamos cuidado hasta ahora de tal tren.

—Tiene usted razón. Pero es lástima porque nuestra común inadvertencia nos ha hecho perder noticias probablemente interesantes.

—Tal vez no en absoluto... Acaso se pueda todavía.

—Hum... No sé... Ha pasado mucho tiempo.

—Tal vez no suficiente para borrar en el revisor del mixto el recuerdo que debieron dejarle los desaforados bigotazos guardados en la máquina explosiva.

—Pudiera usted tener razón. Son muchos bigotes aquellos para estos tiempos en que nadie los gasta... A menos que no se los arrancara al entrar en el tren... Que bien podría ser; pues recordará usted que los encontramos en un bolsillo del abrigo de viaje.

—Mala suerte sería; pues entonces no los habría visto el revisor. Pero siempre quedaría otra particularidad para refrescarle la memoria.

—¿Cuál?

—La de un billete expedido en Rozán, que no pudo picar sino al salir de Valdemimbres: tres horas largas después de pasada la estación en donde fué tomado.

—Eso sí... Lo mismo que el de la doncella a quien se pretendió hacer pasar por subida al rápido en Puertofoz. Puede que con esta multiplicación de tejes manejes ferroviarios,

se hayan pasado de listos los criminales y ellos sean luz que nos...

—¡Canario! Es más de media noche, y todavía hemos de convenir el plan de operaciones para mañana.

—Como no es floja la tarea, y no nos sobra tiempo, mientras usted busca modo de que podamos curiosear la maleta de Peláez, podría yo comenzar, de mañanita, mis indagaciones en la estación.

—Me parece bien. Pero no olvide que a las tres nos tiene citados *nuestro jefe*.

—Sí señor. Entonces diré a usted si he conseguido ver al revisor, si es que ahora no anda de viaje, o cuándo podré avistarme con él.

—¿Algo más?

—Nada. Hasta mañana.

La anterior conversación empezada en el camino de la fonda de Peláez a la de Don Nicasio, había sido, en su mayor parte, sostenida en la habitación de éste, de donde salió Rojas una vez terminada.

XV

UNA BODA Y UN VIAJE SUMAMENTE
SOSPECHOSOS

La mañana siguiente al descubrimiento de un quinto complicado en el crimen, se presentó Rojas en la estación de Novaria; y después de darse a conocer al jefe de ella, fué informado de que el revisor del mixto de Caulipas llegado el trece de junio, había salido, en viaje, hacía tres fechas, y de él regresaría, en el correo de dicha última población, a las dos de la tarde de aquel mismo día.

Conviniendo a la reserva con que Rojas practicaba estas averiguaciones, que no lo viera el revisor en su oficina, sino en su domicilio, dijo en la estación que en éste lo aguardaría de cinco a seis de la tarde.

En efectuar pesquisas en los vagones del mixto del día citado no había que pensar; porque, con el mucho tiempo transcurrido desde el crimen, nadie sabía ya con cuáles fué formado tal tren, ni por dónde anduvieran. Mas lo que sí cabía era realizar una rebusca en los billetes de los viajeros en él llegados; pues los recogidos diariamente en toda la línea se reunían en fajos, ordenados por los nombres de las estaciones donde habían sido expedidos, y se enviaban a la inspección de recaudación. Para que ésta comprobara lo ingresado, por venta de ellos, en cada una de las de la vía.

Sabido esto trasladóse el capitán a dicha oficina, donde fué cosa breve hallar, en el fajo de los vendidos en Rozán durante junio, un billete despachado la noche consabida para Novaria, y en Novaria recogido a la llegada del mixto de Caulipas. Dicho billete tenía el número 359953, que el jefe de Rozán había dicho a Rojas era el del vendido al motorista del chaleco de lunares verdes.

Muy satisfecho del hallazgo, y llevándose un certificado de estar en la inspección el tal billete, se salió Rojas a la calle. Sin tiempo, ya, si no había de llegar tarde a la cita con Retuerto y Don Orófilo, en el despacho de éste, sino de almorzar apresuradamente.

En la entrevista allí celebrada condoliéronse, a porfía el Perquirente y Retuerto, de una comunicación por el primero recién recibida, donde el Director General se excusaba de conceder, al segundo, permiso para el viaje a Australia. Por ser imposible dejara desatendida una importante y urgentísima comisión, para la que iba a nombrarlo dicho director. Sin poder echar mano de otra persona, puesto que circunstancias especiales hacían al comandante irreemplazable en ella.

Mucho lo deploraba Finflair, y no menos Don Nicasio, que hasta se permitió murmurar del director. A quien, al oírle la respuesta que iba a dar al Perquirente Popular, "ya le había él rogado, tan encarecida como ineficazmente, lo eximiera de la comisión, y no lo privara del placer de acompañar y auxiliar a su querido jefe en su interesantísima expedición. Y buena envidia le daba"—todas éstas son palabras del comandante—la suerte de su compañero Rojas que iba a poder hacerla".

Terminadas aquellas mutuas y corteses condolencias, manifestó Don Orófilo que, por dicha, cada vez parecía más claro el buen logro del objeto del viaje, sin haber menester ya echar mano de los motoristas. Pues la víspera habíale visitado Míster Sticky, para comunicarle que, no solamente se decidía Celinda, al cabo, a hacer el viaje a Australia; sino que el mismo peluquero, no obstante sus indignaciones de pocas tardes ha, se avenía a efectuarlo.

—La novedad no puede ser más inesperada—dijo Rojas.

—Es—contestó Finflair—que la otra tarde, después que él se nos subió a la parra,

al proponerle el viaje, y dejó ella en veremos la contestación, encontró el peluquero, al llegar a su hotel, un radiograma que desde Samoa le ponía la bailarina.

—¡La bailarina! No me parece fácil.

—Ni a mí. Pero él, en vista de dicho radiograma, da por hecho, y me he guardado bien de sacarlo de su error, que su ama, viva y embarcada, es quien la ordena en tal despacho que en primera oportunidad embarquen él y la doncella a quienes ella aguardará en el Hotel Victoria de Sidney. Y sin duda uno y otra hallan más económico y más rápido el omnímoto, con que los convidamos, que el vapor de Las Mensajerías.

—¿Y está usted cierto de la realidad de ese telegrama?

—Sí, amigo Retuerto. Porque lo he visto y leído. Es de la misma fecha de los del Capitán del Melbourne enviándome las señas de esos dos pájaros; y dice, palabra más o menos:

"No comprendo faltas embarco usted ni Celinda. Salgan primer vapor reunírseme Victoria Hotel en Sidney. Impacientísima.— Amabel."

—Pero, si la que va en el barco no es la bailarina, ¿para qué llama al peluquero? Preguntó Rojas.

—¿Para qué quiere a su doncella?... ¿Ni para qué hacerles atravesar todo el Pacífico, si a su llegada no han de encontrar allá a la farsante que lo pone?

—Eso cree esa grandísima tunanta, por no poder adivinar que el peluquero y la doncella van a hacer el viaje en omnímoto. Y supone llegarán a Australia cuando ella y su compañero hayan tomado ya otro vapor, sabe Dios para dónde, después de mudar nuevamente de piel: cosa que no pueden hacer mientras estén en El Melbourne.

—Pero ni aun así veo...

—Ni yo...

—Qué inocentes son ustedes... Bastante les importa, a quienes son ladrones y asesinos, que estos infelices hagan un viaje en balde... Ellos van a lo suyo, y los engañan: no por engañarlos a ellos, sino para engañarnos a nosotros con ese telegrama: para mejor escapársenos. Pues aun cuando no pueden sospechar nuestro viaje, han de temer se nos ocurra adelantarnos a su llegada con un radiograma, ordenando sean presos al desembarcar.

Está visto, nuestros despachos al Melbourne pidiendo sus señas y ordenando los reconocimientos de pelos y lunares, los habrán puesto en cuidado. Buena prueba de ello ése, que antes de salir de Samoa, han enviado a Sticky, para despistarnos, haciéndonos creer, como creen él y la doncella, que efectivamente son Amabel y el príncipe, y no sus asesinos, quienes van en el barco. Así pretenden parar el telegrama ordenando prenderlos a su llegada a Australia.

¿No lo ven ustedes claro? ¿O es que se me vienen ustedes a pasar al enemigo?

—¿Al enemigo?

—Sí, a La Verdad, suponiendo, como ella, que los embarcados son realmente Miss Cork y el Príncipe, y ellos los asesinos de los muertos del rápido y del río. ¿Es que también piensan ustedes que éstos sean alguna de las señoritas escapadas de sus casas, y de los cajeros fugados en esta última temporada, cuya lista da?

—¡Por Dios, Don Orófilo! ¿Cómo he de creer yo...?—contestó Rojas.

—Ni yo—protestó Don Nicasio, a quien le daban en el dedo malo—. ¡Creer yo a La Verdad cuando me consta que anda siempre con la mentira amancebada!

—¿Pues entonces, amigos míos...?

—Nada, no he dicho nada; tiene usted mil razones—dijo el capitán, echando al comandante una significativa ojeada, que en los labios de éste detuvo una objeción—. La clarividencia de usted ha penetrado el verdadero objeto de ese radiograma, únicamente puesto para desorientarnos.

—Sí, sí, despistarnos no más—recalcó Retuerto.

—¡Ah! Por atender a lo sustancial se me olvidaba lo episódico: participar a ustedes, que el viaje a Australia va a ser alumbrado por una luna de miel.

—¿Qué?

—¡Una luna de...!

—Sí, la Srta. de Rodríguez o, más bien Miss Rodríguez, pues nos ha salido saxonesa, deja de ser Miss, para ascender a *Mistress Sticky.*

—Sí que es una sorpresa.

—A estas horas se estarán casando en el consulado. Me lo ha comunicado, muy ufano, el mismo novio.

—Pero, ¿y el luto por el príncipe?

—Como ella, y su inminente cónyuge, creen que él y la bailarina están vivos, se lo habrá quitado.

—¿Pero y aquel amor a Pami? ¿Y los besos a los rizados cabellos negros del guardapelo?

—Ahora besará los pelos rubios del peluquero. Y aunque los bese todos acabará pronto porque tiene muy pocos. ¡Ja, ja,

ja!... Esa es, amigo Rojas, la dulce luna que poetizará nuestro viaje. Con poesía de la que por quedarse aquí no disfrutará Retuerto... ¡Ja, ja, ja! Y como ellos se casan hoy, y la partida será pasado mañana, gozaremos de las primicias de esa luna nueva. ¡Ja, ja, ja!

—¿De modo que tiene usted ya fija la fecha de la partida?

—Sí, amigo mío, y la hora. Pasado mañana a medio día zarparemos del Parque Central de Aviación. El Gobierno ha puesto a nuestro servicio un soberbio omnimoto capaz para doce pasajeros... Y como no seremos sino cinco, contando al empresario, pues Retuerto se queda, y el cónsul no quiere prestarnos ninguno de sus empleados, iremos comodísimos. Un verdadero viaje de placer, en el que alcanzaremos a esos pillos antes de Sidney; pues aunque el omnimoto no haga sino doscientos kilómetros a la hora, daremos alcance al Melbourne en la escala de Auckland o en la de Nelson. Y en ocho días, nueve a lo más, estaremos aquí, de regreso con ellos.

—Crea, caro jefe que cada vez siento más no poder acompañar a ustedes.

—Y yo que no sea usted de la partida, querido Retuerto.

Pero charla que charla, me olvido de que hasta el embarco me falta tiempo para la multitud de asuntos que en mi bufete he de dejar en marcha. Por ello, no podremos ya vernos hasta el parque el día y a la hora de la partida. Es decir, media antes, para instalar sin prisas, en los camarotes, nuestros equipajes, que no pueden pasar de quince kilos. Hasta entonces, amigo Rojas... Supongo Retuerto, que irá usted a decirnos adiós.

—¡Pues no faltaba más!

—Otra cosa. No creo necesiten ustedes verme, pues nada tenemos que hacer ya en nuestro asunto hasta la marcha; pero si algo urgente se les ocurriere decirme me hallarán en mi agencia de nueve a dos, de tres a ocho y de diez a una, y a las demás horas en el hotel.

A la salida de la anterior entrevista convinieron los dos perquiridores en que, aun sin tener la evidencia con que los exámenes pendientes en el laboratorio, robustecerían, probablemente, sus convencimientos en la culpabilidad de Celinda, debían proceder presuponiéndola; pues lo que, en entender de ellos, quería ella era salir pronto, y en un vehículo rápido, de Ibermania. Tendiendo, a Finflair, para conseguirlo, el lazo en que, cándidamente, caía el muy estúpido, facilitándola la fuga.

En vista de esto decidieron impedirla el embarco, en el Omnimoto, que de realizarse haría inútiles todas las pruebas contra ella; pues en llegando a Auckland o a Nelson, antes tal vez, en la primera escala que aquél hiciere para reportarse de esencia, daría ella esquinazo al Sr. Perquirente. Y aun cuando a éste se le telegrafiara que la detuviera, no podría hacerlo por no haber tiempo en dos o tres días de obtener orden de extradición de ella...

—Para esto, para esto, se hizo la muy ladina saxonesa.

—¿Y qué me dice usted de esa improvisada boda?

—Que ahora me parece muy probable que el Rascaly sea el peluquero. Porque esas estrechas concomitancias con Celinda, y esa prisa en marcharse...

—Muy bien pudiera ser... Entonces el Peláez verdadero sería el embarcado, Sticky quien por él se hizo pasar en el hotel, y el Rascaly no existiría sino en el nombre.

—Eso no. Porque el Peláez es moreno y Sticky rubísimo.

—Vaya un inconveniente para un peluquero. Si lo ha necesitado se habrá teñido y reteñido, o puéstose una peluca.

—Verdad... Pero el del hotel hablaba bien el iberés, tenía poco acento, o según Celinda ninguno, y Sticky lo chapurrea malamente, con un acento que apedrea.

—¿Y usted cree muy difícil para un saxonés fingir que no sabe nuestro idioma, y hablar con el acento que le hemos oído?

—Verdad. Y entonces, el radiograma que le ha enseñado al zopenco de Finflair puede muy bien ser fingido. Pues para gentes duchas en falsificar pasaportes, es juego de niños simular un telegrama.

—Pues, como el embarco no lo evitaremos sino con un mandamiento de prisión; y como para reunir pruebas suficientes a justificarlo no podemos perder minuto, ni de día ni de noche, mientras usted acude a la cita con el revisor del mixto, yo me voy al laboratorio a decir que aunque no se acuesten esta noche, y aun prescindiendo en último extremo del secreto de las investigaciones, necesitamos el resultado de ellas para mañana temprano.

—Muy bien pensado Don Nicasio... Y pues allá va usted. pida una prueba de la huella dactilar del dedil roto en el lavabo del rápido, para compararla con alguna que es posible hallemos en el equipaje de Peláez.

—Cuando menos en las correas de la maleta, de las que tiraría al cerrarla, seguramente las habrá. Y como el mismo trabajo les costará darme una que diez, les pediré todas las estudiadas. Así veremos si acertó usted al suponer que Celinda se inyectó por su mano la morfina.

—Pero el examen de esa maleta no podemos aplazarlo más allá de esta misma noche.

—Conformes. En cuanto salga del laboratorio buscaré al Director, hállese donde quiera, para que invente un trabajo urgentísimo que usted y yo hayamos de efectuar esta noche en la Criminosocial, y sea justificación de nuestra permanencia allá en las altas horas de la noche a que nos conviene entrar en el despacho donde está la maleta. Adiós.

—Adiós... ¡Ah! Don Nicasio tráigase, también, del laboratorio, un exhalador yódico para buscar las impresiones dactiloscópicas que en ella pueda haber.

—Conformes. Usted no salga de casa después de hablar con el revisor, y aguárdeme allá. Acaso tarde bastante; pues ni sé lo que me detendrán en el laboratorio, ni lo que tardaré en hallar al Director. Que acaso no esté en su casa cuando yo vaya a ella. Adiós.

—Hasta luego.

XVI

DONDE EMPIEZA A DAR CHISPAS LA MALETA DE PELÁEZ

El revisor del tren de Caulipas a Novaria no recordaba hubiese en él viajado el hombre de los descomunales mostachos. Pero indudablemente habría de ser porque se los quitara al subirse al mixto, en Valdemimbres. Pues en esta estación había aquél visto entrar en el tren un viajero, cuyas señas, de traje, ronquera y acento extranjero, coincidían con las del acompañante de Amabel en el rápido. Llevando por todo equipaje una sombrerera a la mano. Como la pareja bajada del tren donde fué el crimen cometido.

Por dos razones se había fijado el revisor en todas estas particularidades, y en el interés del viajero por la sombrerera, que no colocó en la rejilla. sino sobre el asiento, sin apartar después los ojos de ella, sin quitar una mano de encima de su tapa. Primera, porque habiéndolo visto subir en Valdemimbres, y entrar en un departamento inocupado, fué inmediatamente a pedirle el billete; chocándole trajera sombrero y abrigo empapados, cual si salieran de un estanque, y las botas y el pantalón embarradísimos; segunda, porque presentó billete no expedido en Valdemimbres sino en Rozán.

Esta anomalía, la mojadura y el embarramiento fueron explicados por el viajero, diciendo que desde Maricao, donde veraneaba, había enviado a su señora aquella tarde a casa de unos amigos de Jipas a donde iba de temporada, por unos días que él pasaría en la capital; que al motorista del auto que la llevó, le había él encargado le tomara, al regreso, en Rozán, billete para su viaje; pues allí se proponía tomar el mixto Caulipas-Novaria; que cuando para ello iba de Maricao a Rozán, a tiempo que caía un chaparrón atroz, se le había pinchado un neumático; que estando la noche oscura como boca de lobo tuvo necesidad de bajarse del coche y salir al camino, hecho un fangal, para alumbrar al motorista mientras remudaba el neumático; y que habiéndosele hecho, con tal retraso, tarde, para alcanzar al tren en aquel pueblo hubo de ir a tomarle en Valdemimbres.

Para no quedarse con el abrigo mojado encima, se lo quitó al entrar en el departamento, desabrochándose, además, la chaqueta. Con lo cual vió el revisor el llamativo chaleco de lunares, ya visto, antes, por no pocos en Abanal, Puertofoz, Rozán, el rápido y Valdemimbres.

—Claro—dijo Retuerto, cuando, a las once de la noche, llegó a casa de su compañero, y éste lo enteró de las anteriores averiguaciones—. Suponiendo ese pillastre que estas noticias nos llegarían mucho antes de ahora, hacía todas esas exterioridades para que nuestra primitiva creencia, en un solo chaleco como aquél, nos indujera a creer que era el príncipe quien tanto lo lucía en el rápido y en el mixto.

—¿Pero para qué, si el príncipe estaba ya muerto?

—Pues para que lo creyéramos vivo, y autor del asesinato de Amabel; para que buscando al príncipe en Novaria perdiéramos la pista de este otro tuno a su llegada aquí.

—No; eso no; pues al mismo tiempo que este Rascaly venía en el tren, aquel Peláez suplantaba al príncipe en el embarco, o aquel Rascaly era quien embarcaba, mientras este venía en el mixto. Y fuera el de aquí Peláez, o fuera Rascaly, mal podrían, uno ni otro, pretender que nosotros creyéramos fuese el príncipe el venido a Novaria.

—Verdad: es absurdo atribuírles tal propósito... ¡Y yo que llamaba torpe al criminal por haberse vestido tan llamativamente! Cuando él y sus compinches nos volvían locos de remate a fuerza de chalecos y ronqueras, a la par exhibidos en todos los ámbitos del planeta.

—Es indudable, Don Nicasio: locos de remate. Y cada vez lo estaremos más, mientras pretendamos explicarnos episodios sueltos. Que imposibles de ser aclarados aisladamente, sólo de improviso, y a un tiempo, se aclararán todos, cuando reunamos la totalidad de los datos.

—Sí, sí: no más suposiciones hasta que veamos esa maleta, y acaben lo suyo los del laboratorio. Vamos.

—¿Y de esos qué?

—Me han prometido trabajar toda esta noche, y que, antes de retirarse de madrugada, dejarán, en sobre cerrado, al técnico de guardia, un avance escueto del resultado, que podré recoger mañana temprano. A reserva de darme a mediodía el informe completo de los pelos. En cuanto al pie, cuyo contorno tomó usted, ya me han dicho que es el más pequeño—el de las huellas húmedas y el barro gredoso—de los que dejaron huellas en la alcoba de Celinda.

Decía esto Retuerto al subir, con Rojas, al auto que lo aguardaba a la puerta de la casa de éste. Y aquél le contestaba que, con sólo aquello, estaba ya probada la salida de la doncella de su alcoba, y probablemente su estancia en Puente Palmas, durante la noche, que entera decía ella haber pasado narcotizada; faltando sólo para probar su presencia en el rápido conocer el resultado de la comparación de los cabellos. Seguidamente preguntó, el mismo Rojas, a su jefe, si traía el exhalador, las lentes de aumento y las pruebas de las marcas dactiloscópicas recogidas en todos los reconocimientos. Y cuando aquél contestaba afirmativamente, señalando un paquetito que traía en el automóvil, llegaba éste a la Criminosocial.

Lo primero que allí hicieron fué decir al oficial de guardia, a quien ya el Director se lo había comunicado por teléfono, que en el despacho de éste iban a trabajar. Tal vez hasta el día siguiente; pues traían tarea larga.

Tan pronto encerrados en dicha habitación por dentro, sacó Retuerto del bolsillo una llave, que, informado de la recatada labor que iban a hacer, le había dado el Director; y abriendo con ella un secreter tomó de un cajoncito otras dos llaves.

Pasando los dos perquiridores, al contiguo aposento, donde el propietario del despacho tenía cama y lavabo, utilizados cuando le era necesario pasar la noche en la oficina, abrieron, con una de aquéllas, una puertecilla de escape a un pasillo corto, conducente a otra puerta, que desde el nombramiento de Don Orófilo para Perquirente Popular estaba siempre cerrada, por el lado del pasillo; y que una vez abierta con la segunda llave, les dejó franco el paso al salón utilizado como despacho por el último.

Sin encender luz, y alumbrado, no más, por la escasa del corredorcillo, entrada por la puerta recién abierta, se dirigió Retuerto a la principal de la habitación en donde acababa de entrar, y la cerró, corriendo su pestillo interior; mientras Rojas cogía de debajo de la consola la "máquina infernal" —la maleta, ya se recordará, de Peláez—. Pero no agarrándola por el asa, donde probablemente habría marcas digitales, que importaba no borrar, sino metiendo los dedos entre el cuero del forro y las correas de amarre, por debajo de éstas. Y cerrando nuevamente la puerta de escape, y dejando también cerrada, por dentro, la principal, retornaron al despacho del Director.

Apenas vueltos allá, y antes de abrir la maleta, que pusieron encima de un velador, donde una lámpara eléctrica, colgante sobre él, la alumbraba intensamente, procedieron a descargar el exhalador sobre las correas y las quijadas metálicas de los bordes de los marcos de los dos compartimentos de la maleta, una en otra encajadas, mientras cerrada ésta. Al contacto de los vapores por aquél expelidos fueron surgiendo, poco marcadas sobre el cuero color de avellana, y muy claras en las superficies metálicas, numerosísimas impresiones dactiloscópicas. Que acabada la vaporosa pulverización, y requeridas las lentes de mano, comenzaron a examinar los perquiridores, por opuestos lados de la maleta.

—Aquí hay huellas de dos diferentes personas—dijo Don Nicasio.

—A ver... ¡Ah! Claro. De éstas no se cuide usted; me las sé de memoria: son las mías.

—¡De usted!

—Sí. ¿No recuerda que esta maleta la cerré yo después que la registramos?

—Ah, sí: es verdad.

—Las que nos interesan son estas otras. Abra usted el paquete de los facsímiles de las que le han dado en el laboratorio, y traiga la del dedil roto.

Hecho lo que Rojas decía, y comenzado el examen comparativo dijeron los examinantes:

—Esta es de diferente dedo: el de corazón.

—Esta tampoco: es de índice.

—Aquí, aquí hay una de pulgar, que parece igual a esa.

—Y aquí otra.

—A ver, a ver...

....

....

—Es igual.

—Sí, sí: completamente igual. El dueño de esta maleta, sea Peláez, Rascaly o Sticky, es el asesino de la bailarina.

—Indudable, indudable... Son idénticas.

—¡Y ese estúpido de Finflair tiene cerrado esto, días y días sin mirarlo, para que no se le cuarteen sus convicciones...

—Ca, ni eso: para que no se le estropee en las nuestras.

—Yo creo que ya podemos abrir la maleta.

—Sí, aun no necesitándolo para saber qué tiene dentro, nos interesa sacar de ahí los pantalones, para que en el laboratorio vean si el barro de ellos es igual al de Puente Palmas, y al que usted recogió en la alcoba de Celinda.

—Y otra cosa Rojas.

—¿El qué?

—El suplemento del reservado y el pasaporte del príncipe, en donde es verosímil haya también huellas.

—Es verdad.

Sacados los pantalones y ambos papeles, y soplados éstos con el exhalador, en los dos emergieron huellas iguales a las del dedil. Dando con ello nueva prueba de que el de Puertofoz, el rápido y la maleta eran un mismo hombre. Pero en el pasaporte había además otras diferentes, que resultaron idénticas a las del príncipe, fotografiadas en el Hotel Sublime, y a las marcadas en el *frasco de donde fué tomada la inyección* de Celinda: identidad que hasta entonces no había sido puesta en claro.

Otra coincidencia fué la de las concordantes huellas de maleta y dedil, con las *del frasco del veneno* inyectado a la perra. Que ya antes había Don Nicasio visto no ser iguales a las del otro frasco de la alcoba.

Hasta que el cabo, en el mango del teléfono de sobremesa...

Todas estas observaciones permitían ya reconstituir con certeza plena el itinerario completo recorrido por el que en Puertofoz compró el suplemento del reservado, el cuchillo, etc., desde la mañana del doce hasta su llegada el trece a Novaria; pues ya se veía que, después de hacer en el puerto cuanto sabemos, fué por la noche en el auto número 3 a Villa Gaya, donde su llegada estaba delatada por el dedo impreso en el frasco del cianuro que mató a la perra amarrada a la cadena.

Rojas había acertado: no fué Amabel quien dió la llave a través de la verja al que de Puertofoz llegaba, sino Celinda. Que, sabiendo saxonés, le habló en tal idioma para engañar al motorista. Probando esto además *que también lo subía* el que tomó la llave.

Después de matar a Garbosa se fué aquel hombre con Amabel y con Celinda al rápido, del cual bajó con la última después de cometido el crimen; reuniéndose ambos con el príncipe Epaminondas y con el otro cómplice: Peláez si es el del rápido fué Rascaly, éste si el del tren fué Peláez.

Mientras uno de éstos simulaba en Valdemimbres, tomar el descendente para Puertofoz, el otro se iba en el auto con la doncella y con Epaminondas, al puente—prueba de ello el barro de los pantalones—y después de asesinar allí al último regresaba con aquélla a Valdemimbres. Por último mientras uno se quedaba allí para tomar el mixto de Novaria, cuando llegára dicho tren, el otro y Celinda regresaban en el auto a Villa Gaya a reunirse con la que iba a pasar por Amabel en el barco: la del pie más grande de los dos de mujer que dejaron huella en la alcoba de la grandísima farsante.

—Esa es la que usted adivinó había sido llevada por el príncipe a Villa Gaya, después de lo de Uriz.

—Y el Rascaly el cómplice que cuando sólo creíamos hubiera uno, supuso usted había sido recogido y llevado a Puertofoz por el príncipe. No lo llevó; pero el compinche que usted sostenía haber llegado en el automóvil a Valdemimbres llegó efectivamente, aunque no de Puertofoz, como usted presintió.

—Sí, mas no solo, sino con el príncipe; y la existencia y su llegada a Villa Gaya a primera hora de la noche de la desconocida que había de embarcar en lugar de Amabel, llevada por el príncipe, antes de ir éste a Rozán, no fuí yo sino usted quien las adivinó.

—Lo cual prueba que entre los dos...

—¡Ah! Si desde el principio hubiéramos tenido todos estos datos, habríamos atrapado a ese Peláez, que ahora sabe Dios dónde estará. Y desenmascarada desde el principio Celinda, y trincados él y ella, en todo habríamos hecho luz en pocos días.

—Sí Don Nicasio... Y del mal el menos, que estamos en camino de hacerla ahora y pronto.

—Pero estamos habiéndonoslas con una verdadera *banda de apaches.*

—Y tanto.

Cruzadas las anteriores frases entre los ya reconciliados enemigos, y mientras Rojas apartaba, para llevarlo de mañana al laboratorio, el pantalón embarrado, volvía Retuerto a la mesa del Director con los facsímiles dactiloscópicos recientemente utilizados, para reunirlos con los demás, esparcidos sobre dicha mesa, cuando de entre ellos había entresacado los primeros, y guardarlos todos en el sobre dentro del cual los trajo del laboratorio.

XVII

EL ESTALLIDO DE LA MÁQUINA EXPLOSIVA

El sobre de las huellas dactilares contenía, además de éstas, un índice de ellas, con el que, para estar cierto de no perder ninguna, cotejaba Don Nicasio cada una de las que iba guardando.

En esta operación estaba cuando al llegar a uno de los facsímiles exclamó:

—Anda, no me habían dicho que también viniera ésta. Rojas, Rojas.

—¿Qué?

—Que tenemos ya aquí las marcas de los deditos de esa moza en el calzador que anteayer llevamos al laboratorio. Venga, venga.

—¡Hombre!... A ver, a ver.

—Esta es.

—¡Diantre! Entonces es posible que ahora mismo podamos tener plena evidencia de su estancia en el reservado, o desechar tal hipótesis de plano.

—¿Cómo?

—Sí, sí. Déjeme buscar entre estos facsímiles los de las impresiones de unos dedos de mujer en el tirador de porcelana del retrete del reservado. Que no pudiendo ser sino de la bailarina o de la que ayudó a asesinarla, nos van a anticipar, al cotejarlas con las del calzador, lo que mañana nos dirán los pelos...

Mientras así hablaba volvía Rojas a sacar del sobre todas las huellas, ya en él guardadas, por Retuerto, y buscaba la que había menester...

—Aquí está... Traiga, traiga las del calzador, Don Nicasio.

—Aquí están.

—Las lentes, las lentes.

—Allí en el velador de la maleta.

Nerviosos, anhelantes, con extrema atención, compararon los dos amigos las marcas digitales del calzador y el tirador puestas unas junto a otras, comunicándose los resultados del examen:

—Vea usted este repliegue brusco de los filetes de la epidermis... Aquí: abajo, y a la izquierda. Vea cómo va abriendo, hacia este lado, en ambas, la separación entre ellos...

—Sí, sí. Y vea, vea esta vuelta cerrada en la base de la huella. No cabe duda, Rojas.

—No, Don Nicasio, no: ninguna. Está visto: Celinda asesinó a su ama. Ya verá usted cómo nos dicen, los del laboratorio, que los pelos negros de la cama, los del rápido y los de los peines son todos de una misma cabeza.

—Tan seguro estoy de ello como usted. Esta prueba nos basta para pedir la orden de prisión de esa bribona. Que ya no podemos aplazar; pues de aguardar a después de marcharse Don Orófilo, ya habrá volado la pájara.

—Es verdad: no hay más remedio que prenderla antes de la partida del Sr. Perquirente. Pero, al cabo y al fin, con este triunfo nuestro no ha de envanecerse él; porque podemos dar el golpe de la detención de modo que lo deje en el mayor de los ridículos.

—¿Cómo?

—Llevándole, a él mismo, la orden de prisión de la tunanta en el momento de ir a embarcarse en compañía de ella. Haciendo que mañana gestione nuestro Director el auto, y poniendo patente, ante todo el mundo, la sorpresa del mamarracho ese, cuando se la llevemos al parque.

—¡Ja, ja, ja! Bonita escena.

—Que, avisando a los reporteros de la prensa, para que vayan a hacer la información de la partida del ilustre Perquirente del Pueblo, procuraremos tenga mucho público.

—Soberbio, soberbio. ¡Ja, ja, ja! Vale usted un mundo Rojas.

—Muchas gracias, Mi Comandante.

—Ahora, es preciso aprovechar lo que de noche queda en hacer un resumen escueto de las fechorías, ya evidentes, de mi exprotegida, anotándolo con las inconcusas pruebas de ellas, y acompañándolo de los facsímiles de marcas dactiloscópicas, pisadas, etcétera, para llevárselo al Director. Como base de petición al juez del mandamiento de arresto.

—No lo dará sin consultar a Finflair. Y entonces se nos descachifolla el aparato escénico del sainete cuyo programa le ha gustado a usted tanto.

—Verdad es. Ni tampoco se atreverá a darlo sin contar con la embajada. Que, para convencerse de la procedencia de autorizar el sacrilegio de prender a una ciudadana de Saxonia, necesitará muchísimo más de las treinta y pico de horas de que solamente disponemos hasta la de la partida.

—Entonces no tenemos sino un solo camino.

—¿Cuál?

—Que el Director se líe la manta a la cabeza; y, achacándolo a la urgencia del caso, ordene por sí la prisión gubernativa, al mismo tiempo que oficialmente solicite el mandamiento judicial. Usted, que es amigo suyo, y lo conoce mejor que yo. ¿cree usted que tendrá pecho para ello?

—Si acertamos a redactar un informe suficientemente claro, sobre la culpabilidad de esa muchacha, y tan conciso que él pueda leerlo y digerirlo en un cuarto de hora, lo tendrá; pues no le tiene menos ganas que nosotros al Perquirente. El quid está en justificar imposibilidad de que, pidiéndosela al juez, llegue la orden a tiempo de avisar esa inminente fuga.

—Pues, a la faena. Usted dirá...

—Mire, Rojas, mejor y más rápido que trabajar juntos es que, con libertad, hagamos sendos informes para cotejarlos, criticarlos y refundirlos luego en el definitivo con lo mejor de cada uno de ellos.

—Me parece acertado y expedito.

—Pero, sobre todo, brevedad, nada de menudencias: lo gordo, y nada más, sin reflexiones ni comentarios: hecho escueto y prueba seca.

***

No habían corrido diez minutos desde que comenzaron a escribir los dos colegas, cuando soltó Rojas la pluma como si una avispa le picara; y sin cuidarse de que iba a perturbar a Retuerto en su trabajo, exclamó:

—Don Nicasio, oiga, oiga.

—Ni oigo ni hablo hasta acabar esto.

—Es que la cosa no da espera; que, en tanto no aclaremos algo interesantísimo, en que no hemos reparado, no debemos escribir nada.

—¿Qué es?—contestó el otro interrumpiendo, de malísima gana su trabajo.

—Que en la maleta no hay sino huellas de dos hombres: las mías y las de Peláez.

—¿Sí? ¿Y qué?

—Que debía haberlas de tres.

—¡Tres! ¿Porqué?

—Porque ahora he recordado que hallando yo, la otra tarde, dificultad para cerrar la maleta, por tener vicio hacia afuera los flejes metálicos de los opuestos lados de la boca de ella, acudió a ayudarme Don Orófilo. ¿No se acuerda usted?

—Sí; perfectamente.

—Mientras, por este extremo, donde están las huellas de mis dedos en las partes externas de las dos quijadas, las apretaba yo una contra otra, Don Orófilo hizo lo mismo en este otro lado hasta que, entre los dos, logramos encajar los dientes de una en las muescas de la otra. Por lo tanto *ahí debían estar* las marcas de sus dedos, diferentes de las mías y de las de Peláez. Y como no hemos hallado sino las de éste y las mías...

—Es verdad... Habremos mirado mal; no nos habremos fijado.

—No. Bien sabe usted cuán escrupulosamente lo hemos examinado todo. No hay sino huellas de dos hombres... Lo que hay, lo juraría, es que Finflair, a quien llamábamos imbécil, es tan listo que se pierde de vista; que al poner el letrero de la máquina infernal, no lo hizo a humo de pajas; y que por algo no nos dijo tampoco palabra del informe del laboratorio.

—¡Calla! ¿Será?...

—Sí señor, eso que está usted pensando: que si en esta maleta no hay además de mis huellas otras que las de Peláez, o Rascaly, o quien sea su amo, es porque sólo su amo y yo la hemos tocado, y porque quien conmigo la cerró en el despacho de al lado, es el mismo que antes la había cerrado en el hotel en donde fué encontrada.

—¡Ah! ¡Entonces Finflair es Peláez!

—Peláez o Rascaly, que al ver descubierta su estancia en el hotel donde se halló la maleta, y no pudiendo ocultarnos el hallazgo de ella, por estar yo con él en su despacho cuando vino a participarlo el falangista que la trajo, se le ocurrió impedirnos toda pesquisa sobre el propietario de ella, e ideó el viaje a Australia, para fugarse con Celinda en el omnimoto que le ofrece el Estado. Con propósito indudable de escaparse de él, en la primera escala que haga. Dejándonos a usted y a mí, con tres palmos de narices, en país extranjero. Si fuéramos tan sandios que lo acompañáramos.

—¡Canario! ¡Canario! Ahora sí que confieso que es una verdadera águila: águila entre los más tunos. Pero vamos despacio, amigo Rojas... Un traspié, en cosa tan sonada, sería para nosotros descrédito espantoso del que nunca lograríamos levantarnos; y ahora pienso que no podemos dar tanta importancia a la falta de esa tercera huella cuando también nos faltan una cuarta, acaso una quinta, y una sexta, del falangista que encontró la maleta, del criado que la bajara del cuarto del hotel, del mozo que de allí la trajo, del ordenanza que la entró en el despacho...

Pues todo eso, que está perfectamente objetado, me hace caer en una cosa que torpemente dejé pasar inadvertida, y prueba, con toda evidencia, que Finflair es el dueño de la maleta.

—No me lo explico.

—En seguida va usted a comprenderlo. Ya sabe usted que yo estaba con ese pillo cuando entraron la maleta; y a lo que no di entonces importancia, pues no podía sospechar del Perquirente, fué a la orden, que él dió al ordenanza de llevársela afuera y no volver a entrarla hasta haber limpiado a conciencia cuero y hierros. Porque, según dijo, "venía hecha una inmundicia e iba a ensuciar el despacho."

—¡Ah!... Y con esos frotes se irían todas las huellas que trajera.

—Y con ellas las suyas, que era lo que buscaba... Pero no le valió la precaución de la limpieza; pues luego se olvidó de que me había ayudado a cerrarla. Por muy listos que los pillos sean, no siempre pueden estar en todo. He ahí porqué no tiene la maleta otras marcas sino las que en ella dejamos al cerrarla: las suyas y las mías; pero *las suyas idénticas a las del grifo, a las del suplemento del reservado, y a las del frasco de cianuro hallado cerca de la perra.*

—¡Canario, canario! Tiene usted mil razones. ¡Qué descubrimiento! Pero lo extraño es que después de estar ya aquí la maleta no haya sacado de ella el suplemento y el pasaporte...

—Habría sido, y así lo vería él, una imprudencia; pues habiendo ya nosotros vistolos cuando la registramos, temería los echáramos de menos cuando andando el tiempo volviéramos a abrirla, y conociéramos que él los había quitado.

—Cierto... Ya se explica el rótulo y el poco caso que hizo de cuanto hallamos ahí dentro.

—Y la poca prisa que se daba a que la abriéramos.

—Verdad, verdad. Atando cabos, caigo ahora en que cuando yo llegué, y usted me dió la noticia del hallazgo, todavía estuvo él

un rato hablando de cosas a la sazón impertinentes. Sin duda para ver si olvidando
aquello, y difiriendo el registro al día siguiente, le dábamos tiempo de sacar o meter, antes de él, lo que le conviniera. Hasta
que, demostrando yo curiosidad de ver qué
había en la maleta, no halló modo, que no
fuera sospechoso, de eludir inmediato registro.

—Conforme, en todo, con usted.

—Y con usted, yo, en que, sin aclarar
esto, no podíamos redactar el informe. Pues
ahora hemos de ampliarlo para justificar no
una sino dos detenciones.

—Veremos qué dicen de esto los entusiastas zascandiles de La Acción Popular.

—Lo malo es que, para justificar, en el
informe, la sensacionalísima prisión del representante de ella, van a ser demasiado
largos, complicados y oscuros los razona-
mientos, para nosotros claros, que demues-
tran su culpabilidad.

—Tiene usted razón: Todo esto de la
falta de sus huellas en la maleta y de la
limpieza de ésta es convincente para quienes estamos empapados en todos los pormenores de la investigación, pero alambicado
y mareante para quien de todo, y a la par,
ha de enterarse en poco tiempo. Y es de
temer no le parezca al Director, y menos
aun al juez, suficientemente claro. Pues lo
primero que éste pedirá será evidencia inmediata e indiscutible de que esas huellas
de la maleta y del tren son de Finflair. Si
usted mismo ha vacilado, ¿qué les pasará a
ellos?

—Sí; y mientras se hacen averiguaciones,
y nos toman declaración sobre lo del cierre
y la limpieza de la maleta se nos escapa el
hombre.

—Lo que nosotros necesitamos es una
huella, sobre la cual no quepa duda de que es
suya, para presentarla, no al lado de las de
la maleta, eso sería andarse por las ramas,
sino junto a las del dedil roto y del frasco del veneno.

—Ese es efectivamente el problema, amigo Rojas. Si lo resolvemos lo tenemos cazado; si no se nos escapa. Pero no es fácil de
resolver con la premura que pide el caso.
Piense, discurra por su lado, mientras yo
cavilo por el mío.

—Ya lo hago, ya...

XVIII

LA RATONERA

Después de unos minutos de cavilación,
de comandante y capitán, murmuró el primero unas palabras, no entendidas por el
segundo, que preguntó:

—¿Qué dice usted?

—Estaba yo pensando que sobornando a
un criado de su hotel, o de su agencia, podríamos entrar en las habitaciones de ese
grandísimo canalla, para buscar allí marcas
dactilares en los efectos de su uso.

—No, Don Nicasio: sobre demasiado lento en nuestra actual premura, sería eso expuesto, si en lo del soborno fracasáramos, a
que el criado le diera a él la voz de alerta.

—Verdad... Y es lástima; porque para
hacernos con la huella que necesitamos, no
veo más medio que entrar en su cuarto de
la fonda o en su despacho de la agencia...
¡Ah!: su despacho... Sí, sí. Venga, Rojas;
venga en seguida, corra.

Dijo esto Don Nicasio levantándose rápidamente, echando mano al exhalador, saliéndose de estampía por el pasillejo, y agregando cuando ya en él estaba:

—Pero tráigase las lentes y las marcas
del dedil y del frasco.

—Verdad, verdad—monologó Rojas, pene-
trando la idea de su jefe, y yéndose en pos
de él, con los efectos que éste le había pe-
dido.

No bastándoles ver cerradas las contra-
ventanas del despacho del Perquirente, dejaron caer, antes de encender la luz eléctrica, y juntaron cuidadosamente, los cortina-
jes de ellas y de la puerta principal. Incon-
tinenti comenzó Retuerto a rociar, con vapores de yodo, todos los trebejos de la mesa
de escritorio: plegadera, pisapapeles, car-
peta, etc.; los brazos del sillón, los bordes de la mesa, los tiradores de las puertas;
cuanto en la habitación pudiera, en suma,
haber sido tocado por el propietario del despacho.

Sin fruto alguno en varias intentonas, o
con el inútil resultado de revelar huellas de
dedos índice, anular, corazón, inadecuadas
para compararlas con las del pulgar que
traía Rojas. Hasta que al cabo, en el mango
de celuloide gris del teléfono de sobremesa,
y en la madera barnizada de uno de los
brazos del sillón, aparecieron impresiones
del dedo deseado, e *iguales* a la del frasco
del cianuro y a la del dedil roto.

No cabía duda ya: Don Orófilo había matado a la perra y viajado en el reservado del rápido y en el mixto de Caulipas.

—Victoria, Don Nicasio, ya conocemos a los dos asesinos.

—Los conocemos, y *los cogemos*. Ahora sí que podemos hacer un informe que va a gustarle de verdad al Director, y a tirar de espaldas al juez.

—E *impepinablemente* convincente.

—Pues a ello, Rojas. Volvamos allá.

....
....

Las seis y media de la mañana eran, cuando, después de leerse uno a otro el trabajo por cada uno hecho, y zurciendo lo mejor de ambos, ultimaban los dos compañeros el definitivo, conciso y razonado infor_me, que no dejaba duda de las culpabilidades de Celinda y Finflair

Al verlo acabado, dijo Rojas, satisfechísimo:

—Don Nicasio, Viva la Tercera Brigada.

—Viva la Primera—contestó Retuerto devolviendo la fineza a su subordinado, que replicó:

—Viva el Cuerpo de Perquiridores.

—Que ahora va a probar que, no sólo descubre a los criminales, sino que los apresa. Aun cuando ya nadie crea posible tal cosa. Ahora, mientras usted pone en limpio ese escrito, y después saca tres copias de él con el lectocopista, voy al laboratorio a buscar la nota de los pelos de Celinda; pues aunque estoy seguro de lo que ha de decir no estará demás unirla a ese documento como otro comprobante más.

Apenas dichos lo anterior, salió Retuerto del despacho, donde Rojas quedaba, dándole a la máquina donde escribía el informe definitivo para el Director y sacaba después en el aparato indicado por su jefe las copias que éste deseaba, para que cada uno de ellos se quedara con una.

El citado aparato era otra máquina de escribir, con un ojo artificial encima de su carro. Frente a ella se alzaba de un atril el original que se quería copiar, el cual *era leído por el ojo*, en cuyo fondo iban reproduciéndose las letras sucesivas y por su orden. Y a medida que esto ocurría, una corriente eléctrica iba moviendo las teclas correspondientes a las diversas letras *vistas y conocidas* por la máquina; y las primeras golpeaban el papel en donde las segundas iban imprimiéndose (1).

_____

(1) El *lectocopista* es una máquina de escribir que encima del carro portador del papel tiene un ojo muy grande. Artificial, por de contado, que con externa apariencia de tal.

Tres cuartos de hora después de salir Don Nicasio del despacho, retornaba triunfante. Todavía más triunfante que cuando dió los vivas; pues traía noticia de ser todos los pelos negros de una misma mu-

solamente tiene abertura pupilar, una lente objetivo, cuyo oficio es análogo al del cristalino en la visión fisiológica, y una pantalla asimilable a una retina. De los demás elementos del ojo humano ni rastro se halla en el del lectocopista.

De ello resulta que tal remedo de ojo no es, por dentro, sino una cámara fotográfica en cuya pared posterior se pintan las imágenes, muchísimo más grandes que sus originales, las letras del escrito que se quiere copiar. Para lo cual se sujeta éste en un atril frontero a la abertura pupilar, u orificio por donde la luz exterior llega al objetivo, y atravesándolo entra en el fingido ojo.

Puntualicemos más: en cada instante no aparece sino una sola letra en la pantalla que empleando justificada metáfora llamaré retiniana; la sola letra del escrito que en tal momento se halla en la exacta rectitud de la abertura pupilar. Mas por efecto de lenta traslación de derecha a izquierda que un mecanismo de relojería comunica al atril, sucesivamente pasan por aquella posición, y en imagen aparecen en la placa, desde la primera a la última de un renglón; y aparecida ésta el atril da un salto que coloca frente al ojo la primera letra del renglón inmediatamente inferior, que, como el precedente, antes, comienza entonces a moverse lateralmente para enseñar todas sus letras al ojo de la máquina.

Así *re* ésta el escrito entero, que siendo lo primero indispensable no basta para hacer una copia, pues para ello es preciso además conocerlas y escribirlas. Nada más fácil que lo último para una máquina de escribir en cuanto alguien golpee las debidas teclas; pero el busilis ahora está en lo otro: en hallar mecanismo que sin necesidad de agente humano, sin copista racional, golpee las letras a, p, h... cuando tales letras aparezcan en la pantalla.

Para esto, según patente de invención solicitada por Míster Flowers, basta con que al pintarse una letra en la pantalla ponga en actividad una corriente eléctrica, correspondiente a ella y no a otra, cuyo oficio es mover el macillo de tal letra. Sistema con el cual se necesitarán tantas pilas como letras y signos tenga el teclado; pero que no sería difícil modificar empleando una sola corriente cuya intensidad o cauce fueran modificados por las imágenes de las diversas letras, de modo que con ella se obtuviera el mismo resultado de mover el macillo que golpease en la debida letra del teclado.

Gracias a la constitución de la placa con celdillas de selenio, una por letra, o signo, correspondientes a lugares de aquélla cubiertos por la imagen de cada letra y *no cubiertos* por *la de ninguna otra*, se da paso a las citadas corrientes. Aprovechando para ello la variable conductibilidad del citado cuerpo (véase nota página 10) según esté modificado por más o menos luz, pues la que alumbra cada celdilla varía mucho, según que sobre el selenio de ella caiga, o no, la sombra de la imagen de *su letra*.

Es probable que con celdillas fotoeléctricas de reciente invención se obtengan mejores resultados que con las de selenio.

He de advertir, por último, que lo prolijo de los pormenores necesarios para dar puntual noticia de las particularidades del *lectocopista* no permite puntualizarlas en esta nota. Mas si alguien tiene interés en conocerlos, los hallará en las charlas vulgares del libro *Modernas Brujerías de las Ciencias*, del autor del presente.

jer (1). Y en cuanto todos los comprobantes estuvieron unidos al informe, dijo:

—Ahora, vámonos a llevarle esto a S. E.

—¡Tan temprano! Estará en la cama.

—De seguro. Mas lo levantaremos. Y no tenga usted miedo se moleste en cuanto vea el regalito. Además, no podemos perder tiempo; pues siendo la partida a mediodía de mañana no tenemos sino veintiocho horas por delante. Plazo bien corto para las gestiones del Director con el juez, si no se atreve a proceder por sí, o para que medite si se resuelve a prescindir de él.

Como es probable quiera ver por sí y enseñar al juez las huellas del granuja ese, dejaremos cerrado el despacho en donde están, para que nadie sino nosotros pueda entrar allí.

—Muy bien pensado... Porque no sería extraño que, antes de levantar el vuelo, quisiera el muy pillastre hacer alguna gatada en la maleta, o aun llevársela para no dejar tras sí pruebas suficientes, aun cuando se escapara, a condenarlo en rebeldía.

—Andando.

—¿Pero voy yo también?... Yo no tengo con S. E. tanta confianza como usted. Y presentarme en su casa a estas horas...

—No importa; pues no va usted sino que lo llevo yo. Por si a él se le ocurrieren dudas en los puntos de que usted está más enterado que yo.

—Como usted mande.

No solamente acertó Retuerto al prever el alegrón del Director, que al serle, el informe, leído y esclarecido, se puso contentísimo con lo gordo del pájaro cazado, sino que, como el comandante había presumido, quiso ver por sí mismo las impresiones dactiloscópicas del ilustre mandatario de la Acción Popular, a la que tan resonantemente iba a poner en ridículo el injustamente vejado Cuerpo de Perquiridores.

Abreviemos. Aquel alto empleado *tuvo pecho* para liarse la manta a la cabeza, y proceder como si en el mundo no hubiese jueces ni embajadores. Pues tan pronto se convenció de lo irrefutable de las pruebas aportadas por sus subordinados, convino,

con éstos, en la inoportunidad de hacer depender las aprehensiones de opinión del juez, que sabe Dios por qué registro podría salir, ni qué dudas suscitar, en caso tan urgente como aquél; y en cuán prudente era evitar enredos, de cierto complicados, con el embajador.

Pero además del convencimiento de lo procedente de las detenciones, capital punto para dejar justificada su resolución de efectuarlas por sí gubernativa y preventivamente, prescindiendo de los usuales trámites, deseaba el Director poner patente la absoluta falta material de tiempo, para aguardar el auto judicial, sin dar lugar, con ello, a inminente fuga de los criminales.

Consiguióse esto rehaciendo el informe, para ponerle fecha, no de la víspera del día de la partida del *omnímoto*, en cuya mañana había sido entregado, sino de la mañana siguiente: es decir, la del mismo día señalado para aquélla. Con lo cual podría aparentarse que la orden de prisión le había sido entregada a Retuerto con dos horas no más de antelación a la señalada para emprender el vuelo a Australia; y que sólo después de acudir a esta primera necesidad urgentísima, pudo redactarse el oficio remitiendo al juez el informe y las pruebas: con indicación de que, mirando a lo apremiante del caso, habíase dado a los agentes la orden de los arrestos. A reserva y sin prejuzgar lo que S. S. acordare.

Gracias a esta jugarreta, ya estarían los culpables en la cárcel, cuando leyera el juez la comunicación.

Mas todavía quedaba un cabo, acaso sólo suelto en la cavilosidad de Rojas; pero que por si realmente lo estuviere, convenía atara el Director, avistándose con su compañero el de Comunicaciones Atmosféricas, y recabando de él ordenara, en reserva, al piloto del aparato puesto a las órdenes del Perquirente Popular, que no zarpara mientras no le llevasen, de la Dirección, un pliego oficial. Que, al paso del omnímoto por las islas Marquesas, habría de entregar al Sr. Cónsul de Ibermania en ellas.

Hízose esto por haber manifestado el capitán temor de que Finflair pudiera tener tramado darle esquinazo, sin aguardar a la llegada a una de las escalas del viaje, sino a la misma salida de Novaria; pues siendo él quien mandaba en el omnímoto, podría, si así se le ocurriere, avisar la noche antes al piloto, ordenándole adelantar la partida en tres o cuatro horas. Para que Rojas llegara al Parque cuando ya el Perquirente y

---

(1) El peso medio que un cabello jugoso y sano, caso que no es el de los de las pelucas, puede sostener sin llegar a romperse por efecto de la tracción en él ejercida por tal peso es de 60 gramos. De donde resulta que los de Celinda, ninguno de los cuales se rompió hasta cargarlo con 66 gramos, eran excepcionalmente vigorosos.

En cuanto a los rubios del tren o de la cama no aguantó el que más sino 32 gramos. Indudablemente eran pelos enfermos o resecos.

Celinda y Sticky estuviesen muy lejos, pues con esto, y con aislar disimuladamente la antena receptora del omnimoto, a fin de que éste no recibiera los radiogramas de Novaria, bastábale para llegar a la escala donde pensara dar, también, esquinazo al piloto.

Todo ello podía no ser sino cavilosidad, mas por si no lo fuere más convenía evitarlo, con el expediente del pliego del Director de Comunicaciones. Que ni existía ni se pensaba enviar; pues tampoco había el aéreo vehículo de hacer el proyectado viaje, por falta de pasajeros. Que en vez de entrar en él, entrarían donde no corrieran riesgo de atmosférico naufragio.

Entre unas cosas y otras fuéseles lo más del día a los perquiridores y su jefe. Anocheciéndoles, cual a los primeros les amaneció aquél, en el despacho del segundo. Y todavía quedaba por convidar el público de la escena preparada en el parque de aviación: redactando, para ello, una nota circular a los periódicos, con la noticia de la partida del ilustre Perquirente Popular. Que acompañado del Capitán Rojas y de la doncella y el peluquero de la infeliz bailarina asesinada, partiría a las doce de la mañana, en persecución de los asesinos en camino de Australia.

El ampuloso estilo de esta nota, que, por haber de serlo, fué encomendada al comandante, hizo a éste frotarse las manos cuando oyó a Rojas circularla por teléfono. Regodeándose con la idea de que a la mañana siguiente acudirían al parque los reporteros y fotógrafos de todos los periódicos, no pequeño golpe de curiosos, gran copia de entusiastas falangistas a despedir a su preclaro jefe; y hasta quién sabe si el propio Comité Supremo de la Acción Popular.

La suspicacia de Rojas, sobre posible anticipación de la hora del viaje, hizo que tres antes de la señalada para la marcha, estuvieran ya en el parque Retuerto, él y cuatro agentes, vestidos de paisano, para realizar las detenciones. Llevándose una inútil espera con el madrugón. Y no hasta las once y media en que Finflair había citado al capitán, a quien creía llevar por compañero de viaje; pues ni Finflair llegó a tal hora, ni a la de salida. Retraso que puso en escama a los dos perquiridores: tanto más inquietante cuanto que tampoco llegaban ni la doncella, ni el peluquero.

Retuerto no hacía sino pasear nerviosamente. Tan nervioso de piernas como de manos, en las cuales volvía y revolvía la orden de prisión, con mucho miedo ya de que le resultara completamente inútil.

Rojas no hacía sino ir y volver del omnimoto a la puerta del parque, hasta que, ya a las doce y cuarto, se atrevió a decir:

—Don Nicasio. Esto es muy raro. ¿Le parece a usted que preguntemos al hotel de ese hombre?

—Ahora mismo. Y al de la otra, y al del peluquero.

El resultado de estas llamadas, hechas por teléfono, fué terrible.

En el hotel de Finflair, no lo habían visto desde la antevíspera a la hora del almuerzo; por su agencia, adonde se llamó en seguida, no había parecido. Y no en dos días, como por el hotel, sino desde tres antes.

De los alojamientos de Míster Sticky y Celinda contestaron: "Anteayer, después de "pagar sus cuentas, se despidieron, para ir a "casarse en el consulado; y desde allí a to-"mar el tren en viaje de novios." ¿Adónde? No lo dijeron; pero los equipajes de ambos habían sido llevados a la estación de la línea Novaria-Puertofoz.

El acierto de los perquiridores en el descubrimiento de los criminales no podía ser más evidente; pues los mismos perseguidos lo patentizaban poniendo pies en polvorosa. Pero, ¡ay!, aquel acierto era otro triunfo meramente intelectual, faltándole para ser apreciado por el vulgo, que no se paga de intelectualismos, el valor práctico de haber cogido a quienes habían hecho la del humo.

Por ello se contemplaban carilargos y aliquebrados los víctimas del chasco, hasta que señalando al omnimoto dijo Rojas:

—Se nos van, Don Nicasio, la ratonera se nos queda vacía.

—Cuando, la otra noche, nos ufanábamos en preparársela ya la habían olido los muy tunos, y ya se nos habían escapado.

—Sí... Porque él debió de irse al tren al salir de la cita con nosotros; y los novios al mismo tiempo, poco más o menos, pues que durante aquélla se casaron... Vaya una ocasión rara de contraer matrimonio.

—Y el muy granuja nos enteraba de las horas a que si lo necesitábamos podríamos hallarlo en su bufete y en su hotel, donde no iba a volver. Bien dicen sus tarjetas, y a costa nuestra lo acredita: águila, ya lo creo.

—Y nosotros pobres gorrioncillos...

—El ridículo, que para él y quienes lo eligieron preparábamos, cae sobre nosotros. Y gracias a que toda esa gente, que está ahí, ignora que veníamos a prenderlo. Que si lo supiera estaríamos ya sordos a fuerza de silbidos.

—Sí; porque, aun siendo patente nuestro acierto, de nada ha de valernos no habiéndolos cogido.

—Verdad, Don Nicasio. Y por eso es preciso cogerlos. Es preciso; es preciso.

—Sí, sí: lo es. Daría por atraparlos...

—Pues, Mi Comandante, no perdamos más tiempo en condolernos. A la faena.

—Sí a la faena. Ahora mismo.

PROBLEMA
INCIDENTAL PERO PARALIZANTE

De Finflair no se halló rastro; pero de los novios se averiguó que, a las once de la noche, en que Retuerto y Rojas registraron la maleta, habían salido, de Puertofoz, con pasajes tomados para Australia, en el vapor Polinesia de las Mensajerías del Pacífico, zarpado, con la marea a dicha hora, del citado puerto. Es de creer que muy contentos: el novio por estar *confitadísimo* con la novia, y ésta a quien no es de suponer muy engreída con su caducante galán que de galán tenía muy poco, por ir protegida en su fuga con aquella nacionalidad saxonesa, que impediría la atraparan en país extranjero, mientras no se otorgara extradición. Que en varios meses no podría ser concedida; pues primero habría que probar en juicio su culpabilidad, dar Saxonia, después, su asentimiento, y prestarlo, por último, el país adonde ella estuviera a la sazón. Cosa que ya procuraría ella no fuera fácil averiguar.

—Pues esta vez no le ha de valer conmigo su amañada extranjería—decía Rojas, al despedirse de Retuerto y el Director, en el momento de entrar en el omnimoto, puesto ahora a su disposición, en que se remontó a las dos de la madrugada siguiente al chasco. Yendo acompañado de dos agentes escogidos, y pertrechado de cuanto creía menester para traerse a la bribona, y tal vez a Finflair. Pues acaso habría éste embarcado en el mismo buque con supuesto nombre.

Mas por si así no fuera quedábase Retuerto en Ibermania. Para buscarlo, si en el país estuviese todavía escondido, o irse, detrás de él, al fin del mundo, si preciso fuere darle caza.

Mas tan pronto reflexionó, echó de ver, en la eventualidad supuesta en los últimos renglones del párrafo anterior una primera dificultad. Proviniente de no haberse todavía averiguado dónde está el fin del mundo: o mejor dicho de ser cosa sabida que, según se eche a andar hacia el norte o el sur, al este o al oeste, o en cualquiera otra de las innumerables direcciones de la rosa de los vientos—no sé porqué la llaman rosa siendo estrella—así se llegará *no a uno* sino a *unos u otros fines del mundo.* Y, no pudiendo Don Orófilo llegar sino a uno solo, el problema fundamental, que mientras no resuelto en absoluto la acción del comandante, era cuál sería tal fin del mundo.

Para resolverlo había dos caminos: uno, saber por dónde se había ido, cosa que, por lo pronto, estaba completamente oscura; otro, tratar de averiguar, sin cuidarse del camino, su punto de parada: fuera o no fuese fin del mundo. Porque no era forzoso que llegase tan lejos.

Habíanse, pues, de simultanear pesquisas en Novaria, para conocer la inicial dirección de la fuga, e indagaciones, en todos los países civilizados, donde existiera policía organizada, para descubrir el extremo terminal de dicha fuga. Con lo cual a los esfuerzos de Don Nicasio se aunarían los de todos los perquiridores del globo. Pronto va a verse que no exagero nada.

Para quienes tienen la experiencia, ya por nosotros adquirida en el estudio de este crimen, lo dicho transparenta suficientemente que a Retuerto se le había ocurrido circular telegráficamente, a todos los países merecedores del nombre de naciones, el facsímile de las huellas dactilares del infiel Perquirente Popular, y encargo de que a cuantos viajeros arribaran a sus puertos o salvaran sus fronteras les fueran tomadas en las aduanas sus impresiones dactiloscópicas; y que la misma precaución se adoptara con quienes desde dos días antes llegaron, y en lo sucesivo llegaran, a todos los hoteles o casas de hospedaje.

Apenas pensado, fué ejecutado el plan. Pero con un aditamento. Pues Don Nicasio díjose que, puesto ya a radiografiar huellas, no había porqué limitarse a las de Don Orófilo, fuera éste Peláez o fuera Rascaly, y transmitió también las de Celinda, el Príncipe, y cuantas, referentes al crimen, se hallaban en el Laboratorio de la Criminosocial. Previsión que podría ser muy oportuna en caso de que Celinda se le escurriera de entre las manos a Rojas, y en el de escabullirse los viajeros de El Melbourne a la policía de Sidney.

Veinticuatro horas después, más de doscientos periódicos ibermanos, y no sé cuántos, pero sí que muchísimos, extranjeros, publicaban las consabidas huellas. Y aduanas y fondas no daban, en todo el globo, abasto a la faena de retratar dedos de viajeros y de huéspedes.

Mas no por eso se descuidaba Don Nicasio en lo otro: es decir en buscar en Novaria, y en Ibermania todo, la pista del guasón que se había *chungueado* de la Acción Popular, y, por contera, de los falangistas. Que encorajados con la pesada broma, eran los más ardorosos sabuesos de Retuerto. Y corrían y miraban, por doquier y a quienquiera; y olían cuanto pasaba a tiro de sus vientos; y se metían por todas partes; y todo lo fisgaban; y tan pronto veían un rubio (ya se recordará que el perquirente lo era) caían sobre él y lo miraban y le interrogaban; escudriñándole hasta lo más recóndito, a fuerza de registros y palpaciones; y lo traían y lo llevaban y lo zarandeaban. Con insistencia y modos que en todo el país dió tan molesto carácter a esta *caza del rubio*, que comenzó a disminuir el número de quienes inocentemente lo eran. Pues el enconado acoso de los falangistas no dejaba otra escapatoria que teñirse el pelo.

Ya dicho esto, prosigo.

¿Prosigo?... ¿Cómo? ¿Por dónde?

Buena cosa es, en las narraciones, el rigor cronológico, que, poniendo cada hecho en debido lugar, evita a los lectores confusiones, y aun mareos al mismo narrador. Pero, ¡ay!, que muchas veces es preciso romper la cronológica cadena, en cuanto múltiples personajes realizan hechos simultáneos, imposibles de ser al mismo tiempo referidos. Pues ni el historiador es ubicuo, ni su pluma es ubicua. Ni aunque lo fueran serviría de nada; porque los ojos y las mentes del lector tampoco son ubicuos.

Este es el caso ahora, en que siguiendo a los perquiridores, se nos han quedado por demás rezagados la bailarina y quienes andan al retortero de ella. Volvamos, pues atrás, para llegar, en compañía de unos y otra, al momento histórico alcanzado por Don Nicasio y Rojas.

XIX

CÓMO UNA HORRIBLE "BICHA" IMPIDE QUE LA ROSA BAILE

Malgastar tiempo fuera describir la exaltada zozobra, de que por sí se percata el lector, en que amor contrariado, ominosos augurios y terrores a que le descubrieran su linaje negro tenían a la bailarina. Haciendo retoñar en su mente la idea, anteriormente desechada, de salir de Ibermania, sin aguardar a la terminación de su contrato. Mudanza de criterio que explicaba a Pami y su doncella diciendo "no estar satisfecha del público ni de la prensa de Novaria".

Pero ocurrió que, cuando encargó a Pami notificara al empresario su decisión de rescindir el contrato, hízole aquél fijarse en una cláusula de éste, por la cual se comprometían los contratantes a zanjar todas sus desavenencias con arreglo a las leyes de Ibermania. De los particulares de las cuales, aplicables a dicha rescisión, aconsejaba la prudencia se enterara el apoderado, para informar a la poderdante antes de adoptar resolución definitiva.

Por tal camino sobrevino el obstáculo, al saber Amabel que toda rescisión, no ocasionada por absoluta imposibilidad de cumplir lo pactado, sino sólo imputable a caprichosas veleidades de una parte, obligaba a ésta a pagar a la otra el total monto de los bailes contratados.

La avaricia que, derrotada por los miedos de la vanidad, se había ya resignado a devolver los 30.000 pesos, aun no devengados, del cincuenta por ciento adelantado de las seis funciones que a la Flying Girl le quedaban por bailar, se subió a la parra al enterarse de que además le costaría el no bailarlas 80.000, total importe de las ocho contratadas. Siendo el quebranto íntegro de 110.000.

Al enterarse de esta suma, cerráronse la bolsa y el cuaderno de cheques, ya entreabiertos, y la codicia se burló de los ridículos temores de la vanidad. Sólo fundados en la sal derramada, en el espejo roto y en unos ganchos que, probablemente, no serían sino inocentes artefactos de teatro, para, desde el telar, abrir y cerrar la boca de un dragón, o hacer volar un pájaro de un lado a otro de la escena.

El interés, más positivista, y menos supersticioso, que la vanidad, daba a las pesetas, superior importancia que a los avisos de los duendes.

Y ya no se habló más de rescisión, y llegó el día de la tercera salida de la estrella, en el *apólogo-coreográfico*, "Los AMORES DE UNA ROSA Y UN CARDO." Donde, al levantarse el telón en el primer acto, el cardo—un soberbio ejemplar *Scolymus maculatus*—salido a pasear con el alba, se encontraba a la rosa dormida con su corola reclinada en una roca.

Ya se adivina que tal corola era la cabeza de Amabel.

Fascinado bailaba el cardo su emoción en torno de ella, en un solo no breve; pues tenía mucho que expresar aquel *coreomonólogo*: sorpresa, admiración de la belleza de la dormida flor, amor naciente, deseos de acercarse, recelos de estropearla con sus duras espinas. Pues el tal cardo no era comestible, sino borriquero. Lo cual no coge de sorpresa a los botánicos, que ya han leído antes su nombre de familia.

Dase esta explicación no porque aquí vayamos a bailar el poema, sino porque en el ensayo general tuvo Celinda la oportuna idea de poner sobre el cartón piedra del fingido peñasco un cojín que por encargo de ella fué Sticky a buscar al tocador de la Señora. Gracias a ello no se emporcó Amabel la cabeza, ni se la emporcaría en la función con el polvo de que la roca, hecha una porquería, estaba llena.

Al salir del teatro, fuése, con Pami, al campo en automóvil, bajándose allí de éste para pasear un rato a pie, dando él muchos suspiros, y degollando ella los suyos, que pugnaban por escapárseles.

Regresados al hotel, comieron. Y nuevamente subió la bailarina al coche. Pero esta vez en compañía de la doncella. Quien a poco de puesto en marcha aquél prorrumpió en espantosos alaridos diciendo:

—¡Ay! ¡Ay!... Un bicho, un bicho, ¡ay, ay!, que me anda entre las piernas... Un bicho, un bicho.

—¿Un bicho?

—Sí, sí. ¡Ay, ay!

Entre chillidos y brincos, tuvo, la asustadísima muchacha, el valor de buscarse el bicho entre las faldas, agarrarlo y sacárselo de debajo de ellas, con propósito aparente de tirarlo por la ventanilla. Pero al ir a hacerlo, gritó, de nuevo, asustadísima:

—Que se me escurre. ¡Ay, ay! Que se me va; que salta.

Y en efecto saltó, yendo a caer en el regazo de su aterrada ama. Que, a dúo con la doncella, entre brincos y ayes, chillaba.

—¡Qué horror! ¡Qué horror! Una culebra.

—¿Está usted loca? No la nombre, Señora, no la nombre.

—Verdad, verdad... Una bicha, una horrible bicha; grandísima, grandísima.

El miedo hacíale a Amabel faltar a la verdad; pues la culebrilla era tan pequeña,

que había entrado en el auto guardadita en un bolso, donde Celinda llevaba los zapatos de baile de su ama. El mismo bolso donde una y dos semanas antes, respectivamente, habían ido al teatro la guita, con los anzuelos de marras, y el diamante de vidriero, con que aquella farsante rajó el espejo de arriba a abajo, mientras su ama y el príncipe entraban en el despacho del empresario, y, encerrado en el tocador inmediato, preparaba Sticky las pelucas.

—Sí, sí, enorme, horrorosa—corroboraba Celinda saliéndose del coche y tirando de Amabel para que de él saliera.

—Julián, Julián, venga, venga. Una bicha: ahí, en el coche. Búsquela, mátela, tírela...

—Es muy grande, muy grande.

—Sí Julián sí, grandísima. Sin duda se metió ahí esta tarde mientras la Señora y su Alteza paseaban a pie por el campo.

—Sí. Eso tiene que haber sido. ¡Condenado país en que no pasa día que no me pase algo malo... ¡Una bicha, una bicha! Eso es un agüero atrocísimo.

—El peor, el peor de todos. Sí Señora: a mí no me llega la camisa al cuerpo.

—Ya puede la Señora volver al coche—dijo el motorista—Ya no hay miedo: la he matado. Pero no era tan grande como creían ustedes.

—Lo de menos en esos animales es el tamaño. Lo peor es la intención.

—Dices bien, Celinda... Y oye: ¿no sabes nada contra esto como contra lo del espejo?

—No: contra esto no.

—Esto es no vivir.

—Pero, como yo soy de esta tierra, conozco a una gitana vieja que sabe muchísimo de estas cosas; y puede que ella...

—Buena estoy yo para bailar esta noche—Al decir esto callábase Amabel que estaba pensando en su peluca y en los anzuelos del pasado baile.

—¿Pero después de lo de la bicha, se va a atrever la Señora a bailar esta noche?...

—Es verdad... Sería una locura: buscarme yo misma una desgracia... Si en tan siquiera tuviéramos tiempo de ver antes a esa conocida tuya.

—Lo que es antes de la función imposible. Está muy lejos. Y no sé si desde que yo falto de aquí se habrá mudado. Pero lo que sé es que sería una imprudencia salir al escenario esta noche, después de haber tenido este encuentro en el camino. Y que a estar yo en el pellejo de la Señora...

—Pues como si lo estuvieras. Floja barbaridad sería... No, no quiero tentar al enemigo. Julián, vuelva al hotel... Tú Celinda, en cuanto lleguemos llamas por teléfono al teatro, y dices que al ir allá me he puesto muy mala, y que he tenido que volverme y acostarme. Además encargarás abajo que venga quien venga digan que no estoy visible. En seguida me pondré un abrigo y un sombrero tuyos; y por una escalera de servicio nos iremos a buscar a tu gitana.

En aquel momento llegaban a la puerta del hotel, y en ella se encontraban con el príncipe que salía para el teatro, ocurriéndosele, entonces, a Celinda que sería mejor fuera él quien diera el aviso telefónico y, por si alguien viniere de allá, se quedara en el hotel para recibirlo y decir que era imposible ver a Miss Cork, por estar descansando. Gracias a un calmante que había sido preciso inyectarle, por estar retorciéndose con los dolores de un violentísimo cólico nefrítico.

El motorista recibió orden de ir a aguardar con el coche a la puerta trasera del hotel, por donde cinco minutos después salían ama y doncella, y subían al auto. Que un cuarto de horas después paraba delante de una casa de apariencia modesta, cuyas señas había dado Celinda al motorista, y situada en un barrio extremo de la población. Y saltando aquélla a tierra decía:

—Voy a enterarme de si sigue viviendo aquí esa mujer, o de sus nuevas señas, si es que se ha mudado. Aguárdeme la Señora, que en seguida bajo...

....

—No he tenido que subir; la portera me ha dicho que sigue viviendo aquí—dijo Celinda retornando antes de pasados dos minutos—Venga, venga la Señora... ¡Ah! Para que a la hora de pagar no le cargue la mano esta mujer, diré que la Señora es una compañera mía.

—Muy bien pensado...

—Además, que no hay para qué decir quién es la Señora.

—Esta chica es una alhaja—pensó Amabel—. No se le escapa nada.

* * *

Lo de menos para la escena a que vamos a asistir es su decoración, de antro de hechicería, con buhos, mochuelos, lagartos disecados, colgantes de techo y paredes; relojes de arena, redomas, alambiques, etc., etc.

Apenas entradas, las recién llegadas, dijo Celinda con sorpresa, a la mujer, joven, rubia y guapa, que las recibió:

—Pero usted no es Nemesia. Me había dicho la portera...

—Nemesia está enferma—contestó la otra no en iberés como Celinda había hablado sino en saxonés—. Pero yo, que poseo su espíritu, yo la sustituyo; y, como ella, leo en lo pasado, lo presente y lo futuro.

—Sin embargo, yo hubiese preferido a Nemesia, a quien conozco hace tiempo, aunque hace varios años que no nos vemos —replicó la doncella en el idioma empleado por la adivinadora—. Le traía esta compañera mía; y no sé si será lo mismo.

—Exactamente igual. Y para convencerte de ello y del poder de mi segunda vista te diré que es inútil pretendas engañarme. Porque la espiga no puede ocultarse entre matojos, y mi mirada ha visto ya que esta dama no es tu compañera; que el matojo eres tú y la espiga ella.

Ni Celinda ni Amabel contestaron palabra, pues el asombro les enmudecía; y mientras mutuamente se miraban asombradas de tan gran perspicacia, la pitonisa prosiguió:

—Una espiga no crecida en estas tierras sino en las que se habla la lengua que para que me entienda empleo.

—¿Es usted saxonesa?—preguntó la bailarina.

—Yo no tengo patria, en la Tierra soy de región más alta: la de los espíritus clarividentes. Y te hablo en saxonés—continuó, apeando el tratamiento a la señora, como antes se lo había apeado a la doncella—porque conozco todas, todas las lenguas. ¿Quieres que te hable en árabe, en caldeo, en hebreo, en chino?

—No, no: no los entiendo. En mi idioma es mejor.

—Pues bien, tú crees que esa mujer que buscaba a Nemesia es quien te trae aquí. ¿No es así?

—Claro.

—Pues te engañas. Te trae otra, que desde Britolia, me lo acaba de decir, sin palabras, mediante la etérea comunicación de nuestras almas: Te trae mi hermana Zoé.

—¡Zoé! La que yo allí...

Creo haber ya dicho que Zoé era la embaucadora hechicera a quien en su país iba Amabel a contarle sus cuitas, y a dejarle su dinero.

—Sí, Zoé, de cuyo amparo te has alejado imprudentemente, para venirte a un país en donde se marchitan las espigas del tuyo.

Donde los frágiles hilillos de oro que son aureola de la espiga están en riesgo de caer tronchados por los huracanes: huracanes de odio, envidias...

La pitonisa hizo una pausa, para que el transparente símil entre las aristas de la espiga y los cabellos de la bailarina, fuera entendido y produjera, cual produjo, fuerte impresión; pues Amabel exclamó muy conmovida:

—Eres sabia, eres sabia. Lo ves todo.

—Tú lo has dicho: todo. Porque tú crees venir en busca solamente de remedio a una amenaza del astuto y rastreante reptil que hace media hora...

—¿Pero también sabe usted eso?—exclamó Celinda asombradísima.

—La espiga, por estar más alta, alcanza a ver lo que no ve la yerba... Por eso tu compañera ha visto, antes que tú, que lo sé todo... Y tú, espiga del norte, óyeme:

Tu prudencia acaba de librarte de terrible catástrofe, que ha tiempo viene amenazándote. A haber seguido hoy por el camino que llevabas, habrías llorado al ver que ya no te librabas del peligro a que no ha muchos días escapaste; y que amenazándote desde lo alto, se abatió por milagro sobre otra cabeza.

—Los anzuelos, los anzuelos—pensó Amabel—¡Qué sabia es!... ¡Todo lo sabe!

—De haber llegado hoy adonde el peligro continúa acechándola la pobre espiga habría sido desmochada por el cierzo, que le habría arrebatado sus dorados pétalos... Me entendéis.

—Ni jota—contestó Celinda—Nemesia hablaba más claro que usted.

—Siga, siga—dijo Amabel, a quien lo de los pétalos de las espigas le había hecho grandísima impresión; y no estaba en estado de advertir que, a pesar de su omnisciencia, la adivinadora no estaba fuerte en botánicos saberes; pues las espigas nunca han tenido pétalos; ni aun más tranquila habría advertido el lapsus, por igual deficiencia de conocimiento.

—Las amenazas del momento han pasado. Por eso importa poco ya lo de hoy; y por eso no quiero perder tiempo en decirte cómo iban a herirte. Mañana, antes de mediodía, lo sabrás, por la persona de tu mayor confianza. Pero sobre tí penden otras amenazas. De ellas quiero hablarte. Pero a tí sola. Tú, salte ahí fuera; y cuidado con escuchar a la puerta. Sal.

—Ya salgo. Se figurará usted que soy una fisgona... ¡Escuchar yo a las puertas!

—Sal.

—Ya voy. Y para que vea usted lo que a mí se me da de lo que va a usted a decir, en lugar de aguardar en esa habitación de al lado, me bajo al automóvil. Allí la aguardo a usted Señora. Habráse visto tía esta.

XX

EL MAÑANA ARCANO

Deponiendo, un tanto, mas no todo, su sibilítico énfasis, dijo la embaucadora, al quedarse a solas con la bailarina:

—Conozco tus secretos.

—¡Mi secreto!

—No tu secreto, sino tus secretos. Pero del de tu corazón no he de decirte nada: sea el corazón tu guía.

El otro, el que desde tu enfermedad te tiene siempre jeringada no lo nombro, porque las paredes oyen, y más aún que ellas los espíritus enemigos que nos circundan, y ahora mismo nos están escuchando. Pero como tú me entiendes no necesito más para decirte que los genios superiores que por ti velan te dicen, con mi voz, que si te emperras en seguir en este país, al que viniste en mala hora, no quedará aquí un gato que no se entere del secreto. Que será pregonado, entre burlas, por escenarios, periódicos, plazas y calles.

—¡Qué horror! Mañana, mañana mismo me voy—Dijo la vanidad aterrada; mas en seguida agregó la avaricia—pero será mi ruina.

—No quieras engañarme. A mí no se me engaña. Tú no te arruinas por eso. Además, tus genios protectores, te darán, también, arreglo para que el irte no te salga tan caro como temes.

—Entonces, mañana, mañana.

—Eso no: la precipitación es mala consejera. Aguarda: yo ahora sólo veo, que acaso convenga demorarlo hasta que un disfraz conveniente... Aguarda a que los poderes sobrenaturales que te hablan por mi boca hallen ese medio y te digan cuál es.

—¡Ah! Me hablarán esos poderes.

—Los genios no hablan por sí, sino a las iluminadas como yo, pero harán que por ellos te hable otra criatura.

—¿Quién?

—Una de las personas que contigo han venido de Britolia. ¿Cuál? No lo sé; pero una de ellas. La que más te ama.

—¿Y qué he de hacer?

—Lo primero y *lo más mejor*, no hablar de esa fuga a nadie, sino al rendido amador que sabrá preparártela librándote de esa pérdida de dinero que te asusta.

Fíate de él en todo, menos en la elección del momento de *najarte*; porque no es a él a quien le está concedido el poder de elegirlo oportunamente. En eso tú y sólo tú debes mandar.

—¡Yo! Pero yo no sabré elegir esa oportunidad.

—Abigaíl te la revelará a su debido tiempo.

—¿Abigaíl?... No la conozco.

—Es quien te está hablando.

—Usted.

—Sí.

—¿Entonces tendré que volver aquí a consultarla a usted?

—No.

—¿Enviar a mi doncella?

—¡Ah! ¿Esa es doncella tuya?

—Sí. Yo creía que lo había usted adivinado.

—No me cuido de esas pequeñeces. Adiviné, pues eso me bastaba, y ya viste cuán pronto, que ella es barro y tú espuma. No; ni hace falta que volvamos a vernos, ni que venga esa. Tengo otro medio de comunicarme contigo.

—¿Cuál?

—Un hombre, pero no el de antes: el *único* a quien tú has confiado tu secreto.

—¿Sticky?

—No sé cómo se llama. Ni lo necesito. Sólo sé que lo conocen los genios que por ti velan, y que de él se valdrán para darte avisos y órdenes. ¡Desdichada de ti si los desoyes! Pero ni ese hombre me conoce, ni al hablarte sabrá que habla en mi nombre... No se lo digas tú; mas ten presente que sus palabras son avisos míos, y que por él sabrás el cuándo de tu marcha. Y en cuanto él te lo diga *ahueca* a la carrera. Pero con el más secretísimo secreto. Sin que hasta el momento de escaparte sepa nadie nada, sino el que te he dicho ha de preparártela.

—¿Sticky?

—No, torpe. Ese no es más que un ciego recadero, que no sabe de la misa media. El otro, el caballero ilustre *que más te ama*, será el que te dirá cuándo puedes enterar de todo a los otros que en tu fuga han de acompañarte.

—Ya.

—¡Ah! Escucha bien. Hija del Sol: guárdate bien de ir hacia el Sol, sino huyendo de él.

—No entiendo.

—Quiero decir que huyas hacia el occidente.

—El Occidente. Yo he oído hablar de eso, pero no sé dónde está.

—Al lado opuesto que el Oriente.

Amabel no quiso preguntar más. Para que no volvieran a llamarla torpe, y por suponer que el príncipe sabría, o tendría modo de averiguar dónde estaba el Oriente.

—Ya no me queda sino encargarte que no vuelvas a pisar el lugar a donde ibas cuando la bicha te detuvo.

—¿Al teatro?

—¿Era un teatro? No me importa; bástame estar viendo tu horóscopo para predecirte que si vuelves allí tu secreto será chacota de todo el mundo.

—No, no: no volveré.

—Entonces, si en todo sigues mis consejos, te salvarás por ahora. Y en el mañana *arcánico* solamente una vez volverás a correr igual peligro.

—¿Cuándo, cómo?

—Eso está turbio. Aguarda: Déjame, déjame escrutar lo futuro. ¡Concho, qué turbio! Déjame reconcentrarme en las potencias de mi sabiduría... Asistidme genios adivinatorios; dormid mis ojos e iluminadme por adentro con la luz del mañana... El mañana, el mañana... Quiero verlo.

Amabel temblaba de miedo, al ver a la adivinadora estremecerse debajo de un amplio manto negro que, para reconcentrarse en su sabiduría, se había echado sobre la cabeza. Pero el tal reconcentramiento había de ser cosa peliaguda y dolorosa; porque la pitonisa, sin cesar en sus ayes, parecía, más que asistida por benéficos genios zamarreada por todos los demonios. O tal vez por espíritus burlones; pues, entre gemido y gemido de la adivinadora oíanse reprimidas carcajadas. Para Amabel, histéricas, sin duda. Aun cuando yo la tengo de si las risas eran ciertas, y los sollozos simulados.

Pasó un rato y amainó el histerismo de la iluminada, que, sin sacar la cabeza de debajo del manto, comenzó a soltar vaticinios.

—Ya veo, ya veo; pero no distingo bien. Ya no es hoy, es mañana. Mañana otro hombre descubre tu secreto...

—¡Mañana! ¿Tan pronto?... Estoy perdida.

—No te asustes. Quiero decir en lo porvenir; pero el día es un misterio.

¡Ay, ay! Cómo padezco. Pero quiero ver más. Ese hombre grita a todo el mundo lo que tú callas a todos. ¿Es despecho, es desesperación, demencia? Demencia sí. El dolor lo enloquece, el dolor le hace vocear tu secreto.

—¡Qué horror, qué horror!

—Es un amante desdeñado.

—¿Desdeñado?

—Sí.

—¿Y no habrá medio de librarme de él, de hacerle que se calle?

—Uno solo.

—¿Cuál?

—Encadenarlo: no con efímeras cadenas, sino con inmarchitables guirnaldas que tejerá Himeneo... No desdeñar el verdadero amor; no dejar que tu vanidad mate tu amor. Porque si desprecias el amor los hados vengarán al amor, y vengando tu crimen de sumir a tu amador en la demencia castigarán tu vanidad con lo que más la espanta. ¡Ay, ay!

Al proferir aquellos ayes, se desplomaba la vidente de la silla al suelo, retorciéndose en aparatoso patatús. Parecido a las pataletas que en varias ocasiones hemos visto padecer a Celinda.

Atortolada, medrosa de acercarse a la poseída, abrió Amabel la puerta por donde había entrado, y llamó a gritos, por si en la casa hubiera quien pudiese asistir a la víctima de aquella dolorosa sabiduría; a la que tanto padecía para que la bailarina conservara incólume su reputación de rubia.

Nadie sino ellas dos debía de haber en la casa, pues, aun siendo recias las voces nadie acudió a ellas. Pero, por dicha, al oírlas, se le calmaron los espasmos a la adivinadora, que al despertar, no supo dar razón de nada de lo dicho a Amabel; pues pasados sus éxtasis olvidaba cuanto en ellos veía. Y así lo único recordado al verse en sus cabales fué que Amabel había de pagar las profecías.

Yo no sé en cuánto, pues no conté los soles—moneda de oro de diez pesos—que aun siendo bastantes más de los pagados, en Britolia, a Zoé, por servicios análogos, aun cuando menos dolorosos para la pitonisa, no le parecieron demasiados a la consultante. Pues sobre que la consultada no tenía porqué hacer, a quien no era su parroquiana asidua, las rebajas que Zoé, su habitual proveedora, al por mayor, de vaticinios, nunca la había, la última, sacado de un peligro tan grande como el presente; ni sabía la mitad que Abigaíl, que lo sabía todo. Además, siendo esta la primera bruja guapa que en su

vida había visto Amabel, no debía de ser bruja, sino maga o hechicera; y acreedora, por su mayor categoría, a remuneración más alta.

Sí, todo lo sabía: hasta su secreto, del que la de Britolia nunca dijo palabra, y que ella había temido soltara Abigaíl delante de Celinda.

Temor—ahora ya no transcribo los pensamientos de la bailarina, mientras el auto la llevaba al hotel, sino que hablo por mi cuenta—completamente infundado; pues era imposible descubriera la sibila cosa que ignoraba. Pues buen cuidado de callárselo tuvo Celinda, aquella tarde, cuando, mientras su ama paseaba por el campo con el príncipe, celebró, en aquel mismo santuario de la adivinación, la entrevista con la adivinadora, enseñándole a ésta cuanto a la noche había de recitar a la bailarina, de quien sólo necesitaba Abigaíl saber que tenía un secreto, pero no cuál fuese.

La tal tarde había sido atareadísima para la doncella, que, recién terminada su no breve lección a la supuesta vidente, salió de estampía para el teatro. Donde tenía que hacer unas cosillas urgentes en el almohadón destinado a que sobre él reclinara la rosa su cabeza.

Pero si ella sabía que la culebra no habría de dejar a la rosa que llegara a la peña ¿a qué cuidarse del almohadón?... Pronto lo veremos.

*

Cuando a la puerta de la casa de Abigaíl daba los resoplidos del arranque el automóvil que se llevaba a la bailarina y su doncella, fué levantado uno de los cortinones negros del consabido santuario, detrás del cual estaba *Míster Rascaly*, que saliendo dijo:

—De perlas, chiquita.

La chiquita era una saxonesa de largo tiempo residente en Novaria: una de esas desdichadas que hacen de su belleza granjería, y a quien Rascaly había ido a buscar a uno de los lupanares donde en las grandes urbes se amontonan femeniles basuras.

—Has estado hecha una maestra. Pero bien te lo ha pagado; pues con su fama de tacaña, no lo ha sido contigo.

—Ni eso es cuenta de usted, ni entra en nuestra cuenta.

—Conforme mujer: lo pactado es pactado. Eso es la propina. Toma lo prometido.

Pagó el tuno a la tuna el precio de la comedia recién representada, y cada uno se marchó por su lado.

Al comentar la tal comedia, poco después, en el hotel, decía Celinda a su ama:

—Es lástima que esté mala Nemesia. Esta no me gusta como ella...

—¿Porqué?

—Porque estoy segura que a la Señora también le habría gustado más la gitana.

—No lo creo... Para ésta no hay misterios en el *arcánico* mañana; y en su boca habla la sabiduría.

—Demasiado: habla de un modo que el demonio que la entienda. Si la Señora la ha entendido es porque tiene más talento; pues yo ni jota. Nemesia dice las cosas muchísimo más claras.

No contestó Amabel, poco locuaz aquella noche; pues muy meditabunda, para que no se la olvidaran los consejos recibidos, repasaba cuanto le había dicho la cómica que ella creía trágica. No contestó a Celinda; mas para sí pensó que lo que más le había agradado era que aquélla no hubiese entendido.

....
....

A la mañana siguiente, según la hermana de Zoé había profetizado, supo la *Flying Girl*, y lo supo por el mensajero que el vaticinio le había dicho se lo haría saber, cuál era el peligro anunciado por la bicha. Que en vez de traer males los evitó, impidiéndola ir al teatro. Prueba, según la charlatana le había hecho notar, del inmenso poder de ésta. Capaz de sacar bienes de la mala índole del rastrero repugnante animal que siempre trae consigo la desgracia.

Y esta prueba, relativa a lo pasado, se reforzaba con otra referente a lo porvenir. Pues la presciencia de la adivinadora quedó patente, para Amabel, al ver que Sticky era, cual aquélla había predicho, quien le traía noticia del peligro conjurado.

Conciencia obliga, al llegar a este punto, a salir al encuentro de juicio temerario, de quien atando el cabo viejo del enamoramiento de Celinda, en que vivía cautivo el peluquero, con este cabo nuevo, que, ahora, al verlo hecho correvedile de la adivinadora, se nos viene a la mano, pueda pensar, que Sticky era uno de tantos de la cuadrilla Celinda, Paco, Rascaly. Porque imparcialidad y justicia exigen imperativamente se haga constar que el pobre hombre era mandadero inconsciente: haciendo cuanto hacía y decía de inquietudes de buena fe sentidas, y de

las mismas causas que sobresaltaban a su ama. Siendo por tanto Sticky, como cuantos, cual víctimas o autores, habían de intervenir en el premeditadísimo crimen del rápido, maniquí de la architaimada Celinda. Pero no como Rascaly y Paco voluntario maniquí, sino tan ignorante y cándido como la Flying Girl.

Cerrado este paréntesis, ya se puede decir que la catástrofe a que la danzarina había escapado era que, de haberse dormido la rosa sobre la peña, al despertarse y levantarse habría desamorado al cardo, mostrándose a él despojada de sus hojas que habría dejado prendidas en la roca.

Porque al saber Sticky, estando ya en el teatro, la pasada noche, que la Señora no bailaba por estar enferma, había bajado a recoger el almohadón que por la tarde colocó sobre el peñasco; y al echar mano a él lo halló tan fuertemente sujeto, que al intentar desprenderlo se le quedaban pegadas las manos al cojín, todo él embadurnado con una sustancia pegajosísima, como si fuera pez. Y porque de haber allí descansado la Señora la cabeza habría ocurrido que al dar el impetuoso salto con que, al sentir el pinchazo de una espina del cardo, se ponía en pie y comenzaba su papel, se habría dejado la peluca agarrada al almohadón.

Sin que sea necesario ponderarlo puede juzgarse del terror de Amabel, y también suponerse cuán firmemente se propuso seguir, en todo, los consejos de su salvadora de la pasada noche, que de tal modo manifestaba su poder y su benevolencia.

Justificada parecía aquella fe de la bailarina en su nueva pitonisa. Pero hay un punto oscuro en el fondo de este acierto de la adivinadora, y de la confianza de Amabel, y es la contestación a esta pregunta:

¿Habría sido Celinda quien preparara dicho acierto, cuando a su salida de la conferencia con Rascaly y la maga se fué al teatro a arreglar el almohadón?

XXI

EPAMINONDAS HALLA UNA ANFIBOLOGÍA SALVADORA

Apenas se fué Sticky llamó Amabel al príncipe. Pues habiendo profetizado el oráculo, en quien creía ella, cual no creía en cosas muchísimo más dignas de ser creídas,

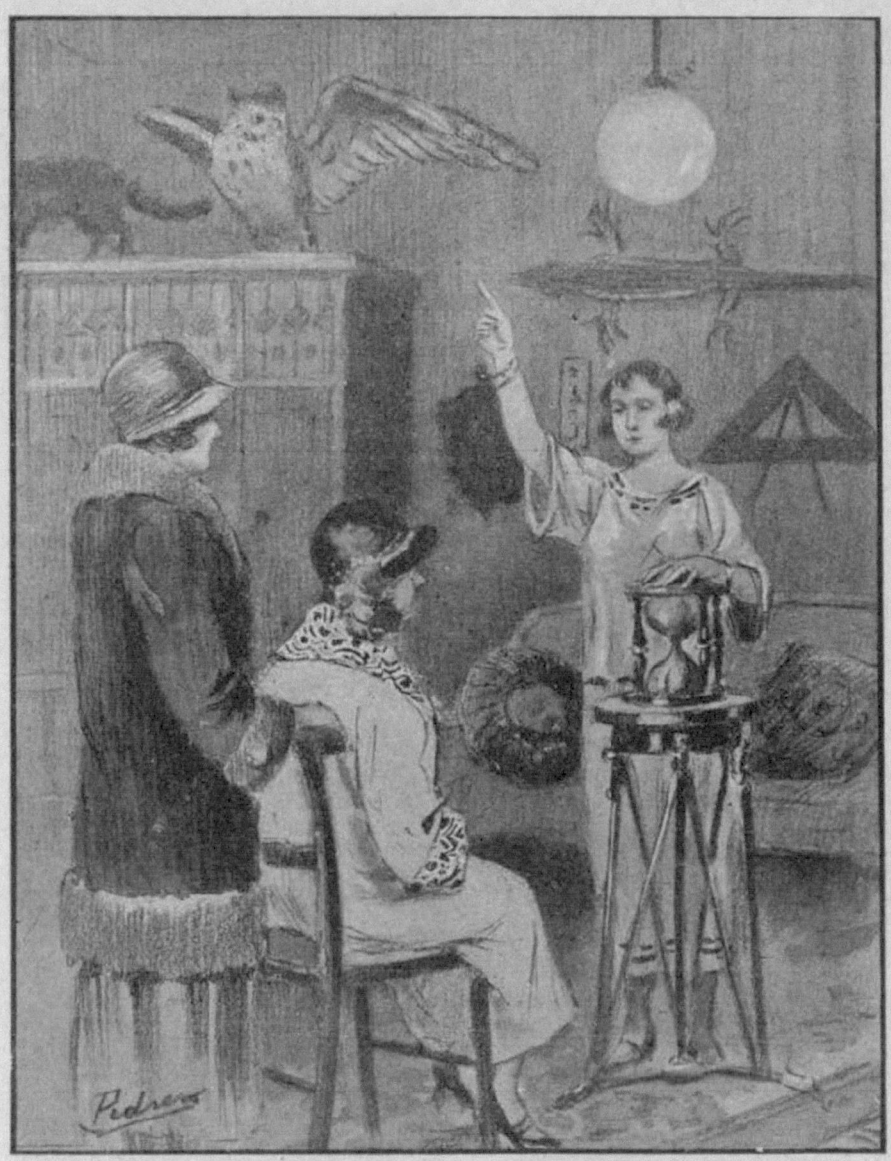

—Mi patria es la de los espíritus clarividentes.

que quien más la amaba sabría sacarla de Ibermania, sin soltar la "burbaridad" de pesos, que ella no se avenía a aflojar, tal salvador no podía ser sino Epaminondas. Y en cuanto éste llegó le preguntó si no habría un modo baratito de rescindir el contrato.

Sin duda no había sido Pami todavía iluminado por los genios; pues no dió, de momento, satisfactoria contestación a la pregunta. Mas dijo que, antes de haberle sido hecha, ya andaba él buscando la respuesta; y que para aquella misma tarde tenía una cita con un abogado, a quien iba a someter ciertas ideas fresquitas que se le habían ocurrido sobre posibles medios de eludir el pago de aquella latrocínica indemnización. Consulta en que Amabel fundó muy buenas esperanzas; pues es sabido que los abogados tienen la habilidad, para eso estudian leyes, de hacer a las leyes decir cuanto conviene a sus clientes.

No le salió fallido el presentimiento, pues a la noche la informaba su amigo de haberle dicho el jurisperito que no solamente había visto claro en el contrato la callejuela utilizable para burlarlo, sino que el caso era sencillísimo. Pues no fijando aquél la cuantía de la indemnización sino para el caso de rescisión, no habría lugar a indemnizar si la bailarina se escapara sin rescindirlo. Claro es que la demandarían por infracción; pero ella podría replicar que la infracción primera era de ellos, por no haberle pagado el cincuenta por ciento, no anticipado, de las dos funciones bailadas. Sin duda por creer los del teatro no tener obligación de hacerlo hasta que, bailadas las cuatro primeras, los honorarios de ellas cubrieran el total de lo adelantado.

—Así lo entiendo yo también—dijo Amabel.

—Y yo hasta ahora. Pero ¿lo hemos dicho acaso por escrito?

—No.

—Pues entonces no hay inconveniente en, que, si le conviene, piense usted y diga lo contrario.

—Es verdad, es verdad... Está muy bien pensado... ¿Y fué usted a quien se le ocurrió eso?

—Sí. Pero hasta hablar al abogado no quise dar a usted esperanzas.

En lugar de una demanda ejecutiva, tendrán, los del Glorious, que entablar un pleito largo y caro, en que los tribunales habrán de comenzar por definir quién fué el infractor primero, y fijar luego la cuantía de perjuicios. Cosas largas y oscuras, teniendo usted un buen abogado. Quiero decir un abogado de influencia.

—Lo malo es que los tribunales serían los de aquí.

—No amiga mía. Felizmente al decir el contrato "lugar de su residencia", con intento, de parte de los otros, de referirse a la común residencia de usted y de ellos durante el tiempo que usted esté aquí, lo expresa en forma que el su resulta anfibológico: pudiendo ser su de ellos, o su de usted: es decir, Ibermania si el infractor es ibermano, y Saxonia si saxonés. Esta es la suerte de haberme yo avenido a que no se hiciera un contrato bilingüe; porque de haberlo escrito en saxonés no cabría tal confusión. Frecuente en los sus iberses, si no se anda con ojo al emplearlos. Y como ya usted ha visto que no va a ser posible decir, en el primer momento, quién es el infractor, y como la Embajada se pondrá de parte de usted, dando al pleito carácter internacional, esto hace pensar al abogado que los del Glorious se tentarán la ropa antes de meterse en tal avispero.

—Amigo mío, no esperaba yo menos de usted. ¿De modo que con sólo devolverles su anticipo puedo irme?

—¡Qué disparate!

—Pues no dice usted...

—Digo que eso se devolverá andando el tiempo, si resultare justo. Y tal vez piensen ellos que para no perderlo les trae más cuenta transigir el pleito, o no meterse en él.

—¿Pero cómo? ¿Es que puedo, digo, es que podemos, irnos así? ¿Que no tengo que darles nada?

—Ni un centavo.

—Querido Pami, yo ya sabía que tiene usted mucho talento pero...

—No, Amabel, no: lo que tengo es un hondísimo, un ferviente, un... No una férvida amistad a usted.

—Pues, entonces, si usted quisiera ir preparándome la marcha...

—Con muchísimo gusto. Yo creo que el sábado.

—No, no se cuide de eso—dijo Amabel acordándose de pronto de que Abigaíl había de avisarle a ella la fecha. El cuándo ya lo diré yo.

—Es que no conviene perder tiempo. Pues aunque usted puede seguir fingiéndose enferma, y aun bailar otra noche si preciso fuere...

—No, no: bailar, no: de ningún modo.

—Pues entonces mayor razón para no perder días.

—No los perderemos, si usted me hace el nuevo favor de preparar las cosas para que cuando llegue el momento crítico, que yo conoceré, podamos salir a! día siguiente...

—Volveremos a Saxonia.

—No, a Saxonia no: a Occidente.

—¡A occidente! ¿Y porqué?—preguntó el apoderado escondiendo tras apariencias de sorpresa los esfuerzos que hacía, sorbiéndose los labios, para atajar su risa.

—Es un capricho.

—Basta: Para mí es ley. Iremos a Australia.

—¿Está usted bien seguro de que Occidente está en Australia?

—Segurísimo—replicó Pami, sin poder continuar por impedírselo la carcajada que ya no pudo contener y explicó diciendo:

—¡Ja, ja, ja! Me río... ¡Ja, ja, ja!... Me río pensando en la cara que pondrán los del Glorious, cuando vean... ¡Ja, ja, ja! que La Voladora, ha volado.

La ingeniosa agudeza de esta frase—recordamos a quien lo haya olvidado que Flying Girl significa muchacha voladora—cayó tan en gracia a la aludida que sus carcajadas hicieron dúo a las del príncipe.

Encargándose mútuamente la mayor reserva, incluso con el peluquero y la doncella, que no debían saber nada hasta estar todo listo para la fuga, separáronse las dos víctimas de un imposible amor. Ella se quedaba llorando, porque el cruel *víctimo* había dicho que en cuanto cumpliera los deberes de su *amistad* con ella, dejándola en Occidente, levantaría el vuelo al Oriente—a la Legión de Oriente—. Un vuelo solitario y *sin retorno*, en busca del olvido.

Y sobre acongojada quedaba cavilosa. Por haberle llamado la atención lo violento e incoherente de las frases con que él hablaba de la definitiva separación; y puéstola en cuidado el extravío de su mirada: tan pronto llameante con pasión al contemplarla, como vaga y perdida, cual turbada por desvaríos de una mente flaqueante.

—¿Será él—decían aquellas cavilaciones—el amador por mi desdén enloquecido de que anoche hablaba la hechicera?... No; porque no habiéndose declarado yo no lo he desdeñado, y mi trato con él es muy afectuoso... No ha hablado, no; pero hace un instante temí que hablara; y entonces, y aunque me doliera, habría tenido que desdeñarlo.

¡Temí! ¡Que tenga yo que temer a quien adoro!... ¡Amada de Pami, y encima, ¡qué hermosísimo sueño! Princesa de Amíloquia!... ¡Su Alteza la Flying Girl!... Pero entonces, sin remedio tendría él que saber... No, no, antes perderlo, antes su muerte que dejar que me vea la cabeza...

¡Calla! Tampoco por esto otro puede ser éste el que decía Abigaíl; porque aquél ha de ser uno que conozca mi secreto, y éste no sabe nada... ¿Será que vaya Sticky a prenderme?... ¡Qué desatino!... Además,

ella dijo que será un hombre a quien yo ame y sacrifique a mi vanidad, y a Sticky no he de amarlo nunca...

¡Qué lío tengo en la cabeza!

Pero, después de todo, en medio de mi pena de perder al príncipe, en cuanto lleguemos a Occidente, siempre es un alivio saber que de ello he de consolarme. Pues los *vaticinios* de Abigaíl dicen claro que de alguien voy a enamorarme cuando se marche el pobre Pami.

....

....

Al día siguiente, de mañana, salió de Novaria Epaminondas; dos después regresó por la noche, habiendo ya encontrado lo que fué a buscar: un apeadero bien situado para servir de etapa en el desarrollo de los planes trazados para la fuga de la bailarina, y propio para complicar la pista de ésta con la de Miss Alice Brand, a cuyo nombre quedaba ya alquilada Villa Gaya.

Claro es que Pami se guardó muy mucho, de decir a Amabel, que tales planes no los había ideado él sino Celinda.

Todo estaba preparado para huir, quedando solamente por fijar el día, que Pami instaba fuera el siguiente sábado por la noche. Pues así podría aprovechar un barco que de Puertofoz saldría el domingo para las islas Gilbert. En donde fácilmente hallarían otro que los llevara a Australia.

Reconocía el príncipe, en tal plan, el inconveniente de que siendo el sábado día en que debía Amabel bailar, sería su falta advertida más pronto que en otro cualquiera; pero ni los vapores traspacíficos salían diariamente, ni él veía peligro en su propuesta. Pues encubriendo bien la dirección de la fuga, o simulando una falsa, con un telegrama puesto en cualquier pueblecillo, en el cual se dijera que allí había asaltado a la bailarina una repentina indisposición, y que allí se quedaba en una fonda, ya estaría ella navegando cuando pudieran los del Glorious darse cuenta de la verdad.

Pero Amabel, perfectamente cierta de que alguien, que sabía más que Pami, había de avisarla *el cuando*, no se dejó convencer; y cortó la discusión diciendo:

—Querido amigo estoy agradecidísima a su interés y acierto. Todo se hará como usted propone; pero el cuando ya le he dicho que debo fijarlo yo.

No insistió el príncipe, y hasta se sometió como cualquier modesto apoderado, exagerando su actitud respetuosa ante resolución tan categóricamente manifestada.

Cuando salió quedó ella melancólica, por haber advertido su resentimiento del cual se condolía. Y más pensando que al acabarse el viaje llegaría la separación. Pero en la fuga no podía ella guiarse sino por su sabia protectora; y en cuanto a lo otro, aun cuando la afligía, al punto de rezumársele a la pobre algunas lagrimillas, ya no eran tan desconsoladas como cuando todavía ignoraba que después de ido el de Amfiloquia llegaría otro galán capaz de hacer latir su corazón y llenar su vida.

Idea que abriendo ante ella nuevos horizontes, y revelándola que su amatividad podría admitir nuevos huéspedes la hizo murmurar para sí:

—Qué verdad es que el corazón no muere nunca; que el mío no puede estar nunca vacío de amor... ¿Quién y cómo será ese desconocido?

Lo cual equivalía a preguntarse cuál sería el clavo que sacara el que tenía en el corazón hincado. Mas ya no tan adentro como antes.

El sábado seguía Amabel enferma, claro es que de mentirijillas, y no bailó. El domingo llegó el esperado aviso, traído por Sticky, y, antes, recibido por él en una carta, que resultó contener otra cerrada, con sobre, "Para Miss Amabel Cork", y en la cual leyó ésta:

"El jueves, Puertofoz, vapor Melbourne, Mensajerías Pacífico. No olvides *nada* de cuanto te dijo la que por ti vela".

El martes, según sabemos por las averiguaciones policíacas reseñadas en la primera parte de esta historia, salieron de Novaria Amabel, Celinda y Epaminondas.

A Sticky habría de volver a recogerlo el último para llevarlo junto a su ama. Es decir, esto era lo que al salir Pami de Villa Gaya, a las seis de la tarde, en el auto que allá llevó a la bailarina, pensaba ésta que aquél iba a hacer en Novaria.

Pero antes de seguir a todos a Abanal, y enterarnos de importantes sucesos ocurridos durante la noche del crimen, en la casa de campo, y todavía ignorados por la policía, preciso es dar noticia de la conversación en que los dos socios de la casi liquidada sociedad Rodríguez-Pérez, consumaron definitivamente dicha liquidación, quedando libres de bandeárselas cada uno por su lado.

XXII

CÓMO DETRÁS DEL PRÍNCIPE SIGUE CELINDA VIENDO A PACO

Estamos en la noche del sábado, víspera del aviso de la protectora de Amabel, en un gabinetucho reservado de un *colmado* de mala muerte, y en el momento en que Epaminondas, que allí aguarda a Celinda, abre la puerta del cuchitril al oír los golpes en ella dados por la recién llegada. Demasiado precavida para arriesgarse a conferenciar con Su Alteza, ni en el cuarto de éste ni en el de ella en el Hotel Sublime. Y que apreciando la imprudencia de conversar en la lengua del país en la habitación del fonducho, cuyas paredes eran de madera, contestó en saxonés al saludo de su amigo. Encargándole no volviera a emplear otro idioma. Y una vez dicho esto entró en materia diciendo:

—Ha llegado la hora de que lo sepas todo. Porque ya te supongo bien aficionado a la vida que, gracias a mí, te estás mamando hace tres meses, y me figuro no querrás perderla.

—Qué he de querer...

—Pero sí mejorarla.

—Claro: voy viendo que los quinientos pesos mensuales de Rascaly dan para menos de lo que yo creía.

—¿Cuándo te has visto en otra? ¿Cuándo habrías podido esperar?...

—Es que al gastarme los quinientos me he enterado de mis aptitudes para comerme muchos más.

—Lo comprendo. Por eso te supongo deseo de mejorar y, sobre todo, de consolidar tu posición.

—Ya: se trata de la consabida boda...

—Sí. Tengo que decirte cosas que necesitas saber, para trabajar solito. Pues ya, desde ahora, no podré yo llevarte, como hasta ahora, de la mano.

—Si me hubieses dejado ya estaría hecho el bodorrio. Porque esa está perdida por mis pedazos. No lo dudes ni hagas gestos. Loca, loquita rematada.

—Ya lo sé.

—Y si me hubieses dejado apretar y hablar claro...

—Ya empiezas a desbarrar.

—No desbarro... Se me hubiera derretido de amor; y se le habría hecho agua la boca con mi linaje mitológico y con mi principado.

—Más que agua: almíbar, arrope, todo lo más meloso que tú quieras.

—Pues entonces...

—Que no sabes lo que te pescas, Paco; que pirrada por el bello Epaminondas, y dislocada por tu principado y tus abuelos, a tí, y a tus abuelos, y al principado os había enviado al cuerno en cuanto te hubieses escurrido.

Por eso, por estar convencida de que todo ibas a estropearlo te he tirado de la cuerda.

—Permíteme que lo dude. La cosa es muy inverosímil.

—Sabes que tengo razón siempre. Y mal te ha ido cuando lo has olvidado.

—Eso es verdad.

—Y más que nunca ahora. Oyeme y te convencerás de que si te hubieses escurrido ya me habrías estropeado el guiso.

Seguidamente enteró Celinda a Paco del misterio del pelo, atribuyendo a él la inusitada buena conducta de la bailarina, y recalcando el terror de ésta a que nadie pudiera descubrirle el secreto. Y puso fin al tema aquél diciendo:

—¿No comprendes ahora porqué, aun sintiéndolo mucho, te habría puesto en medio del arroyo, en cuanto, en vez de suspirar discretamente, hubieses hablado claro?

—¡Caracoles!

—Si no fuera por eso, bien sé yo que no habría tenido paciencia para aguantarte tantos suspiros; y que de no hablar tú hubiese hablado ella.

—Celinda eres muy lista.

—Noticia fresca. ¿Lo ves ahora?...

—Claro que no... Pero lo que veo y no entiendo es para qué me has hecho hacer tantas pamemas. Porque si para casarme aguardas a que a una negra le salga pelo rubio para largo va la boda. Mientras que, conociéndole el secreto a una mujer tan presumida como ella, podríamos sacarle cuanto necesitáramos para darnos una vida de príncipe: no de Amfiloquia sino de verdad.

—Tú dices que soy lista; pero en nada tanto como en no haberte dicho ni palabra de esto; pues, a saberlo, ya habrías matado la gallina de los huevos de oro.

Estás diciendo tantas tonterías que voy a tener que gastar mucho tiempo para hacer que veas claro. En primer lugar, lo de *darnos* vida de príncipes no va conmigo. Esa la dejo para tí. Pero advirtiéndote que, si la buscas por los caminos de que hablabas, pronto te quedas otra vez en Paco Pérez.

Y habrás de campaneártelas solito; pues ya te dije, cuando titulaste, que íbamos a tirar cada uno por su lado. Y ahora te participo que mi lado es casarme.

—Pero a tí te ha dado porque se case todo el mundo. ¡Casarte!

—Sí, con Sticky.

—¡Zambomba!... ¿Con el peluquero bizco y sus sesenta años?

—Si a tí no te asusta el pelo de negra, no sé porque he de hacerle yo asco al...

—Es que yo no le quitaré nunca la peluca dorada a mi opulenta cónyuge, ni miraré sino al oro de sus peluconas, de mejor ley que el de su pelo.

—Y yo no miraré a Sticky por el lado bizco. Y aunque no es millonario tampoco está en la calle, como otros a quienes antes he mirado.

—¿Pero es posible que de veras quieras que nos separemos?

—Ya te lo dije: todo lo más posible. La juventud ha pasado.

Pero estamos perdiendo el tiempo en tonterías y todavía me quedan cosas interesantísimas que decirte. La primera hacerte reparar que estás en el instante crítico de tu vida: o la opulencia o la farandulera vida de antes. No, algo peor; porque sin mí acabarías muy mal. La segunda recordarte que en cuanto esa y tú salgáis de aquí, se te acaban los quinientos pesos de Rascaly.

—¿Pero y el tanto alzado?...

—Ya te previne que es para mí sola. Y no puedo mermarlo; pues ya le he dicho a Sticky a lo que ascienden mis ahorros.

—Es inícuo, e infame, abandonarme, sin una mala perra, en este aprieto.

—No digas tonterías. No te abandona quien te pone en situación de hacerte rico, con solo que tú des el último empujoncito, que nadie puede dar por tí.

—No lo veo. Acabas de decirme que esa maldita negra no querrá de ningún modo...

—No he dicho "no querrá", sino "no quiere"... Pero me alegro que no sepas ver la diferencia, y conozcas en cambio que si te cierras el camino que yo te abro será tu situación desesperada. Así obedecerás a quien sabe más que tú.

—Pero de veras. ¿No es que me das esquinazo con el maldito viejo, dejándome en las astas del toro?... Porque si para nada sirve que la otra esté pirrada por mí, no sé...

—¿Pero te has figurado que iba yo a cimentar tu porvenir en el corazón de quien lo tiene tan falso como el pelo y tan bailarín como las piernas?... No: yo cazo más largo; y edifico sobre la firme roca de la endiosada vanidad de tu futura.

—¿La vanidad?...

—¿No lo ves todavía?

—¡Ah!... ¡Ni al diablo se le ocurre lo que a tí!... Ya, ya lo veo; en cuanto yo le espete que sé *eso* se avendrá a cuanto a mí me dé la gana: hasta a casarse con un príncipe buen mozo. Lo cual no es ningún gran sacrificio.

—Ese es el nudo del problema. Pero descabellado el modo que para desatarlo se te ocurre. Porque entonces vería la trampa en que la hemos cogido, y a tí como eres. Lo cual no es necesario, ni creo te agrade. Porque aunque se casara, se casaría aborreciéndote... Y yo quiero asentar tu hogar sobre el amor, la confianza, y el agradecimiento.

—Mira, Celinda, los genios, los Maquiavelos, como tú, tienen que descender desde la altura para que los mortales entendamos sus concepciones sutilísimas. No me deslumbres desde lo alto; baja y háblame claro.

—Pues, muy sencillo: necesitamos preparar un accidente, que Amabel crea debido a la fatalidad y te la ponga cara a cara con su pelo de negra, sin que ella te crea indiscreto ni culpable. Más todavía, necesitamos te quede agradecida, y que ella sea quien quiera encadenarte con el matrimonio, que además de tu amor la asegure tu silencio. Para decirte cómo has de conseguirlo te he citado hoy.

—Celinda, me tienes asombrado, estupefacto, boquiabierto; te admiro; eres un monstruo de talento; eres... eres mi madre.

—Mil gracias, hijo mío, por todos tus piropos.

—¿Y cómo, cómo se consigue todo eso? Me consumo de impaciencia.

—Aguántatela un poco, pues antes necesito leerte la cartilla. Porque a raíz de la conmovedora escena, que con la bailarina has de representar en cuanto yo diga "ahora", vas a sentir tremenda tentación de hacer una charranada, o algo peor; y necesito convencerte de que si caes en ella todo lo perderás. No me interrumpas. Mañana te dirá ella que el jueves quiere embarcar en Puertofoz.

—¡Ah! ¡Me lo calla a mí y te lo ha dicho a tí!

—Ni me ha dicho palabra, ni todavía lo sabe ella. Lo sabrá mañana cuando reciba un aviso que la llevará Sticky.

—¡Anda! Has metido también a tu novio en estos líos. Eres terrible.

—Mi novio está, y es, tan inocente como un recién nacido.

—¿Entonces?...

—Dejemos a mi novio; no me pidas explicaciones sino de lo que te concierne, y vamos a lo que ahora interesa. Mañana o pasado iréis ella y tú (pues por mucho que te ame, y por grande que sea su estimación al Príncipe de Amfiloquia, no creo te deje ir solo) a sacar de la caja del banco el collar. Que claro está no ha de dejarse aquí.

—¡El collar de la millonada!

—Ya pareció la tentación. Bien lo sabía yo: te echan lumbre los ojos... Te tengo miedo, Paco.

—¡Qué tontería! De que menos te piensas que voy a acogotarla en el auto o en el hotel.

—No, no es ahí, no es en Novaria donde te temo; sino cuando de Abanal salgáis los dos, de noche y solos, llevando tú en el bolsillo tu pasaje para un vapor que sale tres horas después.

—No he asesinado a nadie todavía—contestó Paco lívido y temblándole la voz.

—Ya lo sé; mas también sé que tampoco tuviste nunca ocasión tan tentadora como la que...

—¡Por Dios Celinda! Una cosa es que yo haya hecho algunas picardías menudas, que no te dan derecho...

—No hombre, no—replicó ella que no dejaba de mirar fijamente a su compinche con expresión de desconfianza—Cuando te hablo de eso, y te pongo en la tentación, es por creerte capaz de vencerla; y sobre todo con inteligencia para comprender que si te dejas arrastrar por ella todo lo pierdes y te pierdes. Pues aunque no te cogieran en seguida, no te quepa duda de que te cogerían—al decir esto habíase tornado amenazadora, la jovial y burlona expresión habitual en el semblante de Celinda, y su voz suavísima sonaba dura y agria—. Pues de que te cogieran nos encargaríamos Rascal y yo, no dispuestos a cargar con culpas tuyas.

—No, no, Celinda, no... Te juro...

—Eso tiene para mí poca fuerza. Me interesa más verte persuadido de que por dar un golpe que seguramente te llevaría a presidio, cuando no a la horca, perderías la soberbia y regalona vida que tienes en la mano.

—Completamente convencido.

—Me alegro... Pero hace falta que ese convencimiento dure en la ocasión en que más has de necesitarlo.

—Me durará.

—Además, es preciso que, desde hoy, no

vuelvas a ver a cierta buena moza morena con quien andas con frecuencia.

—¡Ah!

—Sí, hijo, sí: lo sé... Como todo lo que me interesa.

—Te doy mi palabra...

—No supondrás que a mí me dé esa prójima frío ni calor; mas te prevengo que yo sabré si me obedeces. Y si otra vez la ves, o *se le ocurre a ella ir a Puertofoz*, puedes estar seguro de que se te vuelve agua de cerrajas lo de la bailarina; que no te ayudo en nada de lo que ahora voy a decirte; que Amabel sabrá que el príncipe no es sino Paco Pérez, y quién es Paco Pérez; que ni te casas con ella ni te embarcas...

No pongas esa cara hombre. Era preciso que te hablara de esto. Y como me parece haberte convencido, voy a enterarte de mi plan y de tu papel en él.

Seguidamente explicó Celinda el programa de cuanto ya sabemos sucedió en Villa Gaya, y de otras varias cosas, acaecidas allí y fuera de allí durante la noche del crimen del rápido. Unas sucedidas cual suponían los perquiridores, y otras que aun no conocen ellos, ni yo podré saber hasta verlas realizadas. Para lo cual falta muy poco.

XXIII

LOS CAZADORES DE CABELLERAS

Al proyectar la fuga y ultimar sus detalles, pensó el príncipe que sería difícil no repararan los porteros de Villa Gaya en el ojo bizco, la canija facha de encogido galgo calambroso, y el acento del peluquero. Señas tan típicas, que era de temer descubrieran el paso por allí de la bailarina, invalidando la precaución de haber alquilado la casa a nombre de Miss Brand.

Para evitar tal riesgo propuso el príncipe que Sticky fuera al salir de Novaria no a Abanal sino directamente a Puertofoz y al buque. Cosa a que no se avino Amabel; porque en los últimos momentos de su estancia en Villa Gaya, necesitaba imprescindiblemente los servicios del peluquero.

La explicación de esta necesidad era que, prevista posibilidad de que "los dorados cabellos y la extraordinaria belleza de Miss Alice"—són palabras textuales de Pami—descubrieran su identidad con Miss Cork, debía procurarse que, a lo menos, no fuera reconocible como una ni otra al embarcar en El Melbourne. Para lograrlo habría de resignarse ella a ocultar durante el viaje su incomparable cabellera bajo una peluca negra: por ejemplo la de las danzas indias.

No acababa Amabel de ver la precisión de ello; pero sobre no ser cosa inacostumbrada que su corto meollo no entendiera otras mucho más claras, y convencida de la inutilidad de esforzarse en comprender, se dejó llevar por "el que más la amaba". Pues tal era el consejo de Abigaíl, que también dijo algo de disfraz.

De tal plan, que exigía un cambio de pelucas, al salir de Villa Gaya para Puertofoz, dimanaba la necesidad de que allá fuera Sticky. Compaginada con la de no lucirlo en Abanal, mediante la combinación de que Epaminondas volviera a Novaria a recogerlo, en cuanto allá dijera a los porteros que Amabel era Miss Alice, y dejara a ésta instalada en la casa.

He aquí el porqué de la salida en el auto, a las seis de la tarde, que dió lugar a la discusión de los husos horarios entre Retuerto y Rojas, acerca del tal viaje, en el que no se cuidó el príncipe de volver a Novaria, sino de soltar en Uriz al motorista narcotizado e irse a hacer en Rozán, Valdemimbres, etc., cosas más urgentes que recoger a Sticky.

E hizo bien; pues constándole que desde muchas horas antes dormía el peluquero en su fonda, lo mismo y por lo mismo que iban a dormir el motorista y los porteros, era imposible llevárselo a Amabel.

También esto requiere explicación que a la par diga porqué no yendo, como al cabo no fué, a Villa Gaya, Sticky, fué sin embargo allá la cabellera negra, en la cerrada caja, por él usada cotidianamente para traer y llevar las pelucas de recambio que ponía y quitaba a su señora. Pues al ordenarle, la víspera de la partida, tuviera dispuesta la de las danzas indias, para llevarla en dicha caja cuando, al día siguiente, lo recogiera el príncipe en su fonda, no le dijo Amabel nada que él no supiera; porque su novia le había ya enterado de que aquélla iba a embarcar de pelo negro. Encargándole, por supuesto, se hiciese de nuevas al recibir la orden; pues de faltar esta reserva comprendería la bailarina que la doncella escuchaba tras la puerta sus conversaciones con el príncipe.

En la ocasión anunciada aparentó Sticky recibir la primera noticia del proyectado cambio de cabellos; y manifestando su cuidado de siempre en no omitir precaución para evitar se trasluciera el secreto de su ama, hizo presente a ésta que el aspecto de aquella robusta caja de caoba, con cerraduras de seguridad, muy diferente de las de cartón corrientemente usadas para guardar las pelucas de teatro, podría hacer pensar en lo excesivo de tan grandes cuidados, para cosa tan sencilla, en apariencia, como el uso a que se destinaba; y parecer extraña a Su Alteza.

De ser, pues, la Señora, del mismo parecer, tal vez fuere mejor que ella misma se la llevara, a la mano, en el automóvil. En donde, no sabiéndose lo que la caja contenía, no llamaría la atención de nadie. Y pareciéndole a Amabel la precaución oportunísima, ella se la llevó, como uno de tantos bultos, en el automóvil; y la llave de ella en el bolsillo.

Ha de advertirse que esta idea no se había cocido en el meollo de Sticky, sino en el de Celinda. Quien sin haber intentado nunca sonsacarle el secreto de la bailarina, ni menos dejarle ver lo que sabía, ya tiempo le había dado a entender hallarse al cabo de la calle de que él tenía la clave del misterio, y de ser éste *cosa de pelo*. Lo cual ya era suficiente base para que ella pudiera sugerirle, en interés de la Señora, la precaución que a uno primero y a la otra después les pareció atinada.

Pero ¿porqué no fué Sticky a Abanal? Porque la mañana del miércoles, señalado para la partida del Sublime y de Novaria, cuando el mismo diablo con faldas, que movía cual muñecos a Amabel, Rascaly, Paco, Sticky, vió salir al último, de peinar a la primera, le dijo que bien podía acompañarla a la casa consignataria del Melbourne, a donde la diabla iba a llevar los equipajes que de allí habían de enviar a Puertofoz; y convidarla luego a almorzar, con él, en su fonda. Pues queriendo la Señora salir del hotel en cuanto se levantara de la mesa, y no sirviendo allí almuerzos a los criados hasta después de servidos los de los señores, tendría, la doncella, que irse sin almorzar, o hacerlo, malamente, en pie y con dos bocados.

La proposición no podía ser más del agrado del enamorado peluquero, que al cuarto de hora de la facturación de equipaje almorzaba con la buena moza. No en el comedor, sino en su habitación del hotel, donde podían hablar a sus anchas del próximo recatado viaje. Pues el camarero que los servía no hablaba sino iberés, mientras en el comedor podían tener la mala suerte

de que cerca de ellos hubiese alguien que hablara saxonés.

Sticky era aficionado al trinquis; Celinda lo sabía. Además estaba orondísimo el viejo con la boda concertada ya; y uniéndose este regocijo a la afición aquélla animábalo a beber copiosamente. Ella le llenaba la copa tan pronto él la vaciaba; proponía, uno en pos de otros, diversos brindis, con variados vinos: "A tu salud", "A la mía", "A nuestra boda", "A nuestra dicha". Y así, hasta que, ya encandiladísimo, y no necesitando lo empujaran, levantó él su copa, diciendo: "A nuestro primogénito"; y siendo causa de que Celinda se ruborizara.

"Que eso son tonterías, y no brindo". "Que sí". "Que no". Broma, porfía, rubores, melindres, carcajadas; y entre todo esto una distracción de él, ya calamocano, por ella aprovechada para cambiar las copas diciendo: "Vaya, como tú quieras. Pero el último". Y en cuanto el otro apuró el vaso —no el suyo, sino el de ella—agregó Celinda levantándose: "Porque te vas a poner chispo. Si es que ya no lo estás"...

—Ca, mujer: un poquitín alegre, nada más. Todavía soy capaz de beberme otra botella, como si tal cosa...

—Ni una gota... Acuérdate de que hoy es el día del viaje. Y no es cosa de que cuando venga el príncipe a buscarte te encuentre atolondrado de bebida.

—Verdad, verdad.

—Pues, adiós. Que ya es tarde, y no me sobra tiempo si no quiero hacer esperar a aquélla. Hasta que, en Abanal, nos veamos.

Salió corriendo, tomó un auto, que la llevó al Sublime; y antes de una hora iba camino de Villa Gaya, en compañía de la bailarina.

Ya por entonces el confiado peluquero dormía como un leño en su cama donde cayó a poco de marcharse la futura madre. No menos profundamente, mas comenzando antes, que a la noche y en el siguiente día dormirían otros durmientes en Uriz y en Abanal.

Después que la doncella le sirvió la cena, en la habitación que solamente horas iba a ocupar en Villa Gaya, se acostó Miss Cork, a prima noche, por haber de levantarse tempranísimo, cuando, de madrugada, regresara Pami con Sticky. No en el automóvil en que a Novaria se había ido, sino en otro diferente que dijo tomaría allí para que los llevara a Puertofoz. Pues de emplear el mismo en que Amabel llegó a Abanal, podría su motorista descubrir, en seguida que la embarcada en dicho puerto era la misma mujer salida del Sublime.

Sábese ya que, no queriendo verse nunca su cabeza negra, y en previsión de repentina necesidad de salir a media noche de la alcoba, o de indisposición que la obligara a llamar a su doncella, dormía la bailarina de peluca. Con ella estaba, por lo tanto, hondamente dormida, cuando en la oscuridad—pues alguien, entrando a paso de lobo había apagado la pequeña lámpara eléctrica que en la alcoba hacía veces de lamparilla—se despertó al sentir que dos manos le apretaban, violentamente, hombros y brazos contra el lecho, impidiéndole oponer resistencia a que otras dos, le agarraran la cabeza, es decir la peluca, tiraran de ésta y al cabo se la arrebataran.

Después, las manos que la sujetaban la soltaron; y oyó el ruido de una llave en la cerradura de la puerta, no de la alcoba sino de salida a un pasillo del gabinete con que comunicaba ésta, cerrada por los asaltantes al marcharse.

Todo esto ocurrió en menos tiempo del tardado en referirlo. Y pudo suceder no obstante haberse Amabel encerrado, por adentro, en la alcoba, antes de acostarse, porque la caja de la cerradura de la puerta del dormitorio, estaba del lado del gabinete, y por dicho lado habían sido destornillados los tornillos de su chapa exterior, con lo cual, sin ruido, pudieron quitar el resbalón que la cerraba.

No habían pasado dos minutos de haber los asaltantes cerrado la otra, cuando en la alcoba del piso bajo, donde al día siguiente iba Celinda a ser encontrada sumida en narcótico sueño, entraban ésta y Paco, riéndose a carcajadas, y llevando la primera en la mano la robada peluca.

Eran las cuatro y diez de la madrugada. Lo cual prueba que a la doncella no la habían *embeleñado* a las diez y cincuenta y dos como el despertador dijo a Retuerto.

—Ahora—dijo ella—como esto no conviene dejarlo aquí, tienes que llevártelo, para tirarlo donde puedas, y lejos. En el mar mejor que en ninguna otra parte. Pero como la peluca entera no te cabe en un bolsillo, voy a hacerla pedazos, con unas tijeras, para que puedas repartirla en varios.

—Yo, mientras tanto, volveré a allá arriba.

—No, hombre, no. Como cuando tú vuelvas aquí vendrás con ella no podrás recoger estos pelos. Tienes que llevártelos antes.

Mientras hablaba habíase puesto la tunanta a su faena. Nada fácil; pues las muchas horquillas prendidas en la peluca, con las que tropezaban las tijeras, constituían tan gran dificultad que Celinda hubo de desistir de dar corte ninguno hasta no haber quitado previamente aquéllas.

Y ocurrió que cuando sacaba las últimas, se desprendió de la peluca y cayó al suelo un guiñapo negro.

—¿Qué es esto?—dijo recogiéndolo—. ¡Otra peluca!

—¿Cómo? ¡Dos!

—Sí, dos.

—Pero si...

—Déjame. Calla.

Celinda miraba y remiraba con asombro lo que acababa de recoger; y así siguió, hasta que al cabo de breve rato de reflexionar, dijo:

—Tú te casarás con la estrella del baile, pero yo me caso con un genio de la peluquería, el Napoleón de los peluqueros. Ven, ven, y mira. Porque ahora resulta que no conocía el secreto de *esa:* que no es negra, sino calva. ¡Ja, ja, ja! Calva como Ña Pocas Liendres.

Efectivamente, lo que al suelo había caído y en la mano tenía la traviesa Celinda era un capacete de goma elástica que la bailarina llevaba habitualmente encasquetado en la cabeza. Una obra de arte, la mayor obra de arte de Sticky, que, no estando formada por una superficie continua era, más propiamente que capacete, red de fuertes bandas de goma cruzadas y trabadas de modo que, amoldándose a la cabeza de Amabel, le daban la apariencia externa que había engañado a la doncella, cuando creyó lo del salto atrás. Porque el áspero crepé, montado sobre la malla de gomas y con éstas entrelazado prestaba a la cabeza con él cubierta, todo el aspecto de la de un negro.

En el crepé, sujeto por la presión de las gomas, cebaban las horquillas que sobre una primera peluca de Otelo afirmaban la segunda peluca de Desdémona.

....

....

—¡Condenada! Ahora me explico la facilidad con que he podido arrancarle la peluca, y que no diese los chillidos que yo creía daría a los tirones de las horquillas prendidas en su pelo negro... Como que no lo tiene: ni rubio ni negro...

—Esto es extraordinario, hasta ingenioso.

—¡Que si lo es!... Búrlate ahora de mi cotorroncito... Por supuesto, si negra apencabas con ella, no creo te asuste calva.

—¡Asustarme! ¡Qué disparate! Apenco, apenco... No he de apencar, si el alma se me va tras su dinero... Y aun me parece que la prefiero calva.

—Ya comprendo, ahora, lo que no podía entender.

—¿El qué?

—Que la que tanto la corrió toda su vida no la corriera ya. El porqué, desde la enfermedad, vivía como cualquiera mujer de bien. Claro, para que nadie viera que la enfermedad la dejó mocha.

—Sería una alopecia.

—No sabía cómo se llamaba eso... Pero, ¡ea!, esto ya está acabado. Repártete esas porquerías en los bolsillos—no por hablar había dejado la muchacha de atender al despiezo de la obra de arte—, y vete arriba, mientras yo me meto en la cama... ¡Ah! La caja de la peluca india la tienes ahí: en ese rincón; encima de mi maleta.

Y adiós. Paco. Porque puede que ya no volvamos a vernos en la vida; porque aunque nos veamos, no podremos tratarnos como hasta ahora; y porque lo mejor será no tratarnos de ninguna manera.

—Oye, antes de irme. ¿El collar lo tiene ella arriba?

—Naturalmente. En una bolsa que... Sabes que me hace muy poca gracia la pregunta... ¿Porqué te acuerdas tú ahora del collar?

—¡Qué maliciosa eres! En lo que menos pienso yo es en lo que te figuras. Sino que como esa mujer estará ahora que no pensará más que en lo que acaba de pasarle, nada tendría de particular que al escapar conmigo se olvidara hasta del collar. Y tendría muy poquísima gracia que nos lo dejáramos aquí. Porque si cosas como esa se pierden no suelen volver a encontrarse. Y menos perlas que sueltas pueden irse vendiendo una a una, sin compromiso.

—Eso es verdad. Ha de estar como loca... Pues, mira, lo guarda en una bolsa que, colgada al cuello, lleva por dentro del vestido. Tienes razón; antes de que os larguéis pregúntale si lo lleva. Pero que lo lleve ella, ¿eh? Y ahora, ahora, es cuando tú tienes que acordarte bien de lo que de eso te dije la otra noche, y tener presente...

—Sí mujer, sí... Se hace ya tarde. Adiós—contestó Paco, dejando a Celinda con la palabra en la boca al salirse apresurado de la habitación para subir a la de Amabel.

XXIV

DONDE LA DICHA LLEGA POR EXTRAÑÍSIMO CAMINO

La rapidez del desmochamiento no dejó a la Flying Girl darse razón de si estaba despierta o si soñaba, hasta que, al echarse las manos a la cabeza, y tentársela rasa, monda, absolutamente calva, se tiró de la cama gritando:

—¡Los infames se me han llevado el pelo! ¡Se lo han llevado!—ni siquiera en aquella espantosa turbación de espíritu decía Amabel peluca—. Me han arrancado todos mis cabellos.

Y decía bien, todos: los rubios y los negros de ambas *transformaciones*, como habría dicho Sticky.

—¡Qué desgracia! ¡Perversos! ¡Qué desgracia!

Fué a echar a andar, sin saber a qué, ni para qué, ni a dónde: no más que obedeciendo al tremendo desasosiego de su conturbado ánimo. Pero inmediatamente la detuvo la oscuridad en que estaba sumida; y en pijama de noche, sin osar apartarse de la cama, prosiguió monologando:

—Y debe de ser muy tarde. Puede que Pami esté al llegar... ¡Maldita sea mi suerte!... Y también me han robado el casco negro... ¡Me verá el Príncipe descabellada, completamente descabellada! ¡Qué espanto! ¡Qué catástrofe tan bestial! ¡Qué vergüenza! Morir antes, morir...

No, no. Me he salvado. El no me verá, no me verá; porque no entrará aquí hasta después que Sticky me haya puesto la trasformación india. Gracias a que la hemos traído. No me verá, no me verá.

El alivio que en su angustia le dió este convencimiento, a la decalvada le permitió enterarse de que tenía frío y deseo de salir de las tinieblas en que estaba. Recordó entonces que junto al marco de la puerta de comunicación con el gabinete había una llave del alumbrado eléctrico, y que la puerta estaba en pared adyacente a la de la cabecera del lecho. A tientas, siguió éste hasta tocar dicho testero y la mesa de noche; arrimándose luego a la pared, llegó al ángulo de ella con la de la puerta; tentándolo siguió a lo largo de este muro, no sin darse varios encontronazos contra diversos muebles; y al fin atinó con la llave e hizo luz, que aprovechó en seguida para vestirse apresuradamente. Y a la par, presa de espantosa agitación, profería entrecortadas exclamaciones e improperios. Arrancados por la creencia de que los viles perpetradores de la execrable iniquidad, que la tenía anonadada, habrían de ser facinerosos pagados por la infame rival coreográfica a quien la desagradecida Lidia, "¡Arrastrá, condena, indina!", habría vendido su secreto.

¿Qué irían a hacer con sus cabellos? Tal vez pasearlos por las calles con un letrero que dijera "La peluca de la Flying Girl". Tal vez al día siguiente en Novaria... ¡Maldito país! ¿Porqué no estaba ya lejos, muy lejos de él? ¿Porqué lo había pisado?

Por suerte suya no había espejo en la alcoba sino en el gabinete inmediato, donde Amabel, que lo recordaba, no quería entrar por aterrarla la idea de verse en la espantable facha que debía tener. Por eso en cuanto se vistió se arrolló a la cabeza una toalla afelpada a guisa de turbante, y se dejó caer en un sillón, abatida al peso de su cruel desventura: como se desplomaba en la última escena del poema que, en Novaria, no llegó a bailar, cuando el fiero huracán tronchaba el tallo de la rosa. Pero apenas tronchada, oyó golpes en la puerta del gabinete al pasillo, y gritos, en éste, arreciantes de momento en momento. Pues por conocer ella la voz del de Amfiloquia, y quedarse indecisa y azorada, sin atreverse a contestar, no recibía el de afuera respuesta, e intensificaba el aporreo y las voces.

—Amabel, Amabel, abra usted, abra... Amabel... No me oye... Amabel... Le ha de haber pasado algo... Voy a tener que forzar la puerta.

Acercándose a ésta dijo al fin ella, temerosa de que pasara a hecho aquel propósito:

—¿Es usted, Pami?... Entrar no, no. No se puede.—Y mintiendo agregó: — Estoy desnuda. Que entre inmediatamente Sticky.

Sin hacer alto en lo escandalizante de que el hallarse ella en paños menores no fuera óbice a la entrada del peluquero, contestó el de afuera:

—¿Cómo he de entrar si se ha encerrado usted por dentro? Y Sticky no puede entrar porque he tenido que dejarlo en Novaria.

—¡Jesús!

—Está durmiendo una borrachera descomunal, que lo tiene como muerto.

—¡Sticky, Sticky!... ¡Perdida, perdida!

—¡Que está usted perdida! ¿Qué le pasa? Por favor, dígame qué le pasa.

—Nada, nada... No soy yo la perdida, el perdido es Sticky.

—Ya... Pues, vístase de prisa y abra. Porque el tiempo corre y a poco que nos demoremos llegaremos a Puertofoz cuando ya se haya marchado el barco.

—¡Ay mi madre!... ¡Ay, ay!

—Cuando digo que a usted le ocurre algo muy grave.

—No: nada, nada.

—Usted se queja, usted está enferma. Vístase y abra, o acuéstese mientras yo bajo a buscar a la doncella.

—No, Pami, no: de ningún modo. No llame, no entre. No quiero que me vea nadie. Digo, no quiero ver a nadie, a nadie.

Fuera de sí, perdido el seso, cual si ya Pami, Celinda y todo el mundo la estuviera viendo calva a través de la puerta, volvió la espalda a ésta, huyó a la alcoba; y como algunos animales acosados cierran los ojos creyendo que así no los verán los enemigos que llegan sobre ellos, también cerró Amabel los suyos al caer sentada en el mismo sillón donde estuvo antes.

....
....

—No me ha hecho caso. Ha bajado a buscar a Celinda. Van a subir... Ya suben... Y gracias a que no podrán entrar porque aquellos canallas han dejado la puerta cerrada... Porque yo no abro... ¡Ca!... Ni contesto aunque llamen... Ya están ahí. Ya, ya.

No subían, subía sólo el príncipe. Que no había bajado sino unos cuantos escalones, para simular que iba por la otra, y llegaba corriendo por el pasillo, y de nuevo apuñeaba la puerta con redoblante brío. Diciendo, pero a gritos, para que la de adentro oyera:

—No contesta... ¿Estará privada?... ¡Ella privada, la doncella privada! ¿Qué ha pasado en esta casa?... Ea, yo derribo la puerta... Pero ¿estaría yo ciego para no ver que la llave está puesta, y que la han encerrado desde afuera? Amabel, Amabel. ¿Qué es de tí, vida mía? ¿Qué te pasa, amor mío?

Estas últimas palabras las dijo ya, el desolado amante, llegando junto a Amabel. Que empavorecida al oír abrir la puerta y ver en ella al príncipe no tuvo acción sino para taparse la cara con las dos manos, sin acordarse de que su deseo no era no ver sino que no la vieran.

—Perdón, perdón si mi inquietud por tí me ha arrancado la confesión que hasta ahora había conseguido callar. Y perdóneme usted si me he atrevido a tutearla.

¿Pero qué han hecho con usted?... ¿Qué te han hecho, que te han hecho?

—Me han arrancado todo el pelo— gimió la pobre repelada.

—¡Qué horror!... ¡Qué crueldad!... ¿Quienes, quienes?... Necesito su sangre. ¿Quienes, quienes?

Al decir esto quitaba Pami la toalla, de la cabeza de Amabel y proseguía:

—Pero es raro: por más que miro no te veo sangre por ninguna parte.

—No, mirar no. ¡Por Dios! Mirar no, no.

Amabel continuaba con los ojos tercamente cerrados. Mas sintiéndose despojada del turbante y comprendiendo por las palabras del príncipe la exploración en que se había metido éste prorrumpió en la anterior súplica. Y en seguida, al sentir los dedos de aquél realizar con delicada palpación un cariñoso reconocimiento del suavísimo cutis que antaño fué cuero cabelludo, clamó, todavía con mayor angustia:

—¡Tocar no, tocar no!... ¡Qué desdichada soy!

—Cuanto más desdichada más te amo.

—¡Amarme así! No me mires. Si me amas, no me mires: no me mires.

Al decir esto sintió Amabel que las manos del príncipe, que ya no andaban por arriba, le apartaban, dulcemente, las suyas de la cara, y le oyó:

—No miraré, si tú me miras.

Levantó ella los párpados y vió al galán que arrodillado y mirándola a los ojos decía:

—Miro al hondo azul de mar—a resbalarse un poco más hubiera dicho Paco azul ultramarino—de los divinos pórticos de tu alma; y por ellos la beso con la mirada mía. No necesito mirar más, más no quiero besar. Mabel, Mabel.

Aquello era muy bonito, precioso: tan deliciosamente romántico—y todavía más por ser dicho a una bella sin un solo cabello— que cuando, más tranquila, recordara la bailarina tal escena, de cierto se le recalentaría su romanticismo, un tanto resfriado, según vimos, en los últimos días. Mas su embeleso con la poética explosión de amor purísimo, incapaz de pararse en pelillos, habría de ser goce venidero; pues de momento le urgía otra cosa más. Por ello dijo:

—Gracias, gracias. Pero, ahora, corra y tráigame una caja de ébano que Celinda tendrá en su alcoba, y en donde viene mi cabellera india. Pero que no suba ella.

—No hay cuidado que suba, porque está accidentada, o no sé si muerta; pues antes no he conseguido despertarla.

—Pero ¿qué le ha pasado?

—No lo sé. Y como yo no conozco esa caja, mejor será que venga usted por ella.

—¿Está usted seguro de que está bien dormida? ¿No podrá verme?

—De ningún modo. Si ya le digo a usted...

—¡Pobre muchacha!

—Dése prisa Amabel. El tiempo apremia. Y supongo que no porque esa chica esté enferma piense usted volverse a Novaria.

—¡A Novaria! ¡Qué espanto! Vamos, vamos. La dejaremos aquí. Es sensible; pero más lo es tener que irme sin Sticky. Le telegrafiaré desde a bordo que nos siga en el primer vapor.

Amabel, que para bajar a la alcoba de Celinda se volvió a echar la toalla por cima de la cabeza, comenzó por cerciorarse, al llegar allá, de si aquélla estaba efectivamente tan mala como el otro decía. No por interés de la salud de ella, preciso es confesarlo, sino por el incógnito de su cabeza motilona. En seguida cogió la caja y con ella se subió a sus habitaciones.

El príncipe tuvo la delicadeza de no asistir al tocado, en que la pobre huérfana de peluquero hubo de arreglárselas sin Sticky. Pero desde el pasillo la apremiaba, pues se iba haciendo tarde.

Felizmente, en la caja venía, con la peluca, otro capacete. Sin el cual habría quedado aquélla demasiado ancha a la propietaria.

—Ya estoy, Pami.

—Tan bella ahora, entre esas crenchas de ébano, como antes entre rayos de sol. Vamos, vamos... ¡Ah! ¿Lleva usted el collar?

—Sí: aquí, en el seno.

Cogió. Epaminondas, el maletín de mano de Miss Cork, y fuéronse ambos al garaje donde aguardaba el auto que aquél dijo haber traído de Novaria y era el que de Puertofoz trajo a Peláez. En esto había acertado Rojas.

—Perdóneme Amabel, y olvide lo que una emoción de la que no pude defenderme hizo se me escapara. Estaba loco, verdaderamente loco. Creí que me iba a dar un ataque de demencia—dijo a la bailarina el príncipe cuando atravesaban el jardín.

—Perdonar sí, olvidar no—contestó ella estremeciéndose al recordar la profecía de la adivinadora, y pensar para sí: "es éste, es éste; esa demencia, que mi desdén provocaría, es el peligro de que escapada al de hoy debo ahora evitar. Es él, es él; de él era de quien hablaba Abigaíl. No lo desdeñaré, no; suya seré, lo quiere mi horóscopo y lo ansía mi corazón".

....

....

El auto rodaba camino de Puertofoz, sin que ninguno de sus ocupantes hubiese pronunciado palabra en los cinco minutos que de marcha llevaba, hasta que Amabel dijo:

—En qué piensa usted, *Príncipe*.—Pareciéndole, al decirlo, que a sí misma se llamaba princesa.

—En que soy una mujerzuela débil ante la tentación, incapaz de cumplirse un juramento.

—¿Cuál?

—El que me tenía hecho, de no exponerme al dolor de que usted fuera quien me hiciera ver el imposible que yo veía bien claro.

—Pami, ¿te pesa haberme confesado tu amor?

—Sí, sí.

—A mí no. Porque, ahora, ya puedo, sin rubores, decirte que yo también te amo; que yo también te amaba.

—¡Mabel!

—¿Porqué has callado tanto tiempo?

—Me asustaba tu riqueza.

—Y a mí tu sangre azul, tu nombre, tu principado.

—¡Mi título! ¿Pues no eres tú princesa, más todavía, gloriosa reina de tu arte?

—Y tú príncipe de mi vida, rey de mi amor... ¡Príncipe mío, te amo!

—¡Mabel, Mabel!

—¡Pami, Pami!

....

....

Idilio de tal modo comenzado era el ansiado por el corazón de la estrella de la coreografía, desengañada, desde que estaba calva, de amores más vulgares, menos puros. Idilio que no iba a parar en breve madrigal; porque para explayarse y crecer y medrar tenía ante sí, cual escenario, la inmensidad del más grande de los océanos.

¡Ah! Cuán henchida de dulcísimas promesas se presentaba la travesía que iba a comenzar, a quienes se miraban ya cual prometidos. Pues de él sabemos era su aspiración llegar a millonario astro coreográfico consorte, y ella, acordándose de aquello de Himeneo, a Abigaíl oído, veía que, en llegando a *Occidente* cuajaría en realidad aquel su hermoso sueño—tanto tiempo tenido por ilusión quimérica—de enlazarse a la parnasina estirpe de los Amfiloquios; y pintar y bordar y grabar en todos los efectos de la pertenencia de la feliz esposa del bello Epaminondas, los escudos y la corona de éste.

Lástima que el disfrute de tan puros goces y de tan lisonjeras visiones hubiera de enturbiarse con no pocos ni breves paréntesis prosaicos, cuando el mar se enfoscase y mareada, recayera la presunta princesa en las hediondas torturantes bascas padecidas cuando fué de Britolia a Novaria.

¿Quién podría saber cuántas, y cuán grandes, no serían las vueltas que, entre ansias del estómago, y desvaimientos del sentido, daría ahora la peluca india en la pobre cabeza mareada?

¡Y en qué ocasión! Cuando la falta de su fiel satélite, el buen Sticky, dejaba desvalida a la estrella frente a tales peligros. Con una sola cabellera, sin posibilidad de remudarla; sin peluquero que pudiese reparar los ominosos desatusamientos que el cruel mareo haría de cierto en su peinado.

Tendría que quitarse la transformación, en cuanto las náuseas la rondaran, para no ponérsela hasta que ya fueran pasadas. Y mientras tanto, habría de revolcarse en su litera sin más tocado que el capacete negro.

¡Sticky, Sticky! ¿Porqué te has emborrachado?... ¡En qué ocasión, en qué ocasión!

Todo esto pasaba por la mente de la pobre mujer, en cuanto se le disiparon los primeros burbujeos del efervescente amor a Pami, y de la vanagloria del ofuscante principado. Todo ello la iba torturando mientras el automóvil devoraba el camino de Abanal al puerto.

XXV

PORQUÉ FALLÓ LA RATONERA

Apenas salidos Amabel y su príncipe, de Villa Gaya para el puerto puso Celinda el despertador en la hora que convenció a Don Nicasio de la inocencia de la *pobre doncella*. Que, para dejarla bien acreditada, golpeó con aquél muebles y paredes, hasta descomponerlo; y seguidamente, se administró la inyección que la dejó dormida.

Hasta la ocasión en que pronto vamos de nuevo a verla, sus travesuras no le habían costado sino las uñas que le cortó Retuerto y los escozores en las pantorrillas maltratadas con las friegas.

Mas ni del escozor, pasado en veinticuatro horas, ni de las uñas, retornadas a su habitual belleza en dos semanas, le quedaba recuerdo, borrado por una larga temporada de buena vida en el hotel, a costa de la Acción Popular, y gracias a Don Orófilo.

Además, de éste, no en cuanto perquirente, sino en cuanto Rascaly, había ya recibido el precio, contratado en Britolia, de las habilidades hechas desde su llegada a Novaria, y pagadas en cuanto estuvo consumado el crimen del rápido. De pe a pa tramado, y de punta a cabo dirigido por ella.

No hay que decir si estaría contenta, y descansada no teniendo que pensar ya sino en sus asuntos, ni otra preocupación que la de si me quedo en Ibermania, me hago prestamista con ese dinerillo, y le doy esquinazo a mi engolondrinado peluquero, o me traerá más cuenta cumplirle la palabra empeñada. No de traerle el primogénito por el pelele ahincadamente apetecido, que de tanto no podía ella responder; pero sí de entregarle la turquesa en donde acaso se moldeara el ansiado vástago.

Feo, bizco y viejo poco tenía de galán el tortolico de Celinda a quien Paco llamaba cotorrazo. Y sin embargo la tentación de unirse a él iba pesando más en el ánimo de la muchacha que el otro proyecto, pues también la usura tiene alzas y bajas; y porque aquellos defectillos del pretendiente compensábalos un riñón muy bien cubierto. Al pensar en el cual decíase ella que no siempre, la vida, le da a uno las hojuelas con miel; que quien aguarda lo mejor quédase a veces sin lo bueno, y que lo del riñón bien valía la pena de no pararse en reparos de estética.

Solamente en este problema cavilaba hasta llegarle el primer sobresalto, sobre cosa más grave, cuando llamada a declarar, en compañía de Sticky, sobre las señas de los pasaportes se enteró de aquellos dos pícaros lunares de la pasajera del Melbourne, que ella no le conocía a su ama. Siendo causado el sobresalto porque la prójima de quien ella habló a Paco tenía uno en la barba, aunque de sus orejas nada sabía Celinda. Y al oír leer aquellas señas, asaltó a la última temor de que su ex socio hubiese llegado a Puertofoz con el collar de la bailarina, mas sin la bailarina, y de que en las señas del pasaporte por él falsificado, para ponerlo acorde con los negros cabellos de la peluca india, hubiese agregado los lunares, por tenerlos la que, a despecho de la prohibición que conocemos, pudo aguardarlo en Puertofoz para embarcar con él. Cual de antemano había temido Celinda pudiera acontecer.

Está escrito que en este crimen todo han de ser pelos y lunares: ya en bellos rostros o en chalecos elegantes.

El susto que tal sospecha dió a Celinda fué tremendo: pues de haber Paco asesinado a Amabel en el camino, cambiado de auto y... sabe Dios, resultaría que, en vez de haber ella preparado una broma, simulando un crimen, habría sido cómplice en reales robo y asesinato. Y en pos del susto, tuvo la contrariedad vivísima de ver su nacionalidad imprudentemente descubierta por Sticky a los perquiridores. Pues bien había conocido que esto reverdeció desconfianzas ya pasadas de ella. Que sin la viveza de Rascaly—en funciones de Finflair—al atajar las preguntas con que Rojas la iba arrinconando la habrían puesto en un aprieto.

En el anterior párrafo he dicho "simulando un crimen", aun cuando yo no sepa cómo, ni qué pasó en el rápido, de donde es indudable fué arrojado un cadáver, por lo menos, al río. Pero es porque no lo dije por mi cuenta, sino empleando palabras de Celinda y Finflair en la conversación que la misma noche de la tarde del susto y la contrariedad sostuvieron en la agencia de aquél. En donde ella lo citó, enviándole una esquela urgente, al salir del despacho de él en la Criminosocial.

Las aprensiones de Celinda se encontraron con recelos de Rascaly, sobre posibles consecuencias del hallazgo de su maleta, y con inquietudes provocadas por iguales causas que las de ella. Pues ya había conocido el deplorable efecto causado, no sólo en Rojas, sino en el acérrimo defensor de la doncella al enterarse de la insospechada nacionalidad de ésta; y remusgaba, como ella que el falso príncipe les hubiese jugado a última hora la trastada temida: no solamente por Celinda sino por Rascaly. Que valiéndose de los agentes de su agencia privada había tenido espiado a Paco por no fiarse de él, enterádose así de sus relaciones con la pécora del pelo negro y el lunar de la barba, y puesto en guardia a Celinda contra posibles miras personales de aquél, capaces de convertir en tragedia la truhanesca comedia en proyecto.

Tal recelo crecíales recordando que, en la preparación de la fuga de Amabel, lo único hecho por Paco, de propia iniciativa, sin que su amiga y directora se lo soplara al oído, fué convencer a aquélla de la conveniencia de escaparse de peluca negra. Lo cual pareció bien a Celinda, por facilitar la farsa del arranque de la rubia en Villa Gaya; pues así no podría sorprender a la víctima del desmochamiento que tan a mano hubiese, en la casa de campo, otra para reemplazar la robada.

Todo lo anterior lo había meditado Rascaly la tarde del registro de la maleta y de la llegada de las señas de los pasaportes, cuando todavía se hallaba en su despacho con Retuerto y con Rojas; y recelando que tal vez pronto podría todo aquello obligarle a poner pronto pies en polvorosa, sugirióle su viveza de ingenio la idea del viaje a Australia. Con él haría creer a los perquiridores que iban a efectuarlo en su compañía, y los distraería de ahondar en el asunto; pudiendo él realizar a las claras y en las mismísimas narices de ellos sus personales preparativos de fuga. Sin que esto prejuzgara, si al fin se iría o no, ni se fugaría en el omnimoto o de otro modo.

Dos únicas cosas atenuaban los temores de Celinda: una que la pasajera del Melbourne no dejara le llegara nadie al pelo; otra el colmillo orificado de aquélla. Porque Amabel tenía uno. Pero este último alivio no le duró sino hasta oír a Finflair que por apoderarse del collar de la bailarina bien podía pagar cualquiera el costo de una orificación y hasta aguantarse la molestia de que le agujerearan un colmillo sano. Agregando como explicación de ocurrírsele aquello, que durante unos cuantos días fué punto de reunión de Paco y de la otra, para irse desde allí de bureo, al salón de espera de un dentista.

Al oír esto Celinda, sonarle a estallido de bomba, y hacerle impresión comparable al que a los perquiridores les había hecho el de la máquina infernal exclamó:

—Es preciso salir de dudas, haciendo inmediatamente averiguaciones en casa de ese dentista.

—Se harán. La cosa lo merece.

—Pero sin comprometernos.

—Pierde cuidado. Se le dirá que se trata de una esposa descarriada, cuyo marido ha ido a mi agencia para que le sean seguidos los pasos. Y no le extrañará; porque que ésa anda descarriada ya lo habrá él conocido. En cuanto sepa algo te avisaré o iré a tu hotel a la hora convenida.

Al acostarse Celinda aquella noche, sus perplejidades sobre Amabel, Paco y la otra, habían acabado con las mencionadas en anteriores párrafos de este mismo capítulo: nada de hacerse usurera, nada de quedarse en Ibermania, sino irse lejos, y antes de que su escapada pudiere tropezar con estorbos.

Estaba ya resuelta, haría feliz y pronto a Sticky, yéndose en su compañía a reunir con Amabel. Pues el peluquero no dudaba que ésta estuviera viva. El viaje podría hacerse el siguiente viernes, aprovechando los pasajes para El Melbourne no utilizados por causa de fuerza mayor: la que él creía borrachera suya y dijo ser enfermedad, y el notorio narcotizamiento de ella.

No queriendo la doncella entorpecer tal plan, ni diría palabra al peluquero de sus recientes dudas, de si al desembarcar encontrarían a la que irían buscando, ni volvería a acordarse de su pasada tentación de dejar, a la hora del embarco, con dos cuartas de narices a su novio.

Tomada esta resolución, en la noche del lunes, en pos de ella adoptó la de manifestar a Sticky, el martes de mañana, que no estimaba decoroso ni compatible con su intachable reputación hacer aquella larga travesía acompañada de un hombre soltero, de quien no pensaba ella quisiere dar lugar, a que la maledicencia empañara el buen crédito de la mujer a la que iba a dar su nombre; y, en plata, que estando ya acordada la boda parecía natural realizarla antes de la partida.

Argumento Aquiles, preparado para el caso improbable de fallar los anteriores, era que de no acceder el peluquero a lo propuesto, ella no se embarcaría hasta otro vapor, y pensaría, entre tanto, si merecía su mano quien no cuidaba de su buena fama. Pero no tuvo que usarlo. Pues el viejo no deseaba sino apresurar la boda.

Sabiendo que Celinda lo tenía loco rematado no hace falta buscar más explicación de su rápida aquiescencia a la precipitada boda. Prestada cuando los dos salían de un banco donde ella había comprado cheques —pagaderos en cualquiera de los países donde dicho banco tenía relaciones comerciales— por valor de 15.000 pesos los recibidos de Rascaly—. Que, con grandísima estupefacción de Sticky, pagó aquélla a toca teja. Participando a éste que días antes se había presentado a ella un notario que, por ignorar su paradero, no le había hasta entonces entregado aquella cantidad procedente de la herencia de una tía materna muerta tres años antes.

Como sus pasaportes consignaban las solterías de ambos, no tuvo el consulado dificultades para activar el expediente matrimonial cuanto fué necesario para que el enlace se efectuara, cual sabemos, tres días después, en aquella oficina. Matrimonio civil, por de contado; porque de otro no se cuidaban quienes constando oficialmente profesaban distintas religiones, tenían en realidad una misma: la de los caballos.

Dijere lo que dijese el dentista de marras, viviera o no la bailarina, quedárese o marchárese Rascaly, ya Celinda, mujer de resoluciones rápidas, había pasado su Rubicón: se iría.

Sin embargo, hasta verse en el mar, no iba a dejarla la zozobra que la noche del mismo martes, en que fué decidida la boda, le trajo la visita de Finflair. Quien, sin andarse en rodeos entró en materia con estas alarmantísimas palabras:

—Tu Paquito nos la jugó de puño.

—¿Cómo?

—Porque esa moza no está en Novaria.

—Eso no basta para decir que se haya ido con Paco. Pues quien tanto ha rodado en su vida, puede seguir rodando, aunque no sea con él.

—Eso es verdad; pero hay algo más escamante.

—¿El qué?

—Su capricho de orificarse un colmillo sin tenerlo picado.

—¡Demonio! Eso sí que es grave. Y...

—Aguarda, aguarda, todavía no he acabado; porque el mismo dentista, al sujetarle la goma para la orificación, le vió el maldito lunar de la oreja.

—Pillete, canalla, granuja, bribona, indecente, perdida. Nos la han dado; nos la han dado... Y yo que creía haberlo convencido y asustado... Lo cogerán, lo cogerán.

—Tal creo: ese collar es equipaje muy escandaloso.

Pero si no andamos listos a tí y a mí pueden trincarnos antes que a él, por cómplices en verdaderos crímenes.

—Por eso me largo yo el viernes.

—¡Ah! ¿Lo tienes preparado ya?... No, tú no pierdes tiempo. Así se hacen las cosas.

Pero no creas que, en ninguno de mis dos despachos, ni en el hotel, voy yo a aguardar a que vengan a cogerme.

Seguidamente, enteró Finflair a Celinda de su propósito de decir, el mismo viernes, a los perquiridores, según ya vimos se lo dijo, que, al fin, ella y Sticky los acompañarían en el proyectado viaje a Australia. Haciendo así de tal viaje pantalla tras la cual podrían ella y él desaparecer *sin despedirse*. Además, como en tal día se proponía decir a "aquéllos" que el domingo de mañana partirían juntos todos en el omnimoto, el mismo viernes podrían ellos hacer *mutis*; mas para no volver. Y cuando Retuerto y Rojas se enteraran de que ni ella ni él acudían al embarco, habrían transcurrido cuarenta y ocho horas del *mutis*.

—¿Y usted a dónde va?

—Mira, hija mía, aun conociendo tu discreción no quiero, por si acaso te pescan, ponerla a prueba. Y como para irnos, cada uno por su lado, no necesitamos vernos, y sería imprudencia repetir estas entrevistas, despidámonos ya. Salud, suerte, que seas buena chica y muy dichosa con tu inocente anciano.

—Desde luego: ya sabe usted que para ser honrada no me faltaba sino tener dinero. Ahora, con lo de él y lo mío no hay miedo de que vuelva a meterme en más belenes.

BREVE EXCURSIÓN EXTRAMUROS DEL CRIMEN

Con lo relatado hasta ahora están ya al mismo cronológico nivel los hechos de los autores del crimen y los de sus perseguidores hasta la partida de Rojas en el omnimoto.

Mas como en tanto alcanza Rojas al Polinesia nada puedo contar, y en algo he de matar el tiempo que me sobra, lo aprovecho para decir que entre las crónicas y las películas del crimen, concomitantes unas veces, antagónicas otras, de La Verdad y de El *Glorious*, periódico y teatro habían, no mantenido sino exacerbado, la morbosa excitación popular.

Como tenemos ya experiencia de que en pistas de crímenes cada uno halla razones para sacar de un hecho las consecuencias que le dé la gana; sin que suela llegarse a la verdad sino por confesión de criminales o delación de confidentes o testigos, no ha de extrañarnos sostuviese La Verdad que

—No miraré si tú me miras.

Amabel vivía; que sus amantes fueron dos, ya reducidos a uno con la muerte del Príncipe asesinado por Peláez en un arrebato de celos; que éstos movieron asimismo a Amabel a pagar a Rascaly el asesinato de la pelinegra subida al tren en Puertofoz. Pues del mismo modo que la bailarina se distraía con Peláez de su amor el Príncipe también a ratos se olvidaba éste del amor a ella con el de la pelinegra.

No era muy moral, que digamos, la versión; mas La Verdad decía que no suelen los crímenes ser fuente de moralidad.

En consecuencia—sigue hablando el periódico—, el cadáver de hombre encontrado en el río era efectivamente de Epaminondas; pero el de mujer no era de Amabel sino de la otra. A quien antes de arrojarla al agua le habían metido entre el seno y el vestido el guardapelo, para que creyera era la Flying Girl.

Luego, La Verdad y El Glorious soltaron nuevas hipótesis—yo no sé cuáles una y cuáles otro; pues ya estoy hecho un lío—, diciendo que los fugitivos del barco eran efectivamente Miss Cork y su amfiloquio; y que el muerto y la muerta podían muy bien ser otro y otra. Una y uno de las muchas y muchos infractores de conyugales y económicas fidelidades que, sin dejar rastro desaparecían constantemente de bancos y de hogares en aquella modernizadísima sociedad. Y hoy descubría este falangista, algo que engendraba nueva versión, y mañana averiguaba aquél, o suponía haber averiguado nuevos datos que hacían pizcas la hipótesis de la víspera, dando lugar a otras.

Huelga decir que, en pueblo tan aficionado como aquél a emociones policíacas, tenía casi todo el mundo perdida la cabeza entre lo cierto de ayer y lo cierto de hoy, igualmente predestinados a ser lo incierto de mañana. Siendo lo único cuya certeza perduraba que La Verdad y El Glorious se estaban hartando de ganar dinero. El periódico con triplicadas tiradas que le permitieron duplicar el precio de sus anuncios, duplicados también en cantidad; pues eran atraídos por la desaforada circulación del diario.

Algunos otros rotativos quisieron imitar a La Verdad; mas fuese que a los ibermanos les faltase la fantasía de Bearfest, o sus reservadas fuentes de información, o su desaprensivo desenfado, no lograban del público igual favor que el periódico hecho con patrones extranjeros. De los otros, los sesudos y no fantaseadores, no hay que hablar; porque no eran leídos sino por cuatro gatos. Pues además de faltarles el atractivo del sensacionalismo, tenían el garrafal defecto de conservar sabor nacional. Cosa que en Ibermania había llegado a ser muy cursi.

En cuanto al Glorious celebraba exhibiciones por mañana, tarde y noche. Y siendo Bearfest mangoneante en las dos empresas no es preciso decir, cómo estarían de entusiasmados los consejeros y los accionistas de ambas sociedades con su tino en la explotación de las aficiones populares.

XXVI

DE CÓMO UN FIERO GAVILÁN ENGARRAFÓ A UNA TÓRTOLA

A los tres días de zarpar de Puertofoz recibió el Polinesia un radiograma del Ministerio de Justicia, con orden de que dicho buque obedeciera la de detenerse que, acaso antes de su llegada a la Isla Verde, le sería comunicada por la radiotelegrafía de un omnimoto en su seguimiento salido; aguardara al pairo, la bajada de éste a la superficie de las aguas, y enviara un bote a recoger al Sr. Capitán Perquiridor que en el *trifibio* iba (1) y a quien entregaría, en concepto de detenida, a Mistress Celinda Rodríguez de Sticky.

Agregaba el radiograma que, de llegar el barco a la citada isla antes de darle el omnimoto alcance, lo aguardara, cruzando en las cercanías de aquélla.

A dichas aguas iba llegando el trasoceánico cuando su vigía señaló la aproximación de la soberbia nave avihidroterrestre donde llegaba Rojas.

Lástima que el interés de la captura de la doncella de la bailarina, haga inoportuna ahora la descripción, en todo otro momento interesantísima del omnimoto. Prodigioso ingenio mecánico que permitía viajar en tierra, mar y aire sin trasbordos de vehículo; pues en los tres elementos se movía el que traía a Rojas. Lástima grande, sí; pero las cosas en sazón, y no es buena ésta, en que ya caminamos al desenlace de la maraña del crimen del rápido, para decir más del invento, que será descrito con debida calma en venidero libro de esta biblioteca; y que cual tantas otras maravillas de la moderna industria había sido realizable gracias a haberle precedido otra maravilla mayor: el motor de explosión que, en puridad, no es sino un cañón domado por el genio del hombre: no dos cañones domesticados; porque...

....

¡Por vida de la pluma! En desquite de no haberla dejado describir el omnimoto se me iba a engolfar en una disquisición sobre

(1) Si anfibio es lo que se mueve o vive en dos elementos, lógico es llamar *trifibio* a lo que en tres se mueve.

motores. No hay más remedio que dejarla y coger otra. Porque ésta está completamente sublevada. (1)

*
* *

Siempre es triste un eclipse; pero si la eclipsada es, no una luna cualquiera, sino

(1) Si alguien moteja de hiperbólica ocurrencia la de afirmar que el motor de explosión no es en definitiva sino un cañón domesticado, véase cómo, no digo que naciera, mas sí que nacer pudo la idea de dicha ingeniosísima y maravillosa máquina en las mentes de sus inventores.

Si en una pieza de artillería que lanza un primer proyectil a cinco kilómetros, voy reduciendo progresivamente las cargas empleadas en disparar un segundo, un tercero, etc., irán éstos cayendo al suelo a distancias cada vez menores de la boca del arma; y tal pudiera ser la disminución en la cantidad del explosivo que cabría llegar a carga tan pequeña que su fuerza expansiva se agotara al llegar la bala a la boca de la pieza, quedando quieto en ella como un tapón que la cerrara. La posibilidad de ello es indiscutible, en teoría, a lo menos; y más no necesito.

Supóngase que en tal disposición cañón y granada, coloco en la rectitud del primero, boca contra boca, herméticamente ajustadas o aun soldadas, otro cañón idéntico, en cuya ánima ajuste la granada tan exactamente como en el otro.

Así tendremos un artefacto en que cuando se encienda una carga debidamente calculada en la recámara del cañón número 1 empujará al proyectil a lo largo de él y del número 2; de modo que la fuerza a él comunicada se agote al llegar a la recámara de éste. Y si entonces cargo el 2 con otra carga igual a la anterior el efecto de ella será llevar de nuevo el proyectil a la recámara del 1.

Con esto y con practicar unos agujerillos en las ánimas de los dos cañones, con oficios de válvulas, por donde sean expulsados los gases de las explosiones sucesivas tan pronto y no antes hayan desarrollado su total acción expansiva, se habrá constituido lo que en esencia es un motor de explosión. Si los disparos ya inofensivos ahora de los dos cañones antagónicos se suceden de minuto en minuto, de segundo en segundo, dos minutos, o dos segundos, tardará la granada en la ida y la vuelta; si se producen veinte explosiones por segundo, diez veces se efectuará, en tal tiempo, el ciclo entero de avance y retroceso.

¿Quiere verse patente la analogía? Pues no hay sino advertir que el pistón en el motor enlazado al vástago impulsor del mecanismo que ha de ser puesto en acción, oscila de un lado a otro de un cilindro, en el interior de éste: no difiriendo, sino en forma, pero no en la esencia del proyectil yente y viniente del cañón doble, cuyas dos ánimas y recámaras donde estallan los granos de la pólvora juegan idéntico papel al de los espacios internos del cilindro, situados a opuestos del lado del pistón en donde alternativamente se queman y expanden las gotas de gasolina, alcohol, etc., que en el motor sustituyen a los balísticos explosivos sólidos, y empujan ahora en un sentido, y en seguida en el contrario, al citado pistón.

Resulta, pues, que al decir que el motor de explosión es un cañón domado, no solamente no exageré, sino que me quedé corto, porque no es uno sino dos.

Gloria a la inteligencia del primer hombre en cuyo cerebro surgió la inicial idea, tan ingeniosa como atrevida, de subdividir las terribles fuerzas de los explosivos en términos de hacerlas manejables, en los talleres, en los hogares, en los buques, en los dirigibles, en los aeroplanos.

de miel, y no lleva de nacida sino cinco días, los de navegación de Míster y Mistress Sticky, el eclipse es cruelísimo. Y todavía más si llega sin anuncio previo de ningún observatorio, como, para el pobre peluquero, cuya dicha truncó, llegó el inesperado golpe, cuando sentado, con su esposa en la toldilla del Polinesia, vió ponerse pálida a aquélla: levantarse, rápidamente, cual si quisiera huir, quedarse quieta, al ver que no tenía por dónde, y decir consternada:

—Estoy perdida. Me han cogido.

Era que al nivel del suelo de la toldilla, y por cima del último escalón de la escalera que a ella subía desde cubierta, veía aparecer una gorra de uniforme, y debajo la cara del Capitán Rojas.

Mas tan viva de ingenio era Celinda, que a la par de lo inevitable de su arresto vió posibilidad de librar de cautiverio, o algo peor, a los quince mil pesos que entre el corsé y su cuerpo llevaba en el cuadernillo de mandatos de pago comprado en el banco de Novaria. Y aprovechando haberse Sticky puesto en pie, a la vez que ella, y estar lejanos todavía Rojas y el Capitán del Polinesia, que con éste venía, cogió de un brazo a su marido y echó a andar con él, de espaldas a los que llegaban, como si no los hubiese visto. Pudiendo así sacarse del seno, sin que ellos lo advirtieran, el librejo de los cheques, y dárselo a Sticky. Diciéndole, en vez de contestar a las preguntas que en su inquietud hacía el pobre hombre:

—Toma esto. Guárdalo, y calla. Calla.

Mas, por su mal, no era él tan vivo, ni con mucho, como ella; y en vez de guardarse los resguardos en el bolsillo del pecho de la chaqueta, con el cual no lo habrían visto los que, ya cerca de él, venían detrás, se los metió, con precipitación visible y escaso disimulo, en uno de los laterales exteriores. En donde, apenas salida la mano del peluquero, entró la de Rojas, que de allí sacó el talonario de los cheques, diciendo al apoderarse de él:

—Hola, hola. Queremos esconder algo.

—Imbécil—murmuró Celinda al enterarse de la torpeza de Sticky.

Inútil fué que, invocando la consabida nacionalidad, y amenazando con las represalias de Saxonia, por aquel atropello de la intangibilidad de una súbdita suya, protestaran el Míster y la Mistress de la detención; pues Rojas no hizo caso de protestas ni amenazas.

Baldío fué que Celinda y Sticky alegaran ser absurdo e intolerable acusar a la primera del asesinato de una persona que, enseñando el telegrama que él suponía puesto por Amabel en Samoa, demostraba el peluquero estaba viva. Pues aunque escrito en una hoja azul impresa de las usadas por la estación radiotelegráfica de Novaria, *faltábale el sello de ella*. Que sin duda Finflair no se había podido procurar cuando se le ocurrió engañar a Sticky con el fingido despacho.

Una hora después llegaba el eclipse a su totalidad al quedar la Mistress encerrada en un camarotillo del omnimoto, y el Míster alojado, pero libre por no haber contra él auto de prisión, en otro situado cuan lejos pudo hallarse del de su amada e inocente consorte. Pues no teniendo Rojas corazón para dejarlo proseguir, suspirante, su camino hacia Australia, mientras ella volaba hacia Ibermania, accedió a concederle pasaje gratuito de regreso. No obstante continuar el irritado saxonés amenazando con la que él iba a armar en cuanto allá llegara, y pidiera, al embajador de su país, justicia, protección y venganza.

Al comenzar el viaje de retorno, ya había Rojas trasmitido a su Director General un radiofonema comunicándole haberse realizado sin dificultad, "la captura de la dete-"nida y de 15.000 pesos abonados en cabeza "de un libro talonario de cheques. Precio "probablemente de la participación de Ce-"linda en el crimen, u obtenidos por venta "de algunas perlas del collar robado"; pues era inverosímil poseyera honradamente tal cantidad una persona dedicada al servicio doméstico.

En el breve viaje, de no más de cuarenta y ocho horas, dos veces intentó Rojas obtener declaraciones de la presa. Haciéndole saber que, estando ya probada su culpabilidad, con las huellas de las extremidades de todos sus remos, y con pelos, perfumes, pulgas y garrapatas, era inútil callara. Pero fueron perdidos sus intentos; pues confiando Celinda ser protegida, en llegando a Novaria, por influencias altísimas, habíase propuesto encerrarse en mutismo absoluto, hasta ver cuánto dieran de sí tales aldabas, y hasta qué punto estaban probadas todas aquellas cosas de las que el capitán la suponía convicta.

Y en consecuencia, limitábase a insistir en la afirmación de su inocencia, y a reírse de Rojas en su misma cara, cuando él daba por muerta a la bailarina.

Pero a decir verdad, tal risa era comedia que, faltándole positiva convicción de

que viviera, ocultaba el mayor de sus temores. Pues de estar Amabel muerta, y aun no habiéndola matado su doncella, bien comprendía ésta cuán de poco habría de aprovecharle decir que sólo quiso darle una bromita, que, habiendo producido tales resultados, no podría ser tomada a broma por los jueces.

Callando con Rojas, y no comunicando con nadie más, no es posible saber, a ciencia cierta, cuáles fueran las altísimas influencias en que Celinda confiaba... Pero llevando ya bastante tiempo de tratar a esta avispadísima bribona; conociéndola ya mucho mejor que cuando despertó del narcótico sueño; enterado de sus concomitancias con Rascaly, y de ser uno éste y Finflair, supongo, y no en el aire, confiaría ella en que quienes tuvieron poder para encumbrar a semejante tuno a la alta dignidad de representante de la Acción Popular, no habrían de carecer de valimiento para sacarla del atolladero. No por su linda cara, pues la fea de Rascaly no había sido óbice a aquel encumbramiento; sino para evitar que, ni él ni ella, publicaran cosas que a dichas altas influencias convenía quedaran bien ocultas.

Y ya no me atrevo a hacer más conjeturas sobre ideas y proyectos de la cándida tórtola, a quien el feroz gavilán llevaba, entre sus garras, por los aires, a una triste jaula llamada Cárcel de Mujeres. Mientras su cotorrito andaba atortolado sin saber contestarse a estas preguntas, que, en cuanto se le disiparon los primeros hervores de su indignación por el arresto, lo tuvieron caviloso durante todo el viaje:

¿Será Mistress Sticky una pobrecita? ¿Será una redomadísima lagarta?

*
* *

Todos los periódicos de Novaria habían anunciado la llegada del capitán y la presa. Las autoridades tomaron la precaución de circuir la explanada de aterrizaje con un cordón de guardias urbanos. Para impedir que, al descender el omnimoto, fuese invadida por la multitud. Que era de suponer se agolpara a sus inmediaciones, llevada por el vivísimo interés con que todos los novarienses seguían las peripecias de la persecución de los criminales del rápido, y por el atractivo de la increíble novedad de que esta vez no se hubiesen burlado de los perquiridores.

Sin embargo, con sorpresa de Rojas, que

en su descenso contaba ver, por debajo de sus pies, un mar de cabezas humanas, allí no había arriba de un par de centenares de personas: nada en la vasta extensión de la explanada en cuyo centro estaba el parque.

La explicación del frío recibimiento, muy diferente del soñado por el capitán, diéronsela a éste Don Nicasio y el Director, quienes, no menos contrariados, que él, con la inesperada soledad, estaban aguardándolo, y le dijeron que la población entera se agolpaba a aquella hora ante los transparentes y altoparlófonos de todos los periódicos, ansiosa de pormenores sobre la misteriosa desaparición del insigne, del ínclito, del genial Bearfest. Rueda catalina, super cerebro de cinco o seis grandes empresas financieras o industriales, echado de menos en la mañana de aquel mismo día, después de haber, la víspera, cobrado varios crecidísimos cheques en el banco de su confianza, donde todas las sociedades donde él pitaba más que nadie tenían sus cuentas corrientes.

Los cheques habían sido extendidos por él, para atenciones de las empresas donde él llevaba la firma, o recibidos de los gerentes de otras para gastos corrientes de las explotaciones, e importantes por corresponder a fin de mes.

Los informes que a los periódicos iban llegando, ahora de una, luego de otra y otras de dichas empresas, eran aguardados por los curiosos delante de los edificios de aquéllos, que proyectaban en sus transparentes escuetos resúmenes de ellos. En seguida ampliados con pormenores y esclarecimientos voceados por los altoparlófonos.

Ya iban dadas noticias de cuatro empresas: un banco, una caja de ahorros, el Glorious Theatre y la Compañía General de Transportes Aéreos, de donde, el mentor que las llevaba por caminos de prosperidad, había sustraído, en billetes y títulos al portador de deudas de países extranjeros, por cima de dos centenas de millares de pesos. La muchedumbre se desataba en imprecaciones contra el canalla, el cochino, el indecente extranjio. Que pareciendo no poder ya crecer crecieron sin embargo al saberse que la caja móvil de La Verdad, donde la tarde de la víspera debía haber Bearfest ingresado *ochenta mil pesos* para pago de los sueldos del mes del personal, y otros gastos usualmente satisfechos a la terminación de aquél, ya no aguardaba el tal ingreso, por haber el pagador recibido aquella mañana un sobre que abierto resultó contener una esquela dirigida a él, y a los estafados, donde aña-

diendo escarnio al robo decía aquel *sinvergonzón*, y lo firmaba:

"¿Qué es en toda una vida una mensuali-"dad de sueldo?... Para cada uno de vos-"otros una gota de agua en el mar de vues-"tros apuros pecuniarios. Mientras que "vuestras pagas reunidas, que me llevo, re-"suelven mi problema. Al cual he de mirar, "pensando que mis vicios me importan a mí "más que vuestras necesidades. No dudaréis "que de vosotros lleva el mejor recuerdo, "vuestro afmo.—Albert Bearfest."

XXVII

EL DESQUITE DE LOS FALANGISTAS

Lo más extraordinario en la fuga del extranjero, que por muchos años había sido conspicuo prohombre y predilecto hijo adoptivo de Ibermania, era haberse efectuado, sin el menor misterio, a plena luz del día, en la mañana del mismo en cuya tarde llegó Rojas con su prisionera. Véase cómo:

A las nueve de la tal mañana se presentó Bearfest en el cercado aparcadero de los aeroplanos de la Compañía General de Transportes Aéreos, en la cual era Secretario del Consejo de Gerencia, y ordenó al jefe de dicho parque pusiera a su disposición un avión pequeño, para dos solas plazas, incluída la del piloto, pero de mucha marcha y fuerza; pues tenía que hacer en Puertofoz una diligencia urgentísima del servicio de la Compañía, y volver de allí con gran premura; por necesitar estar antes de las dos de regreso en Novaria.

Con la rapidez natural, tratándose de requerimiento hecho por quien era importantísimo personaje en la empresa, fué atendido el de Bearfest, que a los diez minutos de hacer su petición se remontaba a los aires, sentado, detrás del piloto, en el único asiento que, además del de éste, tenía el aeroplano; y sin otro equipaje que una maletilla ligera y pequeña. Que a contener en oro el importe de los valores guardados en ella, habría necesitado ser grande, y pesar mucho.

Al cuarto de hora de emprendido el vuelo oyó el piloto que le decía el viajero:

—Muchacho, prepárate para no hacer ninguna falsa maniobra peligrosa, porque te vas a llevar un susto.

—¿Un susto?

—Sí. Pero no te alarmes; porque si eres juicioso no pasará de susto.

—Yo no me asusto fácilmente Don Alberto. Pero me ha puesto usted en **curiosidad**. ¿Qué es ello?

—Nada más, hijo mío—contestó Bearfest, alargando un brazo, cuya mano sostenía una pistola, para poner ésta a la vista del piloto, y retirarla con presteza, en cuanto fué vista—sino avisarte de que tienes la boca de esta arma a cuatro dedos de la nuca; y que te ordeno virar, y poner rumbo a N***, adonde hemos de llegar antes de las doce. Y te advierto que hasta que allí aterricemos no varío la puntería de la pistola.

N*** es un país cuya frontera está a solos 900 kilómetros de los lugares sobre los que el avión volaba.

Esto, con otros pormenores que por ociosos callo, se supo en Novaria, aquella tarde, por el mismo piloto, que, después de dejar en N*** a Bearfest, regresó con una carta para el Director de los Perquiridores, en la cual decía el fugitivo que para evitarle a aquél y a sus subordinados quebraderos de cabeza, y penosas persecuciones en pos de quien no habían de atrapar, se establecía y afincaba en aquel país, que tenía el buen gusto de no querer ajustar tratados de extradición con ningún otro; y donde no sería mal considerado, por ser allí lo mejorcito de él gentes llegadas como su afmo.—Albert Barefaced.

Ya se ha dicho que así se escribe en extranio el apellido que en Ibermania escribían Bearfest, cual pronunciado suena.

*
* *

A buen seguro juzga ya algún lector divagación, impertinente en esta historia, el incidente recién referido, cuan sumariamente me ha sido dable relatarlo. Y no lo es, y no divago, como en seguida lo demostrará otro con él relacionado.

Han pasado dos días de la fuga de Bearfest. El portero de La Verdad, entusiasta falangista de la Acción Popular, recién levantado de la cama, se encamina a abrir la puerta del edificio cuya guarda le incumbe, abriendo antes la de sus habitaciones; y al salir al portal ve a un señor bien portado y sin la menor traza de mendigo, que le dice con lastimera voz:

—Deme algo de comer: tengo muchísima hambre.

—¿Pero cómo es posible que un caballero como usted tenga hambre?... ¡Ah! ¿Y cómo está usted aquí a estas horas? ¿Por dónde ha entra...

—No puedo hablar; me caigo de debilidad... Deme de comer y después contestaré a todo eso.

Compadecido el portero del ansia, no fingida, con que el elegante hambriento pedía de comer, hízole pasar a la portería. Al entrar en la cual se dejó aquél caer desfallecido en una silla, y él se metió en las habitaciones interiores, de donde volvió a poco con pan, queso y una lata mediada de sardinas.

—Coma buen hombre. Perdone caballero. Esto es lo único que tengo.

El socorrido con los comestibles no se hizo de rogar; sino que abalanzándose a ellos comenzó a engullirlos vorazmente.

—Pero, ¿cómo está aquí a estas horas? ¿Quién es usted?

—Ya se lo diré en cuanto coma... Pero, ¿no tiene usted más?... Esto es muy poco para un hombre que no ha comido en dos días y medio... Tenga, tenga. Hágame el favor de ir al café, a la taberna o al *bar* más cercano, y tráigame mucho, muchísimo que comer.

Al decir esto, el desconocido, entregaba al portero, sin contarlas, un buen puñado de monedas.

—¿Y teniendo dinero lleva usted dos días y medio de ayuno?

—Ya le diré porqué, cuando vuelva... ¡Ah! No encargue que hagan nada, sino traiga cosas que ya tengan hechas: pan, fiambres, vinos; cualquier cosa. Pero mucho, mucho.

—¿Porqué no viene usted a comer allá? Está a dos pasos.

—Porque no puedo tenerme en pie. Corra, corra.

A los diez minutos retornaba el bondadoso portero con copiosa provisión de vitualla; y por el camino se venía diciendo:

"Yo he oído la voz y he visto la cara de ese señor que se muere de hambre con los bolsillos llenos de oro; pero no puedo recordar cuándo ni dónde... ¿Y porqué demonios estaba en el portal; y cómo ha entrado estando la puerta cerrada?... No, sin explicarlo no se va."

El pan, las sardinas y el queso llevaban rato de acabados cuando llegaron la ternera y el jamón, que tampoco iban a durar, sino muy poco.

Mientras uno comía, el otro no le quitaba ojo, siendo lo primero por el conserje advertido, en aquel examen, que el comilón tenía la barba sin afeitar tal vez de una semana, y lo segundo, y esto era más raro, que siendo completamente endrinos su pelo y sus cejas era rubísima la corta barba de ocho días. Cosa que desconcertaba al observante; pues a pesar de parecerle que él había visto alguna otra vez, a aquel caballero, estaba cierto de que contraste tan violento como aquel entre el pelo y la barba de un hombre era la primera vez que lo veía.

—Bah, estoy perdiendo el tiempo: son aprensiones mías; no lo he visto nunca. Vamos a lo que importa: Caballero, me parece que ya no tendrá usted hambre, y que ya es hora que me diga porqué estaba usted en el portal a estas horas, y cómo ha entrado en él.

—Pues... pues... Porque soy... un amigo del Sr. Bearfest y entré con él anoche a última hora.

—¡Que entró usted anoche con el canalla que nos ha robado!

—¡Canalla el Sr. Bearfest! ¿Que le ha robado a usted?

—A mí y a todo el mundo. Canalla, sí señor. Y usted un regrandísimo embustero; que mal pudo entrar aquí anoche con quien hace tres días se largó con nuestro dinero.

—¡Que se ha escapado!...

—¿De dónde sale usted que no lo sabe?... ¿Y es usted amigo suyo?... Mucho será que no sea como él... ¡Calla!... Dos días y medio sin comer... Entonces es mentira que entrara usted anoche. Pues con el hambre de dos días que ya tendría anoche, no habría entrado sin comer antes fuera... Eso es que todo ese tiempo ha estado usted escondido, aguardando la ocasión de robar y sin poder salir hasta hoy.

—No me pierda, no me pierda. Si me deja irme yo le daré a usted.

—¡Que me dará!... ¡A mí! Quieto ahí. Como se mueva le rompo la cabeza.

Al decir esto echaba mano el portero a una silla, y sin perder de vista a su consternado huésped—muy convencido éste de que si se movía se romperían la cabeza o la silla o puede que las dos—cogió con la otra mano el teléfono interior, llamando a toda prisa a los ordenanzas que dormían en los pisos de arriba.

Diez minutos más tarde bajaban dos de ellos, a quienes enteró el portero de lo ocurrido con el sospechoso amigo de Bearfest. Pero aun no había acabado de contarlo cuando uno de aquéllos, que desde su llegada miraba fijamente al caballero, gritó:

—Sí, sí, es él... ¿No lo conocéis?... Este hombre es el señor Finflair.

El que hablaba era uno de los ordenan-

zas de la sección de información policíaca de La Verdad, en tiempos dirigida por Finflair.

—Ya decía yo que había visto esta cara.

—Ni más, ni menos: el Sr. Finflair, sólo que se ha teñido el pelo.

—¡Ah!—gritó el portero—. Entonces este tío es el grandísimo granuja que se ha burlado del pueblo, el cochino Perquirente Popular.

—Y el Rascaly o el Peláez, del crimen del rápido.

—Y el que nos ha tomado el pelo a todos los falangistas.

—Avisad, avisad a la Criminosocial, que vengan a prender a este gorrino extranjio.

Don Orófilo, pues, en efecto, él era el hambriento, no había eludido, ocho días antes, la ratonera preparada por Retuerto y Rojas, sino para caer en otra que nadie le había armado.

Los hoteles y las aduanas del mundo entero habían perdido tiempo y trabajo, retratando los dedos de huéspedes y de viajeros, porque Finflair no estaba en el fin sino en el principio del mundo. Principio, claro es, para quien, cual su perseguidor Don Nicasio, se encontraba en la misma población en donde fué apresado el perseguido.

La explicación de haberse el último quedado tan cerquita del primero es que, creyendo ser buscado fuera de la capital y aun de Ibermania, pensó que Novaria sería para él la residencia más segura. En tanto un buen amigo le buscara, con calma y disimulo, una personalidad bien documentada y diferente de las ya raídas de Finflair, Rascaly y Peláez.

Bearfest era el amigo. Lo cual indica que los resentimientos habidos entre él y Finflair, cuando éste cesó en la sección policíaca de La Verdad, no calaron más allá de la epidermis, dejando subsistentes afectos amistosos en los corazones.

Debiérase a esto, o a reciente reconciliación, el caso fué que, cuando Don Orófilo necesitó esconderse, y quien le buscara, sin despertar sospechas, manera de escapar sin precipitación, y con nombre más flamante que los de su colección, halló en Bearfest quien, con propósito de atender a lo último, en sazón oportuna, proveyó a la urgente necesidad del escondrijo. Ofrecido en el palacio de La Verdad, donde, por vivir él, no necesitaba poner a nadie en el secreto.

La gazapera donde, durante una semana, estuvo Finflair alebronado, fué habilitada en un grande y destartaladísimo camaranchón, donde se amontonaban muebles viejos, máquinas desechadas, pilas y rimeros de ejemplares atrasados del periódico, correspondientes a muchos años, cuya llave se *perdió* en aquellos días, encontrándosela el furtivo inquilino que iba a ocupar un rincón de él. Donde, con trastos viejos por paredes, se habilitó un alojamiento, al que, en altas horas de la noche, fué llevado un colchón de la cama de Bearfest.

A las mismas en que, después, visitaba éste diariamente al escondido amigo. Que al oír, en la puerta, unos golpecitos dados en forma convenida, abría, para recibir del visitante la cotidiana ración de agua y fiambres, y un poco de palique. Que es de creer versara sobre las malandanzas de Finflair.

Así llegó una noche en que éste supo por su amigo, al parecer un poco preocupado, la llegada a Novaria del telegrama participando la prisión de Celinda. Aquella noche fué la última que vió a Bearfest: siendo lo peor que tampoco volvió a ver comida hasta que de él se compadeció el portero.

El fugitivo cometió la falta de urbanidad de marcharse a la mañana siguiente, sin despedirse, ni siquiera enterar a su huésped de la fuga. Olvido imperdonable, si hubiese sido olvido, que no fué; pues el prohombre estuvo vacilando si pediría en la Compañía Aérea no un avión de dos sino de tres plazas, para llevarse a su amigote. Pero por parecerle Don Orófilo equipaje molesto y peligroso, determinó marcharse solo. Sin preocuparlo que el abandonado se muriera de hambre; pues, teniendo la llave, ya se saldría de su espelunca cuando el hambre apretara.

Para caer en la cárcel... Era tan verosímil como deplorable; mas deplorarlo era cuanto podía hacer el que sólo atendía a no caer con él en ella.

XXVIII

DE ARROYOS SE HACEN RÍOS Y DE RÍOS LA MAR

A los tres cuartos de hora de reconocido por su antiguo ordenanza entraba Don Orófilo en la cárcel, y dos después recibía la visita de Retuerto y Rojas. Que, tan pronto supieron el percance de su antiguo y bondadoso jefe, creyeron obligada cortesía no perder minuto en cumplimentarlo, y enterarlo, pues ellos ignoraban lo supiera, de

estar también Celinda bajo llave, y de que a consecuencia de la circulación a todo el mundo de las huellas del crimen, la jefatura de policía de Britolia había participado que las del Príncipe de Amfiloquia eran las mismas siete años ha enviadas, de Novaria a Saxonia, con encargo de buscar a un Francisco Pérez, sentenciado en rebeldía por falsificación de letras, y que entonces no pudo ser habido.

—Este es pues el verdadero nombre, querido Sr. *Rascaly*—dijo a Finflair Rojas—, del fingido príncipe a quien Peláez, su compinche de usted, asesinó en el puente. Si es que usted no ayudó a Peláez.

—Amigo Rojas refrene su imaginación; porque está usted diciendo tonterías—contestó muy sereno el preso...

—Si lo son o no, ya lo dirá Peláez, que con la otra cómplice de ustedes, habrá sido a estas horas apresado o estará a punto de serlo en El Melbourne.

—Cómplice mía no, del príncipe: él y la que acaso va con él en el barco son los ladrones del collar, y los únicos asesinos. Si es que ha habido robo, y si resulta al fin la bailarina asesinada.

—¡Ja, ja!... Querrá usted hacernos creer que no ha habido crímenes.

—No digo tanto, sino que si los ha habido, somos inocentes de ellos la doncella y yo.

—No nos sorprende. Eso dicen siempre quienes los cometen.

—Habiendo sido usted mismo quien nos llevó al molino en donde faltó poco para que nos hiciera ver el cadáver del príncipe, tiene mucha gracia que salga usted ahora con que el príncipe vive...

—Claro, Rojas; porque cuando nos llevó allá no se podía figurar que al cabo descubriríamos que él es Rascaly y por lo tanto el asesino.

—¡Ojalá pudiera negar otro posible asesinato, y no por cierto cometido por mí, como se desvanecerá ese en cuanto según dicen ustedes prendan al príncipe.

—No arme usted enredos: el que va en el barco es Peláez; y, por tanto, éste, no el pobre príncipe, va a ser el aprehendido.

—Señores, cogido como estoy en el garlito, no me queda otro modo de librarme de responsabilidades por cosas gordas que no he hecho, sino confesar las menudas travesuras que realmente hice. Sepan ustedes, pues, que Peláez no puede ir en el barco porque Peláez es un ente fantástico, cuya existencia he simulado yo, con un buen bisoñé negro y los bigotes que supongo conservarán ustedes con las otras cosillas de aquella pícara maleta...

—¡Ah!

—... y que, por tanto, Peláez no puede haber asesinado al Príncipe.

—Entonces, ¿de quién era el cadáver del río?

—Si se lo digo a ustedes ahora, van a creer que es otro enredo mío... Más vale que no sea yo quien se lo diga. Pero dénse un paseo hasta el molino de Ubaya, dénle al molinero la noticia de que está preso el Sr. Finflair, y detrás una paliza... No, al revés: la somanta primero, para que le haga más efecto la noticia, porque es duro de pelar. En seguida prométanle paliza diaria, mientras lo mandan a la horca, si no canta cuanto sabe de este asunto, y no les entrega unas cosillas que yo le di a guardar, mientras no me conviniera salieran a relucir. Y no para lo que por mi mal tengo que descubrirlas ahora.

—Pero, díganos

—Después, después. Cuando hayan hecho ustedes lo que les aconsejo. Ahora sería perder el tiempo.

Mas lo que sí les digo es que los pájaros gordos, que han menester cazar, son los del Melbourne. No, no se rían, ni se hagan ilusiones por tenernos cogidos a la doncella y a mí, que sólo somos gorrioncillos.

—No se apure por eso, Sr. Perquirente —dijo Retuerto, chungueándose al dar su antiguo título al que creía se estaba chungueando de él—. Lo de coger a aquéllos, será ya cosa de muy poco tiempo. Si es que no están ya cogidos.

—Pues si así lo consiguen, mi sincera enhorabuena. Y en cuanto los tengan no olviden el decírmelo. Pues aunque no lo crean, me interesa más que a ustedes, y me va más en ello, que los cojan.

Con esto terminó la visita.

No es preciso encarecimiento para hacerse cargo de la sorpresa de los perquiridores al oír a Finflair que podía no haber habido crimen; y sería prolijidad transcribir los comentarios, presunciones y desconfianzas de ambos, mientras se disponían a trasladarse al molino. Pero no hasta la noche; por no parecerles oportuno salir de Novaria, sin haber hecho una visitita a la doncella. En la que llevándole la noticia de la detención de su cómplice Finflair-Peláez-Rascaly, tal vez lograran hacer cesar el mutismo absoluto en que se había encastillado, y obtener de ella declaraciones que podrían contrastarse con lo poco con lo por el otro dicho.

Personados en consecuencia, aquella tarde, en la prisión de Celinda le espetaron la antedicha noticia; que, aunque no por la causa en que ellos confiaban, pues ni frío ni calor le dió la prisión de su amigo, desató, en efecto, su anudada lengua. Cuando, al serle explicado cómo se efectuó aquélla, salió enredada, entre la explicación, referencia a la fuga del prohombre, que, ignorada por ella, pues continuaba en incomunicación, la sobresaltó visiblemente, haciéndole preguntar con gran viveza:

—¿Que se ha escapado Bearfest? ¿Cuándo?

—La mañana del mismo día en que nosotros llegamos—contestó Rojas.

—¿Se sabía ya en Novaria mi prisión?

—Desde dos días antes. Porque en seguida de detenerla a usted telegrafié.

—Por eso, por eso se ha escapado.

—¡Qué desatino!: se escapó para llevarse la millonada que ha robado.

—Ca: no se ha ido por llevarse el dinero, sino por miedo al saber que me habían atrapado. Pero ya, de irse, no quiso marcharse con las manos vacías.

—¡Miedo!

—Pero...

—Granuja, indecente: él la del humo, y nosotros, aquí, en las astas del toro... Está visto, para defenderme no puedo contar ya sino con mis solas fuerzas.

—Agradecería a usted que hablase algo más claro.

—Y tan claro como hablaré. Avisen ustedes al juez que estoy dispuesta a confesar, en declaración oficial, que fuí en el rápido; que contaré con pelos y señales cuanto allí sucedió; y lo que sucedió antes y lo que sucedió después del crimen... Si es que lo hubo.

—¡Cómo si lo hubo!

—¿Pero también usted, como Finflair, pretende hacernos creer que no sabe si lo ha habido?

—No es creíble, no es creíble.

—Pues claro es que lo ha habido.

—Yo no digo que no. Es posible, tal vez probable... Mas lo seguro es que, de haber sido robado el collar y mi ama asesinada, no ha sido en el rápido, sino en la carretera de Abanal a Puertofoz.

—Esta mujer es una liosa empedernida.

—Lo más lioso y más empedernido que yo he visto en mi vida.

—No digo que no: todo lo liosa que ustedes quieran; pero liosa antes, no ahora. E insisto en que si hubo crimen tuvo que ser cometido donde he dicho, y entre cinco y media y siete de la mañana.

—Eso no puede ser. ¿Y la capa ensangrentada?

—No haga usted caso de la capa, Sr. Rojas.

—Pero ¿y la toca, y el saco de mano del tren, y las toallas sanguinolentas?

—No haga usted caso de tocas ni de toallas, Don Nicasio.

—¡Que no haga caso!

—¡Y dice que no es liosa ya!

—No señor, no señor... Pero el lío de antes es muy gordo... Y ni es fácil desenredarlo así, en cinco minutos, ni me conviene deshacerlo del todo sino delante del juez... Mas no les quepa duda de que si a mi ama la tiraron al río, no pudo ser en Puente Palmas sino en el de la carretera a mitad del camino entre Abanal y Puertofoz.

—Imposible: Ubaya está agua arriba de ese; y los muertos no nadan contra corriente.

—Según Rojas... Puede ser.

—¡Que naden!

—No, hombre, no; pero sí que los suba la marea que sabe usted empuja hasta muy adentro las aguas del Jayuya.

—Eso es verdad... Pero tampoco puede ser por las horas... Los cadáveres de Amabel y el Príncipe llegaron juntos al molino cuando rayaba el alba.

—No, Sr. Rojas, está usted confundido. A Paco lo vi yo vivo en Villa Gaya después de esa hora.

—¡Paco!

—¿Quién es Paco?

—Quise decir el príncipe.

—¿Pero y el cuchillo y el sombrero con que lo asesinaron, digo al revés, y encontramos bajo el puente?

—No haga usted caso del cuchillo, no haga usted caso del sombrero.

—Para usted de nada hay que hacer caso.

—Claro: de nada que estorbe a sus embustes. Si la apuramos capaz es de decirnos que tampoco lo hagamos de los cadáveres.

—Pues claro está que no. De los vivos, de los vivos es de los que han de preocuparse ustedes. De los que van camino de Australia.

—¡Lo mismo que decía Finflair!

—Naturalmente, porque él ve, como yo, que si aquélla no es mi ama, y temo mucho no lo sea, pues tiene unos lunares que no son de mi ama, los del Melbourne son los criminales.

—¿La otra pelinegra?

—Sí.

—¿Y Peláez?

—¿Pero no dicen ustedes que Rascaly está preso?... Pues siendo Rascaly, y Peláez, y Don Orófilo una sola persona, ¡cómo ha de ir embarcado!... El de allá es Pami: bueno, Paco.

—¿Pero y los del río?

—Y las tarjetas, y las joyas encontradas sobre ellos.

—Por todo eso pregunten ustedes al Señor Finflair, que es quien está más enterado.

—Será inútil, pues dice que ya no habla más hasta después que...

—Pues yo tampoco—replicó con viveza Celinda ya repuesta de momentánea turbación que le asaltó al oír la referencia al guardapelo y las sortijas de la bailarina, sin que la confusión de los perquiridores dejara a éstos advertirlo—. Yo tampoco hablo más hasta que el juez me llame a ampliar mis declaraciones.

—Que ya son nueve o diez cuando menos.

—Creo que once. Pero ahora va de veras. Ya he dicho a ustedes que le avisen de mi deseo de prestar otra nueva.

—¿Qué irá a decir, Dios mío?

—Es de temblar: cuanto más habla más loco lo vuelve a uno.

—Esta declaración de ahora será otro piélago de embusteros embrollos.

....

....

Con la preocupación de si al cabo resultaría complicada en verdaderos crímenes, no tenía Celinda ganas de reírse; y sin embargo aun no riéndose, no pudo menos de sonreír al ver cual espantaban a los perquiridores los nuevos acertijos que daban por seguro surgirían de la anunciada declaración.

Entre la visita a la aventajadísima trapalona, prolongada más de lo que Retuerto y Rojas habían presumido, el tiempo empleado en llevar al juez la noticia, no demorable, del deseo de aquélla de prestar nueva declaración, y lo que éste los entretuvo, hízoseles tarde para que los dos policías de vara que habían de acariciar al molinero, fueran avisados con tiempo de tomar el tren que debía llevarlos a la estación inmediata a Ubaya, y de encargar por teléfono, a Mull fuera de allí, a aguardar a los cuatro en dicha estación, un automóvil que al molino los llevara. Y dejando, en vista de esto, el viaje para la siguiente mañana, se fueron a la Criminosocial a ver si había noticias de Nelson, que, efectivamente, los aguardaban allí desde dos horas antes.

Ha de advertirse que convencido ya el embajador saxonés de que la víctima era paisana suya, y la del barco una bribona, se había avenido a la extradición de la usurpadora del pasaporte y nombre de la bailarina. Para ganar tiempo habíase solicitado por telégrafo la extradición, y comunicado en igual forma la autorización a Nueva Zelanda, para que la policía de allí detuviera a los fugitivos, a la llegada del Melbourne a Nelson, y en calidad de presos los embarcara en el primer vapor que saliera para Ibermania.

Así, tardándose cinco días en la travesía de Nelson a Sidney, éstos se ahorrarían los detenidos en el viaje de ida, y otros tantos en el de retorno a Puertofoz: en total, diez fechas de adelanto en la llegada a Ibermania. Mas, ¡oh dolor!, el telegrama que al llegar a la Criminosocial Retuerto y Rojas les enseñó el Sr. Director decía que cuando la policía de Nelson se presentó aquella mañana en El Melbourne, a la llegada de éste al puerto, el capitán manifestó que los Príncipes de Amfiloquia habían desembarcado la antevíspera en Auckland. Sin que a él se le ocurriera impedirlo, por no ir en en el buque detenidos, faltarle autorización para ello, y no querer buscarse complicaciones internacionales con Saxonia.

A radiograma, puesto desde Nelson a Auckland, ordenando detuvieran a los desembarcados contestaron de la última población no ser posible hacerlo porque aquella misma mañana habían salido para Puertofoz en el vapor Ponapé, de la Traspacífica Nipona.

—¡A Puertofoz!... Podemos aguardarlos sentados. En cualquier escala toman otro barco, sabe Dios para dónde—rugió Retuerto dando un puñetazo en la mesa.

—Hay que ir a la embajada japonesa —dijo Rojas—a pedir que telegrafíen al Ponapé no los permitan desembarcar en ninguna parte, que nos los traiga aquí, y que entre tanto...

—No es menester. Vienen ya solos, sin necesidad de nada de eso—contestó el Director, atajando a Rojas, y enseñando a éste y a Retuerto un pliego de la embajada de Saxonia, que le había entrado un ordenanza y acababa de leer—. Véanlo ustedes.

En dicha comunicación participaba el embajador la recepción de un radiograma de Auckland del cual enviaba copia y que decía:

"Señor Embajador: esta su respetuosa compatriota suplica a V. E., en nombre nuestra Gran Saxonia, desmienta, con toda publicidad, en ese país mi muerte, que me produce molestos trastornos. Para hacerlos cesar, demostrando que estoy viva, regreso a esa, embarcando hoy mismo en el vapor Ponapé.—Mistress Amabel Cork, Princesa de Amfiloquia."

—¡Princesa de Amfiloquia!

—¿Mistress?

A estas sendas admiradas preguntas del comandante y el capitán contestó el Director:

—Estamos, por lo visto, en racha de que todas las mises se nos vuelvan mistress.

—Bueno; pues ni Mistress, ni Princesa, ni bailarina, ni Amabel.

—Conformes, Rojas: La trigueña del lunar de la oreja.

—Sí, no lo dude, Señor Director: la asesina y el asesino que quieren despistarnos... Sigo creyendo indispensable acudir a la embajada japonesa.

—Por si acaso acertaren ustedes, mañana mientras hacen su excursión a Ubaya gestionaré allí lo que desean. Esto parece ahora más enrevesado que nunca, y sin embargo, amigos míos, Celinda y Finflair presos, esos otros en camino de Ibermania y lo que el molinero vomite, me parecen arroyos que aunque tarden, acabarán por llegar al mar. Y cuando se junten todos, tal vez veamos lo que ahora no.

XXIX

QUE MÁS DIFÍCIL QUE CASARSE ES COBRAR UN CHEQUE

Las declaraciones prestadas por Celinda ante el juez, únicas verdades que había dicho en su vida, no las creía nadie: ni juez, ni público ni perquiridores; las de Finflair y el molinero, igualmente ciertas, reputábanse embolismos; el telegrama de Auckland patraña. Pues nadie se avenía a creer viva a Amabel, ni a que viviera el Príncipe, ni a que resucitasen los cadáveres. Porque cadáveres había; se habían visto... Y caso de no ser de quienes se supuso serían de otros; pero los asesinos de esos otros tenían que ser Celinda y Finflair. Porque después de medio siglo de no cazar un asesino, ni el pueblo se resignaba a que los presos no lo fueran, ni los perquiridores podían consentir se les evaporara su resonante triunfo.

Todo lo que decía Finflair mentiras, cuanto decía el molinero *infundios*—perdónese el vocablo, pues está hablando el pueblo—. Lo declarado por Celinda, bastaba lo dijera ella para jurar eran puntales de imposturas nuevas arrimadas a los embustes viejos.

¿Pero qué declaraban?... Líbreme Dios de decirlo en tanto a Puertofoz no lleguen los que fueron pasajeros del Melbourne y lo eran ahora del Ponapé; pues sin meternos en tales laberintos, vamos a saber más y antes que jueces y perquiridores, gracias a que de un brinco me planté en El Melbourne, de otro en el Ponapé, y ya estoy de retorno con la noticia de que Amabel está viva, y con la explicación de cómo el idilio comenzado en el automóvil, donde la última vez la vimos con el príncipe, había ido tan de prisa que, antes de acabar el viaje la permitió firmarse Princesa de Amfiloquia.

La explicación es, que el idilio fué empujado por el mareo y por la que, en aquella ocasión, no fué pícara sino benefactora peluca: Por haberse asentado sobre ella la dicha del amador y la amadora, prontamente ascendidos a amantes esposos.

El mareo hizo rápidamente presa en su antigua parroquiana, encerrada por dentro en el camarote, para evitar la viese ninguna camarera. Pues temerosa de los estragos que el trastorno por aquél producido, pudiese hacer en su cabellera se la quitó, cuando, tocada solamente con la *subpeluca* que hizo a Celinda creer aquello del salto atrás, dió fondo en la litera.

Aquella primera acometida, feroz—pues el barco era muy marinero, y éstos son los peores para navegantes *neófitos*—la combatió sin tregua, hasta que el rendimiento y la tortura del desasogante culebreo del buque la postraron en mal dormir, al despertar del cual se llevó el gran susto la infeliz mareada; pues no veía ni gota.

No que hubiese cegado, sino porque la brega y el trajín de la pesadilla pusiéronle delante de los ojos la coronilla del capacete negro.

Dándose cuenta de ello se lo quitó; y al mirarlo, para restablecerlo en su debida posición, se le pasó aquel susto. Pero sólo para sentir nuevo sobresalto, viendo que, a causa de los duros revolcones padecidos, faenas no previstas por Sticky, en su obra, comenzaba el crepé a desprenderse, por algunos sitios, de las gomas donde estaba sujeto.

—Esto se está *desjeringando*—dijo aterrada—, cuando menos me piense se me rompen las gomas... Y si se rompen me amuelo; porque ¿en dónde me sujeto luego la trasformación? Me la pondré sin capacete... No puede ser: se me colaría hasta las narices.

En otras navegaciones, había Amabel dormido de peluca, es decir, de pelucas: con las dos. Y en cuanto el mareo daba un respirillo entraba en el camarote su buen Sticky, se llevaba las puestas y le ponía otras. Pero ahora, huérfana, completamente huérfana de peluquero, necesitaba conservar incólume aquel crepé, que era raíz de sus cabellos, prescindiendo del capacete y acostándose con un pañuelo amarrado a la cabeza; pues con la calva al aire tenía demasiado frío, y era además preciso que se la tapara. Por serle imposible aguantarse los venideros vómitos y bascas como, encerrada, había aguantado los pasados; pues ni ella ni el suelo ni la cama podían prescindir de la asistencia de una camarera.

A ésta le diría que se amarraba el pañuelo a causa de dolor en las sienes. No justicantente del envolvimiento hermético de lo alto de la testa las orejas y el cogote, indispensable si no había de vérsele que no tenía pelo. Pero esto que yo pienso no lo pensaba ella.

A gatas, pues la que todo lo bailaba de puntas, no lograba tenerse de otro modo, en aquel maldito camarote, semejante a colgada jaula zarandeada por el viento, abrió su maleta; y no hallando pañuelo de las crecidas dimensiones que su necesidad pedía, la remedió cortando un trozo del forro de franela verde nilo, de una capa de mar con la que había pensado, ¡quimérica ilusión!, pasearse sobre cubierta; porque la seda y el hilo de sus ropas no eran bastante resistentes para aguantar, sin desgarrarse, los revolcones que ella daba cuando apretaban las arcadas.

....

....

—Mabel, Mabelita—decía la voz de Pami, varias veces al día, desde el lado de afuera de la puerta del camarote—, ¿cómo sigues vidina?

—Mal, mal. No entres.

—Es doloroso, cruel... Mas lo comprendo... Y respetando tus pudores, me resigno.

De lo que menos se acordaba la vidita era de su pudor, sino de la franela.

—Adiós, cielín... Pero en cuanto estés un

poquito mejor acuérdate que no puedo resistir más sin verte...

Y la verdad es que al quinto día ella también sintió, ya menos mareada, deseos de ver al príncipe amadísimo, que con tan respetuoso amor la amaba.

Claro no era como *aquéllos*: éste quería hacerla princesa; mientras los otros nada querían hacerla que ya no fuera ella.

Al sexto día de navegación, cuando Amabel iba haciéndose un poco a los tumbos del barco, y éste cabeceaba menos que en los anteriores, vió al fin a Pami; pues ni había ya corazón que resistiera seis días larguísimos de ausencia ni las anhelantes súplicas del que verla imploraba desde el otro lado de la puerta. Es decir, verla no, sino sólo entreverla; pues el amado no entró en el camarote, sino cuando éste estuvo casi a oscuras.

Pero quiso la mala suerte de la bella, acurrucada en el rincón donde la oscuridad era más densa, que, llegando a traerle una tisana, encendiera la camarera, de improviso, la luz.

—Apague, apague inmediatamente. Estúpida. Váyase. No quiero nada. Váyase...

Apagada rápidamente la luz e ida la inoportuna, gimió la bailarina:

—¡Qué horror, qué horror! ¡Cómo me has visto Pami!

—No, almita mía... Como estoy de frente a la bombilla, me deslumbró la luz, y por mi mal no he podido verte.

—¿De veras?

—De veras.

Y mentía; pues al marcharse iba pensando:

"Yo no he visto a aquélla sino una sola vez; mas, por lo que recuerdo, me ha parecido ésta la vera efigie de Ña Pocas Liendres."

Cuando el mareo fué cediendo dióse ya a vistas Amabel, con pelo. Pero falta aquella cabellera del cuidado del padre inteligente de su forma artística, se iba desmejorando, desmedrándose. Era una compasión: el ondulado de lo alto se perdía, y los graciosos rizos de frente, sienes y cogote se alaciaban, y pronto colgarían totalmente marchitos.

En tal apuro tuvo Pami la salvadora idea de aconsejar a su novia se cortara el pelo. Y aquellas dos undosas pobladísimas crenchas de la cabellera india quedaron recortadas en melenitas de niña, de las que sal-

tan a la comba. Un tanto desdicentes de las formas, ya más macizas de lo que ella quisiera, de la bailarina de cuarenta y tantos; pero que ofrecían la ventaja de exigir menos cuidados, y deteriorarse menos que el anterior peinado.

—Si el respeto que debo a quien ha de ser Princesa de Amfiloquia, no me vedara la entrada en tu camarote cuando te haces la *toilette*, yo podría ayudarte en el cuidado de tus cabellos—decía una tarde Pami—. Yo trataría en lo posible, de reemplazar a Sticky.

—Eres angelical, príncipe mío... ¿Serías capaz?

—Sí, Mabel sí, hasta de rizarte el pelo.

Paco iba a agregar hasta de quitarte y ponerte las pelucas; mas recelando no fuera la propuesta muy del gusto de su futura se reprimió; y en vez de aquello dijo:

—Si ya eres princesa de mi vida ¿porqué aguardar el fin de este largo viaje, para darte mi título a la faz del mundo?

—¿Antes de acabar el viaje?

—Sí, porque entonces, ya sin agravio de tu honestidad, podría yo rodearte de afectuosos cuidados; y los pequeños servicios de los servidores que echas de menos te serían prestados por tu esclavo.

—Príncipe de mi vida—exclamó conmovida la bailarina, que, ya, nunca llamaba Pami a su amado sino ¡Príncipe!: así con admiraciones y mayúscula—. Eres angelical, angelical.

—Y así satisfarías esta impaciencia ansiosa en que me consumo de llamarte mía; este anhelo frenético, loco, loco.

—No loco, no, loco no. Nada de locuras. ¡Qué barbaridad!... No hables de trastornarte... Pero ¿podrá ser eso antes del fin del viaje?...

Entre el volcánico amor de la ex sílfide, más parecida ya a declinante ajamonada Juno; el temor de que la impaciencia trastornara a quien tal la adoraba—peligro por Abigaíl profetizado ser el único que era preciso conjurar para que no se divulgara lo del pelo—; el impaciente afán de llamarse princesa, y también, no hay porqué ocultarlo, su apremiante necesidad, a falta de maestro, de un aprendiz, aunque no fuera más, de peluquero, concertaron la boda para las islas Fiji o Viti-Levu. Adonde los novios llegarían cuatro fechas después de la de salida de Samoa. Y en donde por retraso, conocido ya, del vapor correo de Havai, del cual había de recibir El Melbourne correspondencia para Australia, haría este buque dos estadías enteras.

Tiempo sobrado para civiles matrimonios, en las progresivas sociedades alcanzadas por nuestros novios. Quienes llevando tan corrientes sus papeles, pues en que así fueran no se había descuidado Celinda, como para iguales efectos estuvieron los de ésta y Sticky, rápida y fácilmente se casaron en el registro civil de Suva, Puerto de las citadas islas donde El Melbourne estaba fondeado.

Nada más cómodo y expedito que las diligencias para matrimoniar y desmatrimoniar en aquellos tiempos. Pues quienes *conyugaban* laicamente (1) no habían menester para ello, ni para *desconyugar* cuando les venía en gana, sino pocos más melindres y formalidades que en realizar iguales propósitos gastan perros y gatos. Resultando por tanto innecesario que los registros, donde Himeneo unía a los contrayentes, escrupulizaran al aquilatar las legitimidades de los certificados de soltería. Porque, en último extremo, de estar casado anteriormente alguno de los novios, con descasarlo, a posteriori, de quien él quisiera, y esto era sencillísimo, quedaba *unicasado* en regla con el que deseara de sus dos cónyuges.

Desde el feliz suceso, y salva una contrariedad, no leve, mas tampoco del alma, de que hablaremos luego, la vida fué dulcísima para Amabel: Primero, porque llevando muchos días ya de navegación no se mareaba; segundo, porque todos a bordo la llamaban "Princesa", excepto las camareras y los camareros, que le daban tratamiento de Alteza, por habérselo así prevenido ella; tercero, porque ya estaba unida a aquel buen mozo...

Pero además de dulce era ya, su existencia a bordo, mucho más fácil que antes; pues todas las mañanas, separada del esposo por una cortina que, improvisada con la colcha del lecho, dividía el camarote en dos porciones, se quitaba las pelucas; y mientras ella recosía a las gomas el crepé

(1) Este matrimonio laico que, con todas las ventajas de la poligamia, evitaba el escándalo de reconocerla oficialmente, con la ingeniosa idea de convertirla de simultánea en progresiva, era una de las conquistas de las modernizadas venideras sociedades. No doy detalles más explícitos de tal matrimonio por haberlos ya dado en mis *Viajes planetarios en el siglo XXII.*

de la subterránea, que el continuo uso iba averiando, el angelical príncipe peinaba, alisaba y rizaba las melenas de la exterior, al otro lado de la cortina. Viendo y diciendo a la esposa, con pena, que cada día se caían más cabellos, que el aprendiz no sabía repegar a la ya rala cabellera; y que frecuentemente se le chamuscaban otros en la operación del rizamiento.

Estos eran los plácidos goces, y las menudas preocupaciones, que en este suelo no hay dicha perfecta, del flamante matrimonio. Vamos ahora con la contrariedad gorda.

Opinando la bailarina que una boda del fuste de la suya merecía festejarse al regresar al buque, con la solemnidad que ella pensaba debía ser protocolaria en principescos enlaces, decidió obsequiar a los compañeros de viaje con un gran banquete nupcial, donde de cierto brindarían ellos por la Princesa de Amfiloquia, cosa muy agradable para la princesa.

Mas como a su salida de Ibermania, no llevaba sino seis u ocho centenares de pesos, en billetes de banco, pues más no creía le fueren necesarios a bordo; y dicho numerario habíanlo consumido casi íntegramente, los oficiales gastos de la boda, pues la rapidez de ella se pagó cara en el consulado, para atender a los del proyectado festival tuvo que recurrir al cuaderno de cheques internacionales expedidos por el *Saxonia Bank* de Britolia, que consigo llevaba. Extendiendo y firmando uno que, apenas terminada la ceremonia de su boda, se fué a hacer efectivo al banco que en la lista de su cuaderno figuraba como corresponsal, en Suva del *Saxonia Bank*; y en donde le dijeron tener aviso radiográfico del último de no pagar ningún mandato firmado por Miss Cork, en tanto no terminara el *ab intestato* de tal señora, recientemente asesinada en Ibermania.

Como Amabel no hablaba iberés y en El Melbourne no hablaba casi nadie saxonés, ésta fué la primera noticia que la pobre bailarina tuvo de haber sido asesinada. Con gran sorpresa suya y bien fingida del esposo.

Inútiles fueron protestas, presentación de documentos, etc., etc. El cheque no pudo ser cobrado. Y para convencer a la firmante del fundamento de la negativa, mostráronle, los empleados del banco, varios periódicos saxoneses, de fechas atrasadas, en los cuales leyó telegramas y crónicas relativas al robo y al asesinato que tan de nuevas la cogían.

Sin perder minuto corrieron Amabel y

Pami al Registro de Matrimoniales Voluntades, en donde los habían casado, y en donde les negaron, en redondo, la certificación de identidad que solicitaban.

—Pero, si a ustedes les consta haber casado a Miss Cork—dijo Epaminondas—, ¿qué inconveniente tienen en certificar su identidad?

—Es distinto, es distinto—replicó èl jefe de la oficina—. Hágase cargo, caballero, de que si una novia sale falsa eso es cuenta del novio únicamente; pero si certifico yo que esta señora no lo es, y sale falso el cheque, a mí es a quien se le pega al bolsillo.

Como aquello no tenía vuelta de hoja, nada replicó el príncipe, al empleado; y dijo a la princesa:

—No te apures. Dentro de seis días llegaremos a Auckland y allí nos pagarán.

—No lo crean ustedes. Allí tendrán seguramente el mismo aviso que nosotros.

—¿Y también en Sidney?—preguntó alarmadísima la de Amfiloquia.

—También. El Saxonia lo ha circulado a todos sus corresponsales.

—Entonces, no puedo cobrar hasta volver a Britolia... ¿Y cómo vuelvo, si mientras no me paguen este cheque no tengo dinero para el pasaje?... ¿Cómo, cómo, vuelvo a Britolia?

—No le apure eso. La vuelta a Britolia nada aprovecharía a usted; porque tramitándose el *ab intestato* en Ibermania, solamente en la Embajada de Saxonia, en Novaria, podrá usted arreglar su asunto.

—Pero es que tampoco tengo dinero para ir a Novaria. Que también para eso necesito que me pague usted el cheque.

—Crea Señora Princesa, que es para mí una desolación no acceder a su deseo, pero no me es posible.

—¡Qué situación! Sin dinero y sin nombre.

—Sin nombre no: tienes el mío.

—Sí, es verdad; pero ahora sería preferible el dinero.

—No te apures; lo haremos en Auckland.

Este fué el contratiempo que amargó las primeras dichas de la desposada entre VitiLevu y Nueva Zelanda.

¡Qué fatalidad! Sobre todas las lunas de miel de los personajes de esta historia parece pesar ominoso sino que eclipsa una y enturbia otra.

Dicho se está, las nupcias no fueron solemnizadas con la pompa apetecida por la novia, quien, en la travesía de Suva a Auckland, se enteró, por los periódicos que en el primero de estos puertos le dieron, de cuanto en Ibermania se decía de su asesinato. Y después de asombrarse de aquel extraño caso, y de mirarlo y remirarlo según pedía la gravedad de él, quedaron ella y Pami convencidos de que mientras no acreditara que vivía, para lo cual era preciso retornar a Novaria, no podría disfrutar de su fortuna.

Al regreso allá tendría que pagar la indemnización. Es decir que pelearse con el Glorious para no pagársela, valiéndose de las artimañas sugeridas por el ingenioso príncipe. Pero, en último extremo, y aun pagándola, tal quebranto no era comparable al conflicto presente de no poder disponer de una siquiera de sus muchísimas pesetas. Y si se descuidaba, de pleitear, para sacárselas, al Ministro de Hacienda de Saxonia que ya había visto Pami, alarmadísimo se presentaba como heredero en nombre del Estado.

Al consorte de la estrella danzante no le hacía mucha gracia el regreso. Mas resignábase a él, pensando que, al ver viva a su señora, se convencerían en Novaria de que no habiendo víctima no podía haber crimen, y faltando éste nada tenía él que temer del retorno, en el cual solamente peligraba el secreto de la calvicie de su esposa. Y eso, que le tenía sin cuidado, callábaselo él a la princesa. Además que, de llegar a hacerse pública esta desgracia, ya la consolaría él diciéndole que tal fenómeno nada tenía de particular en la Estrella de la Danza, cuando entre todas las del firmamento sólo unas pocas, los cometas, tienen cabellera.

He aquí porqué desembarcaron en Auckland los Príncipes, pasando allí día y medio bastante inquietos con la dificultad de no tener dinero para sus pasajes en El Ponapé, cuya partida estaba señalada para dos fechas después. Inquietudes que les duraron hasta conseguir vender dos hermosas perlas del collar a un joyero. Quien, por ser los vendedores forasteros, "que, sin ofender a los señores, podían ser ladrones", comenzó poniendo melindrosos escrúpulos a la compra. De los que, al cabo, dijo prescindía en atención a ser aquéllos príncipes; pero realmente a causa del negocio leonino de adquirir las perlas por una cuarta parte de su valor.

Al otro día embarcaban Amabel y Pami. Siendo tal vez interesante para los lectores impuestos de las vicisitudes corridas por los cabellos de la bailarina a través del Pacífico, saber que en El Ponapé se hacía todo el mundo lenguas de *cuán rubísimos* eran los de la Princesa. Mas no igualmente rubios; pues según advirtió un pasajero observador, y aficionado a la estadística, en las fechas pares eran de un dorado rubio y en las impares de un rubio ceniciento, es decir: *rubio yanqui y rubio germánico*, que habría dicho Sticky con peluqueril tecnicismo.

¿Aprensiones?... ¿Reflejos y cambiantes de luz en aquellos cabellos?... No, sino que Amabel usaba dos pelucas, muy parecidas, pero no exactamente iguales, por no haberlas en Auckland idénticas. No obstante la diligencia con que mientras la princesa estaba recluída en la fonda, enturbantada con una *écharpe* a la cabeza, las buscó el amable esposo por todas las peluquerías. Llevando, como muestra para las dimensiones, la pobre cabellera india: venida a menos con el corte que la convirtió en melena, y llegada después a casi nada con caídas de pelos e injurias de las tenacillas.

Además las *transformaciones* zelandesas no se ajustaban a la cabeza de Amabel, como las obras de arte de Sticky. Pero en la guerra como en la guerra; y comparado el viaje de retorno, en que no estaba atenida a una sola peluca, con el de ida, era un paraíso.

—Gracias a tí, bien mío, Príncipe de mi vida; gracias a tí que me has salvado.

—A cambio de la dicha que te debo, diosa mía.

—¡Qué amor, qué amor, tan puro el tuyo!

....

....

Veintitantos días después, los periódicos de Ibermania daban la noticia de haber desembarcado en Puertofoz los Príncipes de Amfiloquia. Quienes, al apearse del tren en Novaria tuvieron la desagradable sorpresa de que el príncipe fuese protagonista en la siguiente escena:

ROJAS.—Dése usted preso.

PRÍNCIPE.—Usted seguramente ignora con quién habla.

RETUERTO.—¿Qué ignoramos? ¡Qué hemos de ignorar!

PRÍNCIPE.—Imposible. Sepan que soy el Príncipe de Amfiloquia, Gran Collar de...

ROJAS.—Ca, hombre: usted es Paquito Pérez.

RETUERTO.—Sentenciado, en rebeldía, por falsificación de letras.

PRÍNCIPE.—Me he caído.

Y no era él, sino Amabel, quien se caía desmayada, exclamando: ¡Paquito Pérez!... ¡Gran Dios!... ¡Nada más que Paquito!

....

....

—Todos cogidos amigo Rojas.

—Todos, todos.

—A ver qué dice ahora de nosotros Ibermania.

—¡Viva el Cuerpo de Perquiridores!

—¡Viva, viva!

Estos vivas los dieron abrazándose los antiguos rivales, que ya eran fraternales amigos.

—¡Viva Retuerto, viva Rojas!—clamoreaban los falangistas que los vitoreados habían traído con ellos para efectuar la detención.

—No amigos míos—contestó Don Nicasio—¡Viva el perspicuo y calumniado Cuerpo de Perquiridores!

—¡Viva, viva!

XXX

AHORA SÍ QUE LO SABEMOS TODO

19.391 folios tenía la causa del rápido al quedar lista para sentencia, de los que 949 estaban llenos con declaraciones hijas del fecundísimo ingenio de Celinda.

El que los anteriores como casi todos los citados con ocasión del crimen del rápido 373, fueran capicuas era coincidencia que a no pocos daba en que pensar. Tanto que de ella nació, en un semanario ilustrado, una sección titulada "Numéricas curiosidades del Crimen", que tenía no pocos aficionados.

¡19.391 folios!... No es posible copiarlos; y siendo indispensable sintetizar muchísimo, perdónese si el resumen resulta soso y seco.

El Don Orófilo Finflair de Novaria, Rascaly en Bretolia, fué quien en Puertofoz zascandileó ostensiblemente, la víspera del crimen, llevando bisoñé negro, rizado, sobre su recién rapada cabeza, y traje idéntico al usado en tal día por el príncipe; fingiendo ronquera como la de éste, y no acento extranjero, pues a él le era propio. Siendo a la inversa, Paco, quien venía simulándolo desde su ingreso en la familia de los Amfiloquios.

Además de lo averiguado, punto por punto por Retuerto, y que ya leímos en su libro

—Tienes la boca de éste arma a cuatro dedos de la nuca, y te ordeno virar.

de memorias, sobre las citadas correrías en Puertofoz, el mismo personaje, durmió la siesta en el "Hotel Grande Monde", hasta llegar la hora de tomar su taxiauto abierto que los llevó, con los paquetes de sus compras, al garaje donde lo aguardaba el cerrado número 3, que de mañana había apalabrado, y en donde por la noche fué a Villa

113

Gaya delante de cuya verja llegó a las 10 y 30. (1)

Vamos a otros personajes.

Cuando del cesto de la merienda sacó Celinda, y entregó al príncipe, los fiambres y las botellas que éste se llevó, a escondidas recibió de él la llave del garaje que él simuló llevarse al irse, en el auto, con el motorista a quien dejó en Uriz. Además, y siendo la doncella muy aficionada a bichos, del mismo cesto tomó otra porción de la merienda, con la cual, y por dos veces, antes de anochecer obsequió a Garbosa. Acariciándola y hablándole insistentemente en voz alta mientras la perra engullía el agasajo.

Después hizo, la misma moza, cuanto sabemos por las declaraciones de los porteros, hasta dejar narcotizados y encerrados a éstos en la portería, cuya puerta cerró por de fuera con la llave que a la siguiente tarde había de ver Malas Patas. Fuése desde allí a su alcoba, se quitó la falda y se calzó unos pantalones de hombre, que a prevención traía en su maleta.

En ésta habían venido además una toca y una capa de viaje de señora, que, al hacer los baúles de la suya, tuvo cuidado de no meter en los enviados de Melbourne, y una peluca rubia: no de Amabel, pues Sticky no tenía parte alguna en estos tejes manejes de su novia, sino por ésta comprada y perfumada, así como la toca, con la esencia favorita de la bailarina, identificada por el olfonógrafo. Y eso buscaba la taimadísima doncella, para hacer creer en el asesinato. Mas no previó que, cuando ella se pusiera peluca y toca, se mezclaría, con aquel suave aroma, el olor rabioso del pachulí de su habitual uso, y sería a la par que él reconocido por los químicos olfonotécnicos del laboratorio. Ni pensó en posibilidad de que a su cabeza se adhirieran los pelos rubios de la peluca dejados en la almohada del lecho que ocupó en Villa Gaya; ni que en la toca quedaran los negros suyos en ella encontrados.

Además de lo dicho, también había traído, de Novaria, el lujoso bolso de viaje al día siguiente recogido en el departamento donde se hizo la muerte delatada por la capa prendida en Puente Palmas. Pero no al descubierto, sino escondido bajo la funda vieja de lona, de uno de su propiedad, para que su ama, que a la vista llevaba el que aun

(1) Si algún lector se ha mareado, y se le embarullan los recuerdos, puede refrescárselos con los cuadros sinópticos de las hipótesis de Rétuerto y de Rojas, insertos en las páginas 96 y 97 de *Las Pistas del Crímen*.

siendo más modesto dió en ojo a las lugareñas de Abanal, no se enterase en el viaje de Novaria a Villa Gaya, de que su doncella llevaba aquella joya que conmemoraba uno de sus más grandes triunfos.

Sobre los pantalones se volvió Celinda a poner la falda; pero habiéndoselos antes remangado para que no se vieran por debajo de ésta. Seguidamente púsose peluca, toca y capa; cogió un pedazo de ternera restante de la que antes dió a la perra y se salió a aguardar, en el jardín, al que de Puertofoz venía.

Ella fué, pues, quien al llegar Finflair, en su papel de Peláez, le entregó la llave de la cochera, *hablándole en saxonés*, para así engañar al motorista y a cuantos en pos de él iban a ser engañados con tal treta.

Una vez encerrados, el automóvil y su conductor en la cochera, y ya en el jardín Finflair, sacóse éste de los bolsillos los dos frascos, de las etiquetas trocadas, de morfina y cianuro, y las dos jeringuillas; y con ayuda de Celinda mató a Garbosa, con toda facilidad.

Pues habiendo tenido aquélla buen cuidado de dormir a los porteros, sin darles tiempo de acordarse de soltar a la perra, estaba ésta sujeta por la cadena; y porque al oír el animalito la voz de la obsequiadora de la tarde que se le acercaba enseñándole la ternera, cuyo olor le era cual la voz conocido, recibió sin la menor desconfianza las caricias de su nueva y traidora amiga; y no opuso resistencia a que ésta la sujetara por el collar, mientras ella se comía el agasajo, y rápidamente la inyectaba Finflair el terrible veneno que con ella acabó antes que ella acabase la ternera.

Consumada esta perrada, de que la perra habría sido incapaz, fuéronse sus autores al gallinero, donde robaron una gallina: verdadera víctima, por Celinda elegida, para que de hecho representara en el crimen el papel que en la apariencia de éste había dado a la Flying Girl. Pero como la inmolación no había de ser perpetrada sino en el tren, viva metieron la gallina en la sombrerera, al efecto comprada en el bazar de Puertofoz.

A las 11 y 35, diez minutos después, Don Orófilo, simulando ser el príncipe, y Celinda disfrazada de Miss Cork, subían al rápido en la estación de Abanal: llevando ella a la mano el citado saquito de viaje, con el cual hizo las exterioridades necesarias para dar a entender iba en él el collar que pasó por robado. Su cómplice llevaba un atacapas con las gorras, el sombrero y los sobretodos oscuros, comprados a la par que la sombrerera en donde rebullía la pobre sentenciada a perecer.

Como en las antiguas comedias de enredo, muy en boga en los tiempos de las mocedades de Ignotus, la traviesa y auténtica doncella iba a desempeñar, en el tren, dos papeles: el de la bailarina y el de la supuesta doncella—tan fantástica como el Peláez—, que, con la compra del billete de Puertofoz a Valdemimbres, se fingió haber subido al rápido en la primera de dichas poblaciones.

Por eso, tan pronto como, al subir al tren, hubo representado el primer papel, se metió Celinda, según a Rojas dijo el camarero del reservado, en el tocador de éste. Donde, a puerta cerrada, se quitó toca, peluca y capa; saliéndose en seguida al compartimiento de las camas para que, con su pelo negro, la viese, pero sólo de espaldas, el revisor a quien Finflair, con la puerta entornada, dió los *tres billetes* que aquél picó en el pasillo; y a quien dijo estar ya dentro la doncella, llegada por un lado, mientras dicho revisor la buscaba por otro.

A poco de puesto en marcha el tren fué abierta la sombrerera, envuelta la gallina en la capa de Amabel a fin de sofocar los cacareos que era de presumir diera antes de ser degollada, cual lo fué, encima de la cama, con el cuchillo comprado por Finflair. Se procuró, y se consiguió que cundiera la sangre: dando para capa, sábanas, toallas, mechones arrancados de la peluca, forro del saco de viaje, etc., etc.

Finflair, ayudante, no más, en esto, como en todo, de la autora del plan, tuvo la precaución, aunque olvidando recomendársela a ésta, de ponerse los dediles de goma para no dejar huellas. Mas sabemos que uno se desgarró contra el grifo del lavabo. Si no antes, cuando agarrando por las patas la gallina muerta, y asomándose a una ventanilla, golpeó el sanguinolento cuerpo de aquélla contra la cartela donde sobre fondo blanco, iba, en la parte exterior del vagón el rótulo "Reservado de lujo". Para dejar otro vestigio del crimen que sabemos fué visto en Valvanera.

Después metió otra vez a la ya interfecta en la sombrerera. En compañía de la peluca desgreñada y falta de los mechones arrancados de ella, y esparcidos por el teatro del crimen, para poner en aquel cuadro el toque de despeluznante realismo, que había de horrorizar a los primeros que allí entraran

después de idos los montadores de la decoración.

No fué pues arrojado del tren cadáver ninguno: ni aun el de la gallina.

—Pero ¿y los vistos en el río?—pregunta un impaciente.—¿De quiénes eran?

—Paciencia, que todo se andará, y de prisa. Pero con orden; pues la ingeniosísima enredadora que urdió todo esto decía bien cuando dijo que desliar sus embrollos requiere tiento y maña: so pena de enredarse en otros nuevos.

Prosigo: No solamente no se tiró cadáver, sino que tampoco fué arrojada la capa de la bailarina, con la cual hizo Celinda un envoltorio, ocultando en lo interior de él las sangrientas manchas con que a intento fué ensuciada, y metiendo dentro el cuchillo avicida y el sombrero flexible, con las iniciales de Epaminondas. El usado por Finflair en Puertofoz y en el tren, y reemplazado al bajarse de éste con una de las gorras por él compradas en el bazar de aquella población.

La otra se la puso Celinda. Que, quitándose la falda, se quedó en pantalones de hombre; y con aquélla, el abrigo gris y el sombrero comprado a la par que las gorras, hizo otro lío: Era su sino.

Por último, ella y su compañero estrenaron los sobretodos oscuros de repuesto, y él, además, los bigotazos más tarde hallados en la maleta *de Peláez*. Quedando así convertidos en los viajeros que se apearon del rápido en Valdemimbres: uno de ellos el mozuelo cuya voz chocó, por bonita, al camarero de guardia de noche en el vagón, y en quien adivinó Rojas a la doncella. Aun cuando luego lograra la taimada despistarlo.

Con ellos llevaba la sombrerera; en un envoltorio la capa de Amabel, el sombrero de Pami y el cuchillo, y en otro la falda de Celinda y el abrigo gris, de hombre, igual al del príncipe. Detrás dejaban el tercer, y más gordo, de los líos: el del crimen del rápido.

En la parte de afuera de la estación de Valdemimbres los aguardaba el verdadero Príncipe. No, aquí no hay nada verdadero, ni La Verdad siquiera... Bueno, los aguardaba Paco, que de príncipe se las daba, y había llegado rato antes en el automóvil abierto—el número 1 de los catalogados por Don Nicasio—, en que a las seis de la tarde salió de Villa Gaya, cuya chapa arrancó, después de dejar en Uriz al motorista dormido, y en el cual siguió luego a Puente Palmas.

- - -

En este auto—el primero visto aquella noche por el guardabarrera—cruzó sin detenerse, por Valdemimbres, llegó a Rozán, donde tomó el billete de tal pueblo a Novaria, e hizo cuanto pudo para que le conocieran ser disfraz el guardapolvo del conductor que llevaba sobre su abrigo. Pues, a fin de enloquecer, como lo consiguió, a los perquiridores, y también, fuera inmodestia recatarlo, a quien escribe esto, quiso la perspicaz organizadora del simulado crimen dejar por todas partes pistas del príncipe, que por asesino había de pasar en un principio y por asesinado luego.

De Rozán retornó Paco a Valdemimbres, a esperar a sus compinches del rápido ascendente. Que apenas llegados se metieron en el auto, saliendo de estampía en él para hacer, en Puente Palmas, lo que en seguida se verá. Mientras tanto entraba Paco en la estación con el mismo transparente disfraz de Rozán; y dejando se le vieran, como allí, las ropas del príncipe, por entre el cubrepolvo de motorista; y haciendo oír su ronquera y su acento extranjero, tomaba billete de tercera para Puertofoz, en el rápido descendente de Cochamba. Que pasaría por Valdemimbres un cuarto de hora después que el ascendente recién pasado.

A la llegada de dicho descendente, subió a él por la plataforma de un vagón, junto al que, aguantando un chubasco torrencial, estaba un mozo de estación, de quien se hizo visible cruzando con él unas cuantas palabras. Ya arriba avanzó por el pasillo de comunicación de unos a otros vagones hasta dejar atrás seis o siete de éstos; y saliendo a otra plataforma, cuando el tren comenzó a ponerse en movimiento, bajóse de ella por el lado contrario al del andén de subida.

Cuando, ido el tren, volvió a ver la estación, que aquél le ocultaba antes de partir, ya el mozo entraba en ella, a guarecerse de la lluvia. Siéndole por lo tanto, a Paco, fácil rodear el edificio sin ser visto de nadie, salirse al campo, andar doscientos o trescientos pasos por la carretera y pararse en espera del retorno del auto con los otros.

Eran las dos y media de la madrugada; y la noche, sin luna, estaba con la lluvia aun más obscura, o fusca que diría Retuerto; pero Paco y Finflair conocían perfectamente aquellos lugares. Pues, para estudiárselos a conciencia, juntos los habían reconocido, despaciosa y atentamente, unos días antes.

Pocos minutos después regresaron, en el auto, Finflair y Celinda, de Puente Palmas. Donde, de modo que no se la llevara el viento, dejaban la capa ensangrentada, prendida en el sitio en que al amanecer la vió el novio de la guardesita. El cuchillo y el sombrero quedaron sobre el barro y cercanos a la orilla del río.

Después de hecho esto, y guareciéndose de la lluvia en el auto, se quitó Celinda la gorra y el abrigo, así como los pantalones, poniéndose su falda. Mientras su compañero, aguantando el chubasco, se quitaba la gorra y el sobretodo oscuro, reemplazándolos por el abrigo gris que había usado en el rápido y el sombrero comprado en Puertofoz. Y en los atacapas fueron ahora guardadas las prendas que él y ella se quitaron.

Las idas y venidas de Celinda, ayudando a Finflair a las operaciones dichas, y andando sobre el lodo, explican el porqué sus botitas tenían el barro recogido en la alcoba de Villa Gaya, y la humedad que en las huellas de las pisadas del pie más pequeño, empañó el encerado suelo de la misma.

Los ruidos de la marcha del coche, a la llegada al puente y a la partida de él, fueron los del *segundo y el tercer auto*, que el guardavía dijo a Rojas haber oído, desde su casa, entre dos y tres de la madrugada. Además del que, "hacia arriba", vió pasar entre diez y once.

El cuarto, que muy poco después cruzó "hacia abajo", era el mismo donde Celinda y Paco regresaban a Abanal. Dejando en Valdemimbres a Finflair con el atacapas, la sombrerera y los bigotes postizos.

Apenas idos unos, se hizo el otro visible en la estación, con el traje de príncipe mal disfrazado hasta que al llegar el mixto Caulipas-Novaria, subió a él, quitándose al hacerlo los bigotes, y utilizando el billete tomado en Rozán por el que hacia Villa Gaya iba.

Así parecía Valdemimbres cabeza de dos falsas pistas de la fuga del príncipe: una realizada en el descendente Cochamba-Novaria en donde se subió y bajó el falso motorista que simulaba ser aquél bajo un disfraz, y otra en el mixto en donde, embigotado, fingía Finflair ser el mismo ubicuo personaje que en donde se iba era en el auto.

A la mañana siguiente llegaba Finflair a la fonda en donde se hospedaba a nombre de Peláez, y guardaba en una maleta, que allí tenía, y *no había viajado la noche anterior*, cuanto en ella volvió a ver, no con gusto, cuando como Perquirente la abrió en presencia de Retuerto y Rojas. Dejándola en la habitación que pagó por un mes, *al irse a hacer el viaje comercial por provincias*, llevándose consigo la sombrerera, el atacapas, los pantalones, la gorra de hombre usada por Celinda y un paquete pequeño que aquélla le había dado con una cartera del Príncipe de Amfiloquia, un tarjetero de Amabel, varias sortijas, dos pulseras y un medallón con retrato y unos pelos de Pami, que nunca había llevado Amabel al cuello; pero que la doncella de ésta había metido en él.

En el tarjetero de la bailarina iba la carta, firmada Pami, que a los perquiridores dió la primera noticia de un Peláez de quien no tenían ninguna; y que, encontrada sobre el cadáver de aquélla en el río, echaba por tierra todas las hipótesis anteriores para sustituirlas—esto era lo perseguido por Celinda—, por otra tan falsa como ellas: la de que Peláez había matado a Amabel en el rápido y a Epaminondas en el puente.

Con su regreso a Valdemimbres daba aquella habilidosa embrollona pista para que, según opiniones, se la tomara, o por la falsa doncella, en que creyó Retuerto, o por la otra mujer, tan irreal como ésta, que Rojas supuso, llevada por el príncipe—antes de ser asesinado, claro es—a la casa de campo. Pues para ambos perquiridores era indudable, ya se sabe, que, fuera una u otra, una pelinegra había suplantado en El Melbourne a la fenecida Amabel. A la par que Peláez suplantaba al Amfiloquio.

A la noche siguiente, ya con otro disfraz, dejaba Finflair las joyas en casa del chamarilero de Puertofoz, que, andando el tiempo, declaró habérselas comprado al tuno de Ubaya. Y éste recibía, del mismo Finflair, a la mañana siguiente, el tarjetero de Amabel, con la carta, uno y otra pasados por agua, el atacapas y la sombrerera, que tanto había viajado.

Ya se vió en "Las Pistas del Crimen" cómo y cuándo salieron a luz joyas, tarjetas, cartas, al convenirle al Sr. Perquirente Popular ir enredando más y más la maraña del fingido crimen, acumulando mentirosas pruebas para hacerlo parecer verdadero.

En cuanto a la sombrerera y al atacapas, escondidos en el molino, eran venideros orígenes de nuevas pistas. Que se descubrirían cuando a Celinda conviniere hacer cisco las anteriores y sugerir otras igualmente embusteras. Pues el propósito de los muñidores del crimen era llevar al colmo la excitación producida en todo el país por él; y

prolongarla, mareando, todavía más, a perquiridores, falangistas y platónicos *perquirófilos* de afición.

Mas antes de ser representados los nuevos actos de la farsa, fueron presos la autora y el primer actor; los policías de vara hicieron confesar al molinero, entre vergajazo y vergajazo, que los cadáveres del río eran invención del Sr. Perquirente Popular —y erraba, pues lo eran de la otra—, que a él le había ensayado la escena representada ante Retuerto y Rojas, pagándole generosamente por ella, y dándole a guardar en depósito el atacapas y la sombrerera, con las sorprendentes cosas que sabemos contenían. Las cuales entregó el tunante a los mismos a quienes antes había engañado.

Lo que en Villa Gaya hicieron Celinda y Paco con la pobre hija de Terpsícore relatado fué ya. Y con ello y el autonarcotizamiento de la tunanta, junto a la cual son pobres aprendices los Rafles más famosos, queda auténticamente reconstituído el crimen y las fechorías realmente hechas por sus inventores.

¿De modo que lo del collar robado? Farsa: eso ya lo sabíamos desde que en Auckland vendieron las dos perlas los Príncipes de Amfiloquia. ¿Los cadáveres del río?, farsa también; y por lo tanto farsa el doble asesinato.

Alto ahí, eso ya no: el doble asesinato era verdad. Que lo digan la perra y la gallina... ¡Qué tontería! A poder decirlo no habría habido asesinatos. Pero como no pueden...

Pero ¿con qué finalidad se había hecho todo aquello? Pronto va a saberse.

XXXI

LA CLAVE DEL CRIMEN

Las pruebas.

Cuanto contiene el anterior capítulo salió con crédito de verdad patente del período de pruebas; pues a las conocidas ya de pisadas, impresiones dactilares, barro, perfumes, garrapatas, se agregaron éstas:

1.ª Los piojillos de la toca y las ropas de Celinda, Finflair, etc., fueron cogidos por éstos al revolotear en torno de ambos las inquilinas del alborotado gallinero, puesto en conmoción a media noche; y eran iguales a los que, muertos ya, los pobrecitos, fueron después encontrados en las prendas del atacapas y en la sombrerera.

2.ª El examen detenido de la sangre seca de capa, cuchillo, etc., etc., demostró microscópica y químicamente no ser de bailarina, sino de gallina. Evidenciando para escarmiento de *policías* precipitados, cuán peligrosas son a veces las apariencias con aspecto de inconcusas; pues por no caber duda de ser sangre lo que manchaba los objetos entregados al laboratorio, no hizo éste de primera intención más averiguaciones.

3.ª Las motitas cuya naturaleza no había podido ser averiguada por químicos ni naturalistas, vino a conocerse por haber estallado, en los corrales del conserje del laboratorio y del molinero de Ubaya, un gallináceo artritismo contagioso en las patas de las pupilas de ambos, e igual a la padecida por el averío de Ña Pocas Liendres. No obstante lo muy distantes que entre sí están Abanal, Ubaya y Novaria. Pues las tales motas eran partículas escamosas desprendidas de las patas de las gallinas enfermas de Villa Gaya.

4.ª Preexistencia de la interfecta del rápido: probada porque tan pronto estuvo en sus cabales, después del narcotizamiento, había la citada Ña echado de menos a "La Pintá". Cuyas plumas, inconfundibles, se hallaron en la sombrerera, y fueron reconocidas por aquélla.

Etcétera etcétera.

¿A qué continuar relacionando pormenores prolijos, cuando espero se crea bajo palabra mi afirmación de haber quedado archiprobada hasta la más nimia particularidad del crimen, y convictos y confesos los criminales?

Las responsabilidades.

Aun quedando los asesinatos y el robo del collar en agua de cerrajas, era, sin embargo, incontrovertible la comisión de los siguientes delitos:

Ficción de un estado civil: el del Príncipe de Amfiloquia—equivalente al *levantamiento de un muerto*, pues la familia estaba ya extinguida en los tiempos de Temístocles—, y matrimonio contraído abusando de tal fantástica personalidad y de la estupidez de la bailarina.

Falsificación de pasaportes, y de una falaz orificación de un colmillo sanísimo. Con propósito que, si frustrado por las oportunas reflexiones de Celinda a Paco, se probó tuvo éste de robar el collar, de asesinar a Amabel y de suplantarla en el barco con una *golfa* indecentísima. Pero ni esta bribo-

na, ni Abigaíl, la maga, pudieron ser habidas.

Hurtos de sortijas, capa, toca, pulseras, guardapolvo, etc., etc. Con abuso de las confianzas de la bailarina y del motorista.

Robo de una peluca rubia con las circunstancias agravantes de violencia, alevosía, premeditación y nocturnidad. Robo de una gallina: también nocturno, y con fractura de la puerta del gallinero.

Alevosa muerte de La Pintá y La Garbosa.

Imprudencias temerarias, consiguientes a los narcotizamientos y a la difusión por todo el país de una epidemia, antes localizada en Villa Gaya, de las aves de corral.

Uso de varios nombres por el Míster Finflair o como de veras se llama. Cosa que no pudo averiguarse.

Infracción maliciosa de un contrato con el Glorious Star's Theatre, al cual tuvo Amabel que indemnizar.

Y otras varias cosillas que hacían sumamente pesada—por eso nos las hemos *fumado*—la lectura íntegra de los resultandos de la acusación fiscal. Donde, además de las responsabilidades frescas, salía a relucir la antigua falsificación de letras por la que Paco Pérez estaba sentenciado en rebeldía.

La sentencia.

Por lo viejo y lo nuevo fué Paco condenado a veintidós años de presidio. Por los delitos en común cometidos, fueron sentenciados a ocho Finflair y Celinda; más dos impuestos al primero por desacato, o *camelo*, a las respetables instituciones Acción Popular y Cuerpo de Falargistas, al aceptar y ejercer infielmente la alta Magistratura de Perquirentes del Pueblo; más seis de añadidura por indebida aplicación de fondos del Estado, a sus truhanerías.

Por supuesto los quince mil duros de Celinda, de que Rojas se incautó al detenerla, fueron confiscados y aplicados, como pertenecientes a La Verdad, de donde habían salido—ya se verá cómo y porqué—, a pagar la indemnización a que el periódico fué condenado por haber calumniado a Malas Patas y Matías, más alegres con la muerte de la gallina que si se la hubiesen comido, y a indemnizar a los conserjes de las pérdidas de ella y de la perra.

Por último, y ahora llega la explicación del *porqué y para qué*, que nadie se explicaba, habían sido simulados robo y asesinato, y combinándolos en forma bien meditada para que indagaciones y proceso duraran meses, meses, meses, poniéndose cada vez más revesados.

La susodicha explicación hallábase en la parte de la sentencia que, además de condenar a ciento tres años al fugado prohombre por las múltiples estafas y robos cometidos en las empresas que *mentoreaba*, lo sentenció, en rebeldía, por de contado, a otros quince, por haber sido iniciativa suya la ficción del crimen, y por haber él dado el dinero para tal ficción.

No suyo, sino de La Verdad; pues el plan ideado por Celinda, y representado bajo su dirección, tenía por objeto proporcionar al periódico un sensacionalísimo crimen *de su propiedad*, en el relato de cuyos pormenores y pesquisas no pudiera nadie competir con él; por tener Bearfest todos los hilos y poder, no ya informar al público antes que nadie, sino fabricarse triunfos sorprendentes adivinando cuanto ocurrir pudiere.

A causa de esta originalísima idea de Bearfest, nacida cuando comenzaban a decaer las tiradas de La Verdad, dejó Finflair la redacción de ésta para irse a hacer de Rascaly en Britolia y traerse a Celinda. Gracias a tan genial treta, no solamente se había atajado la baja sino que tiradas y anuncios subieron a las nubes en cuanto La Verdad pudo explotar El Crimen del Rápido, y la Acción Popular. Beneficios de que participó El Glorious Star's Theatre, haciendo el óptimo negocio de las películas hipotéticas. Cuya idea general era de Bearfest, y cuyas tramas combinaba Finflair.

EPÍLOGO

Con la misma facilidad con que había matrimoniado desmatrimonió Sticky, invocando varios abusos de confianza, puestos por el proceso en claro, de la que siendo todavía no más que su futura, lo había narcotizado arteramente, cuando inocentemente creía él haberse emborrachado.

Amabel se descasó también. Porque ella se había enlazado a un Príncipe; pero no a un Paco cualquiera. Que sobre resultar de lo peor entre los Pacos, le había jugado la trastada de aquel terrible amanecer de Villa Gaya, y por culpa de quien, esto era lo peor, había pasado las tremendas amarguras de su asistencia como testigo al juicio oral. En donde oyendo a cada instante hablar públicamente de su calva y sus pelucas, pasó muchas ominosas tardes sentada junto a Ña Pocas Liendres, la otra calva, pero ésta resignada. Proximidad que sugería al público vejatorias comparaciones entre las dos homogéneas testigos, y cruelísimas cuchufletas. Que toda la autoridad del Presidente no basta a enfrenar; porque el público estaba divertidísimo, y no lo hacía a mal hacer.

Allí tuvieron total fin los engreídos desvanecimientos de la *estrella*; allí se desguindó de lo alto de su principado. Aquella era la espantosa catástrofe que acababa con la triunfal carrera artística de la *fanciulla del sole*, incapacitada de volver al teatro y arrepentida ahora de no haberlo abandonado cuando se quedó mocha.

¿Y porqué, estando rica y colmada de aplausos, que no podían crecer, no dejó las tablas antes de afondongarse y decaer y vivir a toda hora asustada con que le descubriera la calvicie?...

Por lo que el borracho no deja de beber, ni de jugar el jugador; porque ni su codicia se saciaba de ganar mucho dinero con muy poco trabajo, ni su vanidosa presunción se ahitaba de oírse llamar bella, ni de ovaciones de los públicos; porque ¡qué diría Terpsícore si su sacerdotisa abandonara el sacerdocio?

....

....

¡Qué cataclismo!: La voladora había muerto para la corcografía, quedándole no más, como recuerdo de cuán alto había subido, las tarjetas que decían:

MISTRESS AMABEL CORK,
PRINCESA VIUDA DE AMFILOQUIA

No divorciada, porque eso lo es cualquiera, y porque tal estado no le habría permitido poner el título en las tarjetas; sino viuda. Pues si Paco vivía era indudable que el último príncipe había muerto, ya se recuerda, en tiempos de Temístocles.

*

A los pocos días de terminada la causa, "La Sinceridad de N***", gran periódico de fundación recentísima daba la noticia de haber desaparecido su director, atrevidamente secuestrado, a altas horas de la madrugada, al entrar en su casa de regreso de la redacción.

El golpe se lo habían dado tres desconocidos, cayendo sobre él, cuando bajaba de su auto, metiéndolo en otro que parado estaba delante de la puerta, y escapando a gran velocidad. Sin que el primero pudiera darles caza porque en el momento de parar se le pincharon tres neumáticos. Agujereados por una placa de hierro erizada de pinchos, en el suelo puesta de antemano donde había de detenerse.

El secuestrado era Bearfest, los secuestradores Retuerto, Rojas y un subperquiridor que se llevaron a aquél a un aeroplano, conducido por el piloto aviador que lo había traído a N***, y ahora le cobraba aquella cuenta volviéndolo a Novaria.

Al día siguiente entraba el ex prohombre en presidio y comenzaba a cumplir sus ciento diez y ocho años de condena.

***

Terminemos y hagámoslo con toque un poco menos triste que los anteriores.

Juntos embarcaron para Saxonia la apagada estrella y su fiel satélite: el único siempre constante y leal, su buen Sticky. Allá iban, consolándose mutuamente, los pobres descasados.

¿Dos' viudos, para su caso como si lo fueran, que mutuamente se consuelan?... No sé, no sé...

Amabel ansiaba hacía tiempo un afecto puro y verdadero; Sticky había soñado con un plácido hogar, frustrado por la pérfida. Ni una ni otro tenían porqué inmolar sus venideras vidas a recuerdos de quienes no merecían tales sacrificios; penas de amor no las consuelan sino nuevos amores, y ambos necesitaban sendas almas en donde reclinar las suyas... No sé, no sé...

FIN

BIBLIOTECA NOVELESCO-CIENTÍFICA

por «EL CORONEL IGNOTUS»

(Seguirán otras muchas a razón de tres a cuatro por año.)

OTRO GRAN EXITO

MODERNAS BRUJERIAS DE LA CIENCIA. -- Charlas vulgares. 6 ptas.

OTRAS OBRAS DE JOSÉ DE ELOLA

PIDANSE EN TODAS LAS LIBRERIAS o al autor, Princesa, 12.—MADRID

CLÁSICOS DE CIENCIA FICCIÓN

DE LOS ANDES AL CIELO

CORONEL IGNOTUS

PRÓLOGO DE RICARDO MUÑOZ FAJARDO:
LA IMPORTANCIA DEL CORONEL IGNOTUS

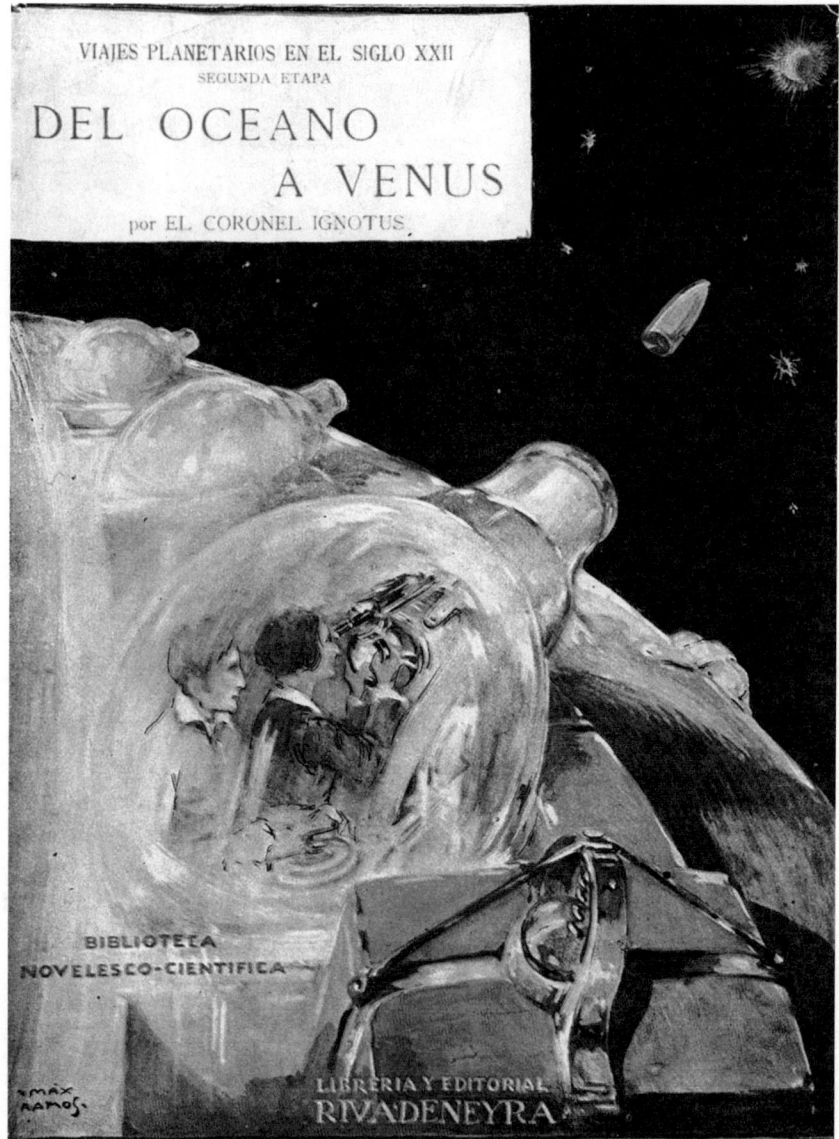

VIAJES PLANETARIOS EN EL SIGLO XXII
SEGUNDA ETAPA

DEL OCEANO
A VENUS

por EL CORONEL IGNOTUS

BIBLIOTECA
NOVELESCO-CIENTIFICA

LIBRERIA Y EDITORIAL
RIVADENEYRA

CLÁSICOS DE CIENCIA FICCIÓN

DEL OCÉANO A VENUS
CORONEL IGNOTUS

Edición de Ricardo Muñoz Fajardo

97

VIAJES PLANETARIOS EN EL SIGLO XXII
SEGUNDA ETAPA

EL MUNDO
VENUSIANO

por EL CORONEL IGNOTUS

BIBLIOTECA NOVELESCO-CIENTIFICA
MILLAR NÚM. 90

CLÁSICOS DE CIENCIA FICCIÓN

El Mundo Venusiano
CORONEL IGNOTUS

Prólogo de Ricardo Muñoz Fajardo:
LA OBRA DEL CORONEL IGNOTUS

CLÁSICOS DE CIENCIA FICCIÓN

EL MUNDO-LUZ

La desterrada de La Tierra I

CORONEL IGNOTUS

PRÓLOGO DE RICARDO MUÑOZ FAJARDO:
Los primeros libros de la biblioteca NOVELESCA-CIENTÍFICA

164

LA DESTERRADA DE LA TIERRA

SEGUNDA PARTE

EL MUNDO SOMBRA

POR EL CORONEL IGNOTUS

BIBLIOTECA NOVELESCO-CIENTÍFICA

LIBRERÍA Y EDITORIAL
RIVADENEIRA

EL MUNDO-SOMBRA

La desterrada de La Tierra II

CORONEL IGNOTUS

PRÓLOGO DE RICARDO MUÑOZ FAJARDO:
Los primeros libros de la biblioteca NOVELESCA-CIENTÍFICA

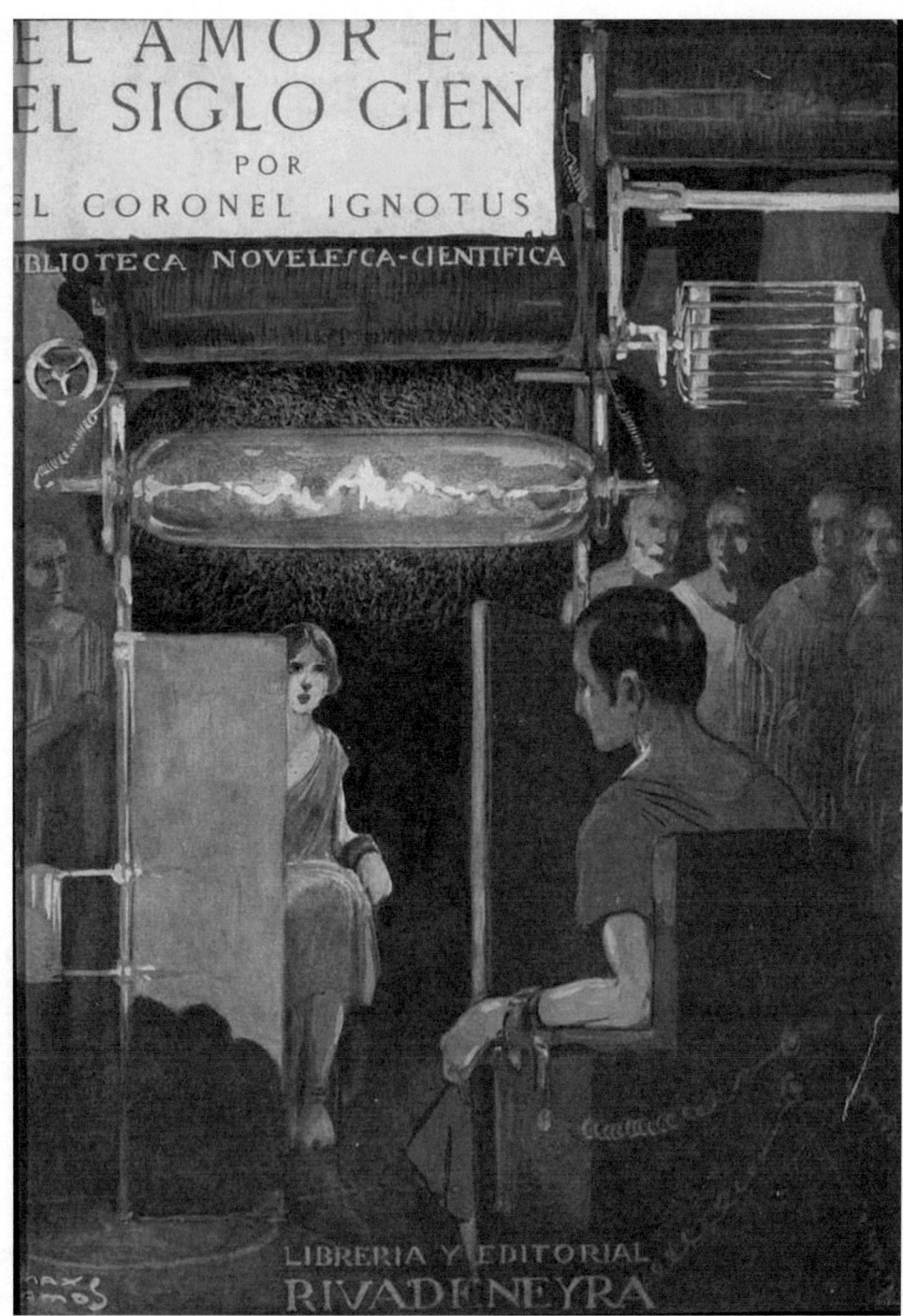

CLÁSICOS DE CIENCIA FICCIÓN
Edición facsímil

EL AMOR EN SIGLO CIEN

El CORONEL IGNOTUS

PRÓLOGO DE RICARDO MUÑOZ FAJARDO:
MÁS SOBRE JOSÉ DE ELOLA,
EL CORONEL IGNOTUS

LA MAYOR CONQUISTA
SEGUNDO EPISODIO
POLICIA TELEGRAFICA
POR
EL CORONEL IGNOTUS
BIBLIOTECA NOVELESCO-CIENTIFICA

LIBRERIA Y EDITORIAL
RIVADENEYRA

LA MAYOR CONQUISTA
ULTIMO EPISODIO
LOS MODERNOS PROMETEOS
POR
EL CORONEL IGNOTUS

BIBLIOTECA
NOVELESCO
CIENTIFICA

LIBRERÍA Y EDITORIAL
RIVADENEYRA

Tierras resucitadas

LOS NAUFRAGOS DEL GLACIAR

(Primera jornada de Tierras resucitadas)

POR

EL CORONEL IGNOTUS

BIBLIOTECA
NOVELESCO-
CIENTIFICA

MILLAR NÚM. 49

CORONEL IGNOTUS

ANA BATTORI

SEGUNDA JORNADA

DE TIERRAS RESUCITADAS

BIBLIOTECA NOVELESCO-CIENTÍFICA

SEGUNDA ÉPOCA   57.º MILLAR

CORONEL IGNOTUS

EL GUARDIAN
DE LA PAZ

TERCERA JORNADA

DE TIERRAS RESUCITADAS

BIBLIOTECA NOVELESCO-CIENTÍFICA

SEGUNDA ÉPOCA   67.º MILLAR

El crimen del Rápido 373

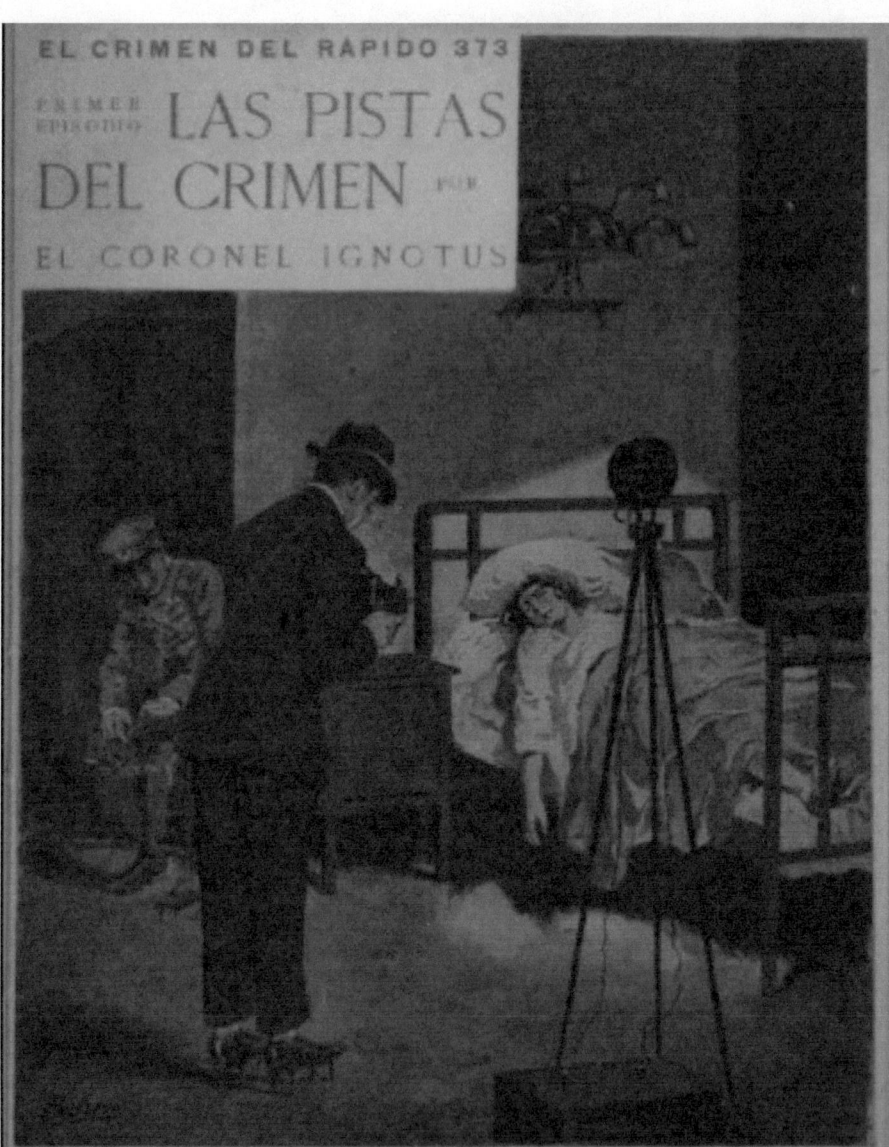

EL CRIMEN DEL RÁPIDO 373

PRIMER
EPISODIO LAS PISTAS
DEL CRIMEN POR

EL CORONEL IGNOTUS

BIBLIOTECA NOVELESCO-CIENTÍFICA
MILLAR NÚM. 81

LAS PISTAS del CRIMEN
El crimen del rápido 373, 1

EL CORONEL IGNOTUS

ablaz 399

PRÓLOGO DE RICARDO MUÑOZ FAJARDO:
EL SORPRENDENTE DESCONOCIMIENTO
DEL JULIO VERNE ESPAÑOL

LAS PISTAS del CRIMEN

EL CORONEL IGNOTUS

399

EL CRIMEN DEL RÁPIDO 373

SEGUNDO
EPISODIO LA CLAVE
DEL CRIMEN POR
EL CORONEL IGNOTUS

BIBLIOTECA NOVELESCO-CIENTIFICA
MILLAR NÚM. 97

Segundo viaje planetario

SEGUNDO VIAJE PLANETARIO

PRIMERA ETAPA LA PROFECÍA DE DON JAUME

POR

EL CORONEL IGNOTUS

BIBLIOTECA NOVELESCO-CIENTIFICA

MILLAR NÚM. 100

SEGUNDO VIAJE PLANETARIO

SEGUNDA
ETAPA EL HIJO
DE SARA

—POR—

EL CORONEL IGNOTUS

BIBLIOTECA NOVELESCO-CIENTIFICA

MILLAR NÚM. 106

SEGUNDO VIAJE PLANETARIO

EL SECRETO
DE SARA

POR

EL CORONEL IGNOTUS

XVII

BIBLIOTECA NOVELESCO-CIENTIFICA
MILLAR NÚM. 114

«Los Contemporáneos»

Y "LOS MAESTROS"

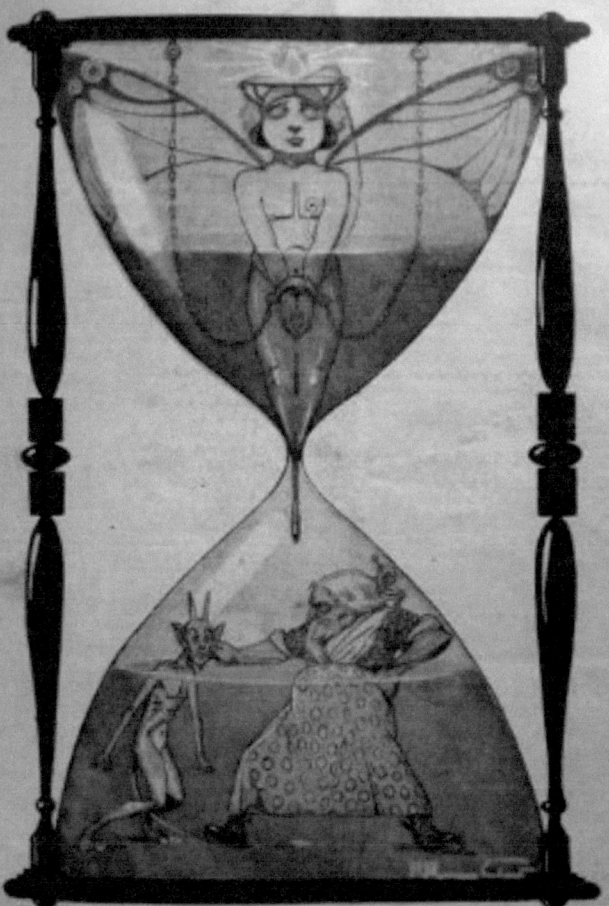

CUENTOS ESTRAFALARIOS
DE AYER Y MAÑANA
por JOSE DE ELOLA
Ilustraciones de R. CALVET

11 DE JULIO DE 1913   NUM. 27

:::EDICIÓN:::
ECONÓMICA   20 cénts.

EL FIN DE LA GUERRA
Disparate profético soñado por Mister Grey

CORONEL IGNOTUS

303
ablaz

PRÓLOGO DE RICARDO MUÑOZ FAJARDO:
UCRONÍAS SOBRE LA 1º GUERRA MUNDIAL

Libros Mablaz Ciencia Ficción y Fantasía

http://librosmablaz.com/

Libros Mablaz CLÁSICOS de Ciencia Ficción recuperados

LM
CLÁSICOS

http://librosmablaz.com/

Libros Mablaz

Narrativa — Relatos

/www.librosmablaz.com/